鶴唳華亭

下

翠匳自蹙眉自青，
天與娉婷畫不成。

雪滿梁園——作
ENO——繪

目錄

第五十三章

亢龍有悔

長州方面差往京師的使者，一樣在中途遇上大雨，耽擱了幾日行程，待信函祕密送至東宮之時，京城已經雲散雨霽，皇太子的書窗外也重新有了秋鵲噪晴的喆喆之聲。

遠來的書信一入手中，定權便聞到了一陣朦朧香氣，溫雅與輕靈兼而有之，頗類麝香，而其間略含木苔氣息，較之麝香微辛微辣的底味，又多出了一份甘酸之氣。雖函套上並無文字，卻明知作書何人，遂令眾人退卻，這才用金刀慢慢剖開函舌，將信紙取出之時，那甘淡香氣愈發鮮明，在已生微涼的秋息中，頗可給人溫暖意象。

定權打開信箋看過後，又從頭至尾細細默讀了兩遍，便從屜斗中取出金燧和火絨，藉著窗外日光，將紙箋引燃，眼見它灰飛煙滅，而那線龍涎香氣依舊纏繞四周，彌久不散。

靜好的秋光透過朱窗入室，被窗格分割成一方一方，投在身上，如同碎金。他靜坐於這碎金之中，呼吸著指間餘香，慢慢地回想起了許昌平說過的話，至良久忽而自嘲般展頤。究竟還是太過輕敵，雖然察覺到了這個兄弟的異象，卻沒有想到他私底竟有這樣潑天的膽量。京內且不論，如果他果真有這手段交通了邊將，還敢於顧思林出走後不到半月便挑起這樣的是非，那麼那份暗室之謀，則遠比自己想像的還要廣大。

然而最讓他心驚的，是顧逢恩一筆輕巧提過的那幅山水畫。齊王早沒有了這本事，那麼餘下有動機的，有能力的，只能是他這手足弟弟。那幅畫上的字跡，他未曾見過，但是他無法遏制自己的推斷，或許當年西府的金吾，和中秋後的張陸正卻都曾見過。他也實在無法遏制自己的推斷，首次要將那人和自己的五弟不祥地聯繫在一處。他扳指計算，和那人相識已經整六年，如果這一切當真，那麼那份暗室之謀，則遠比自己想像的還要深遠。

書窗外的噪晴聲喋喋不休，一瞬間他感覺到了毛骨悚然。螳螂捕蟬的古老故事在深宮和朝堂一再上演，長盛不衰，他自覺或者不自覺地參與其間，小心翼翼地周旋了這麼多年，難道最終仍然不能避免淪落成二蟲的命運？到底還是太過輕敵了，自己身後的黃雀不知道已經隱忍了多久。或許對於他來說，被自己除掉的那隻蟬才是他最大的阻礙。那麼自己在他的眼中究竟算是什麼東西？自己在他們的眼中究竟算是什麼東西？

他緩緩地展開右手查看，五根手指白皙纖長，這是一隻不曾事稼穡，不曾執鞭轡的手，指間掌上卻遍布硬繭，那是長年握筆磨礪出的印記。這是一隻文士的手，沾染著的龍涎香氣，糾纏於他鼻端，如同修煉日久的鬼魅一樣，雖見白日而魂魄不散。他想起來許多年前的事，早得如同前世，這隻手提筆為一個人畫過的眉，這隻手因為畏涼躲進過一個人的袖管，這隻手寫下一劑藥方的時候，因為心神不寧而被墨汁汙染。

到底還是太過輕敵了，他行至案邊，於書冊底下尋到那柄戒尺，朝向自己右手的掌心一次次奮力地擊下，直到看見這隻曾染墨的手，首度染滿鮮血。

他仔細地從模糊的鮮血中分辨這掌心一道道複雜的紋路，浸在血中的紋路，如同一道道刀刻的傷痕。清水般的秋陽和點點鮮血，從他的指間遺漏，他第一次感覺到光陰的流遁，原來也有跡可循。於這個秋和的午後，於掌心的疼痛遠甚於衷心之時，他終於可以好好地想一想，這二十餘年間，都有什麼東西從這雙手的指縫中漏走，那些他曾經擁有過的，這世上最美好的東西。

他想起自己很小的時候，寧王府的後苑中，母親懷抱著他，用一根纖纖柔荑，在他掌心一筆一畫寫下兩個字，笑道：「這就是你的名字。」他奇怪地詢問：「為什麼給我取這樣的名字？」母親微笑回答：「這是因為爹爹和娘，都把你當成捧在手心裡的無價珍寶。」於是他也笑了，毫無懷疑地信任了母親的話——天底下哪個孩子不全心全意地相信自己的母親？母親雙靨的金鈿隨著她的展頤而明滅，那是人世間最美麗的神情和景象。以至於到了今日，他仍然覺得，美人頰上的點點金光，都是溫柔的笑容。

他想起剛剛學語的妹妹，一見到他，便揚起一雙胖鼓鼓的小手發笑。她的手背上有五個圓圓的凹坑，她咧開的小嘴裡剛剛萌出幾顆乳牙。終於有一天，因為他竟日鍥而不捨地努力教誨，那張小嘴裡終於含含糊糊吐出了「哥哥」兩個字。她在人間最先學會的兩個字，喊的是他。以至於到了今日，他聽到這兩字，就會想起一陣乳香，仍然會像當初那樣，因為悸動而想流淚。

他想起大自己七歲的表兄，那個乳名叫作「儒」的少年，是他把自己第一次抱上馬，親執轡轡，兩人一馬在南山的茸茸青草間緩緩穿行。他伏在馬鬃上問：「法哥哥去了哪裡？」他回答：「他隨父親去了長州，日後一樣做大將軍，來保衛殿下。」他低下頭想了半天，問道：「那麼你呢，會不會走？」表兄笑道：「殿下知道，我是最不喜歡看人家喊打喊殺，日後待我讀書有成，中了進士，今上便會賜我官爵。屆時如過政績清良，逐步遷移，就可留京任職。有忠志之士忘身於外，又有侍衛之臣不懈於內，便可以輔佐殿下成為萬世明君。」他關心處並不在此，又著重問了一遍：「那麼你不走？」表兄笑了，這次也簡短地回答：「我不走。」

他想起大婚夜的羅帳中，夜色掩飾了他通紅的面色，他緊張而且尷尬，期期艾艾地問：「我有沒有弄疼了妳？」他還沒有看清楚容顏的那個女子半日沒有答話，只是伸過一隻手來，輕輕握住了他的手，那隻帶著鼓勵意味的手溫暖而柔軟，讓他感受到一個女子應當具備的一切美德。那一刻，他真心信任她不會再像旁人一樣，一一拋棄自己離去，他們應當能夠相偕終老。

這些東西不是虹霓和煙花，它們曾經都切切實實地存在過，可是最後遺失的遺失，毀棄的毀棄。不論是托在金盤中供養，還是捧在掌心中呵護，最終都無濟於事，他實在不知道究竟要怎麼做，才能留住這些太過耀眼的東西。他低頭看著自己的手掌，安慰自己已經竭盡全力——若非曾經不顧一切地努力過，這些鮮血和傷痕又是從何而來？
釋尊講法，使天花亂墜遍虛空。於這漫天花雨之中，他卻看見隨侯珠成為
灰燼，和氏璧四分五裂，七寶樓臺坍塌，金甌銷蝕，褉貼朽化成塵。那麼多的
好東西，如今只剩下最後一件了，他將它看作越窯的珍瓷，小心翼翼收藏入祕
府這麼多年，卻終究還是無法保全。既然如此，如果不留待他親手來打破，那
麼他的人生，怎能夠稱得上十全十美的圓滿？
還有，如果不將它打破，有朝一日，他果真有幸到了神佛面前，又怎能夠
理直氣壯地指責他們的失職和無情，而不給他們留下一分可資狡辯的口實，讓
他們羞慚無地而至啞口無言？
定權無聲地大笑了起來，此刻他的掌心已經麻木，不復感覺到疼痛。只餘
一縷香氣環繞著他，和著淡淡的血腥氣，不肯散去。這陰謀的氣味。
周循遣人入室為定權包紮傷口，卻始終未從他嘴中問出一句關於傷因的話
來，雖覺奇怪，卻也只得吩咐眾人緘口，萬不可向外洩漏。定權冷淡地等待他
將一切收拾完畢，方囑咐道：「從今日起，我的熏衣香改用龍涎。」
周循不解他一事未平，為何又生一事，徐徐勸解道：「真品龍涎過於貴重，
延祚宮內沒有不說，就是內府也所藏不多，殿下此時提用，難保不傳入陛下耳
中。如今戰事方起，陛下命宮府削減開支，衣食器玩皆不可靡費無度，這正是

殿下為宗親做出表率的時機。殿下若欲以龍涎熏香，不如用水沉、素馨和茉莉代之，若要龍涎定香，不如以靈麝[1]代之。為何此刻偏要用這華而無當之物？」

定權低頭看自己裹結得累累層層的手掌，冷笑道：「一點龍涎沾染，其香可數月不消退。待得我日後記性不好時，也仗它給我提個醒，免得傷口好了，便忘了當日之痛。」

數日之後，正當月朔，手傷初癒的太子，在一內侍持燈引領下，踏入了延祚宮後顧才人的宮苑。一路無人迎候，亦無人攔阻，只有滿園秋蟲，唧唧聒聒鳴叫不止，聞人聲亦不肯稍停。

定權直步入閣，閣中空無一人，他觀看那幅觀音寶像良久，手指無聊地劃過几案之屬，抬手卻見清潔如同玉鏡臺，指腹上沒有沾染半粒塵埃。忽聞身後一女子如白日見鬼一般，驚呼道：「殿下？」

定權回頭，覺得她似乎面善，問道：「妳是何人？」

宮人半日回過神來，忙向他跪拜行禮，答道：「妾名夕香，是服侍顧娘子的內人。」

定權點點頭，於佛像前坐下，問道：「妳家娘子何處去了？」

1 宋代龍涎香的常規替代品。

夕香答道：「顧娘子此刻正在沐浴，差妾來取梳篦，妾這便去催請。」定權微微一笑道：「我便在此候她大駕，妳也不必去了，就在這裡服侍吧。」

夕香愣了半晌，忙答道：「是。」走到他的對面站立，似乎覺得並不合禮，忙又走回他身後。

她是一副久不見生人，以致手足無措的模樣，定權一笑問道：「妳跟著妳家娘子多久了？」

夕香扭捏答道：「妾自從西府起，便服侍娘子。」

「西府」這個稱謂已經很久無人提起，定權略一沉吟，問道：「有五年了？」他記得清楚，夕香不可思議之餘連忙笑答：「是。」

定權問道：「妳這名字是妳家娘子取的？」

夕香陪笑道：「不是，是入宮時周常侍取的。」

定權微笑道：「君結綬兮千里，惜瑤草之徒芳[2]。也算一語成讖。」

夕香不解他言語意義，尷尬一笑，忽然想起一事，道：「妾去為殿下奉茶。」定權好笑道：「此時才想起來，就不勞了吧。」

兩人問答之間，閣外一宮人忽然揚聲催問：「夕香，等妳把篦子，等了幾時不見人影，又是哪裡躲清閒去了？」接著便聞一女子溫聲勸道：「不礙事的，我

---

2 出自江淹《別賦》。說的是丈夫出外為官，少婦自憐青春獨處。

回閣內梳也是一樣。」從閣子外便轉過兩人來，其中身形窈窕者正是阿寶。

她一路行近，一路髮梢還在向下滴著清圓水珠，方入閣門，便止住了腳步。她看見他正端坐那幅畫下，嘴邊銜著一絲似是而非的笑意，好整以暇地打量著自己。他的一隻手隨意地擱在佛前供案上，不知緣何，她直覺他下一個動作，便是要伸手將那插花供瓶帶翻在地。

然而他始終沒有動作，只是如佛像一般倨傲端坐，目光於她眉目間微微游移。她亦始終一動不動地站立，如生菩薩一般不發一語，彷彿與他隔著極遠的距離。

定權的嘴角終於略略向上提了提，似是想笑，卻站了起來，慢慢向她的方向走去。她既不進前，亦不退後，固守於原地，如同待命般，等候著他恩斷義絕地靠近或是法外開恩地停止。他每進一步，她都可以聽見，自己用四年時間堆積起來的那份虛妄的希望和感激，如薄冰一樣，被他一一踐碎。

他如此逕直走到她面前，展手與她的頂心持平，與自己略比了比，笑道：「妳似乎長高了。」

阿寶略覺疲憊，緘口不語。

定權伸手撫過她耳畔凌亂的溼髮，以一種奇異的、近乎無賴兒郎的語調笑道：「自伯之東，首如飛蓬。」

他的音色略變，似比前世低沉，他的衣袂上也是全然陌生的香氣，因為夾雜著隱隱的腥和甘，便溫暖曖昧得如剛剛萌動的情欲。這個不速之客，這樣肆無忌憚地闖入了她的居所，以他冰冷的手指，劃過她臉上不施粉黛的肌膚，繼續笑道：「豈無膏沐……」[3]

她沒有聽見他再以略帶譏諷的聲調誦出那最使人難堪的一句，因為他的嘴脣已經封住了她的。

她掙扎著推開他，終於開口說出了今夜的第一句話：「這是佛前……」

定權回首挑眉再看了看畫中觀音，如看一尊破滅的偶像，嘲笑道：「想必娘子也知，佛法無緣大慈，同體大悲。觀自在觀一切眾生相，他既觀得水月，便觀不得風月？」

此語出口，她終於明白他已經並非故人。然而她仍然抬手，將兩根手指搭在了他脣邊，幾乎是以懇求的語氣勸阻道：「不可褻瀆，不要褻瀆。天作孽，猶可恕；自作孽，不可恕。」

她牽引起他的手，一步步走向內間，直至臥榻邊，手指間帶著全然了然的清明，開始為他將金冠玉帶一一解除。

---

3 《詩經．衛風．伯兮》：「自伯之東，首如飛蓬。豈無膏沐，誰適為容。」自從丈夫東征，頭髮未經梳洗，如同雜草一樣。難道是因為沒有洗髮之物？是因為丈夫不在，又為誰妝扮呢？

他漫不經心地吻上她的眉宇，她也不再躲避，一件件依序為他除下外袍和中單，遲疑片刻，忽然將臉貼在了他赤裸的胸膛上。

他低下頭去看她溼漉漉的長髮。雖然中間隔了這些歲月，但是她那一點都不曾變更的智慧和勇氣，在這個夜晚依舊令他心生感嘆。

第五十四章

荊王無夢

天際有一道渾濁的蒼白光帶，那是晦暗的天河。夜風寒涼，如同從那條河裡流淌出的秋水，轉瞬間就滲透了她身上的單薄衣衫。衰草上覆蓋著白露，繞著紙燈籠撲打翅膀的飛蛾，在她眼中化作一個個巨大的黑色魅影。她驚恐地發覺自己深陷入了一個全然寂靜的惡夢中，無論如何掙扎都無法甦醒。

夢中也有阿晉，他的年紀還小，被魑魅魍魎拽扯得撲倒到了地上，張開了口，大約是哭叫起來。驅逐他們的鬼魅，橫眉立目，對著他揚起了手中的馬鞭。她不知道從哪裡生出的氣力，奮力撲上前去，將那個魁梧如鐵塔的凶神惡煞直撞出兩三步，然後將阿晉緊緊護在了自己懷中。

肩頭傳來了陣陣劇痛，原本應當落在幼弟身上的鞭笞，由她孱弱的雙肩一一承擔。在那一瞬間，她突然聽見了鞭聲呼嘯，聽見了施暴者的怒喝，聽見了草叢中蟋蟀的哀鳴，淒厲而駭人。惡夢被衝破，餘下的是比惡夢還要不堪的今生。那是她平生第一次嘗試那樣的痛楚，就如同她完整的身體要被撕裂成碎片一樣。那種椎心刺骨的疼痛，她永生無法遺忘，因為相伴而行的還有驚怖、恥辱，以及清白身世的終結。

一模一樣的疼痛，換作他來滿含惡意地施與，讓她在今夜裡再度領受。她閉上雙目，刻意避開這施暴者的模樣，然後竭盡全身的力氣，也帶著惡意的回報，讓十指的指甲在他裸露的雙肩上越刺越深。

長長的指甲就如同匕首，剜進定權的血肉中，使他疼痛得略覺暈眩。他聽到了自己粗重的喘息，也聽見了她壓抑的呻吟，他知道此刻自己有多麼痛，她就有多麼痛。然而他究竟不肯因此而稍稍放鬆對她的逼迫。他恍惚地想起，這樣的疼痛自己既然能夠忍受，她為什麼不能夠忍受？他們的仇怨旗鼓相當，苦痛旗鼓相當，那麼他們的歡愛為什麼便不能旗鼓相當？

這個念頭使他突然萌生出難以抑制的興奮，他低下頭，沿著她緊抿的唇角、白皙的頸項和精美的鎖骨一路狠狠吻過。一朵朵胭脂色的合歡花，在珍珠色的肌膚上不厭其煩地凋謝，又不厭其煩地盛開。

花事重疊，花事蔓延，豔麗無匹。他感到背上的痛楚陡然間又加劇了幾分。

窗外的衰草覆滿白露，促織在其間鳴叫，飛蛾奮力地撲打著窗櫺，發出了義無反顧的聲音。

阿寶是聽見定權著履聲才睜開眼睛的，這時她才發現自己右手的幾枚指甲早已齊根斷裂，那斷面尖銳得便與刀刃無異。一道殷紅的血跡被定權肩胛上的汗水化開，在他肩頭的縱橫血路下，溶成一片淡淡的粉紅色，分別不清楚究竟是他的血，還是她自己的。她稍帶一絲快意，倚枕仰觀這自己所能給予他的力所能及的創傷。

他並沒有呼喚宮人入內，只是背對著她，試圖自己穿上中衣，但也許是因為肩上的傷痛，動作顯得有些力不從心。也正是因為如此，她有暇注意到，他所遭受的傷害，並非僅僅來自自己。在並不明亮的燈燭光線下，可以看出有一道淡淡的褐色傷痕，橫亙過他右側的肩胛。她認得那種傷痕，也知道終其一生再不會消退。

那是一道舊日的笞痕。她心中的那點小小快意在頃刻間煙散。她慢慢地轉過頭去，望著眼前空無一物的素白枕屏，狠狠地掩住了嘴脣。她對他的憐憫，就像憐憫自己的經歷；而對他的厭恨，亦如同厭恨自己的今生。

她嘔唾有聲，定權愕然轉身，卻並沒有開口詢問，只是坐在榻邊，拉過被子遮掩住了她赤裸的雙肩，靜靜等待她回復無力的安靜。然後，他微笑著開口：「這張床太窄了，又硬得很，明日我會叫人替妳換一張。」她面色就像死灰一樣，卻在短暫沉默後順從地頷首，微笑道：「謝殿下。」

他伸手溫存地撫摸著她散亂的鬢髮，舉動間似有無限愛憐：「病既然好了，總是好事情。以後我會常常來，陪陪妳。」

阿寶仍然是順從地頷首，柔聲應答道：「好。」

與他相識已經六年。六年來，她對他的情愫，他對她的情愫，那些糾纏過久的舊日緣分，原來可以如此伶俐地一刀兩斷。

定權看她片刻，也滿意地點了點頭，拉起她染滿血漬的手指在脣邊碰了碰，低聲笑道：「我去了，妳不必起來，好好睡一覺吧。」她果然依言便不再動作，只是將被子又向上扯了扯，有意無意蓋住了榻上的幾點新紅。他看在眼裡，又是微微一笑，臉上分明是讚許的神情。

阿寶翻身向內睡去，聽見他轉身出閣的聲音，又聽見他低聲下令：「將庭院中那幾叢胡枝子刨掉，剛才本宮走過的時候，袖口都教它扯壞了。」

秋夜深沉，如同定權此夜的睡眠。多少年來，他破天荒安然地睡去，直到天明，無夢亦無痛。

隔日果有內侍前來，將阿寶閣中諸般器物更換一新，又破土動工，不到半日便將院內的閒花雜草一一剷除。阿寶於諸事皆不置可否，隨著他們自行安排，唯獨在對方請求將閣外寶相另奉別處時，方面露遲疑，半日才回答：「此物便不勞費心了。」

定權並不食言，在此後的夜裡頻頻駕臨，阿寶也很快習慣了他與記憶中判若兩人的溫存。畢竟年深日久，而人情又是世上最易變的東西。或時辰過晚，她已經睡下，仍會聽到宮人入內報道：「顧娘子，殿下來了。」她未及迎候，他便已經走到了榻邊，探出雙手，阻止她起身，順勢便要不懷好意地往她衣領內伸，他涎著面孔向她求告道：「外頭太冷了。」她將他兩手憒憒向外一扔，嗔道：「我就不怕冷嗎？早提防著殿下有這麼一手，看這不是預備著袖爐嗎？」他伸出一根手指，敷衍地碰了碰案上的銅手爐，旋即縮回，蹙眉道：「燒得這麼燙，叫人怎麼用？」隨後推推她的肩膀：「噯，妳幫我把帶子解開了。」

阿寶扭過頭去，拒絕道：「放著這麼多人服侍不了殿下一個，我不耐煩起來。殿下既不肯用她們，就煩請自己動手吧。」話音未落，身上的被子已被揭開，定權整個人哧溜一下和衣鑽了進來，他腰上的玉帶冷得便像一掛冰，激得她狠狠地哆嗦了一下。她奮力地想推開他，怒道：「殿下這樣子，成什麼體統？」她縮著身子往枕屏深處退避，他不依不饒地迫近，伸出手臂勾住她的頸項，又索性把一條腿盤在了她的身上，他的衣袖攜帶的殘餘秋氣和淡淡溫香裹挾住了她，使她再也無路可逃。

他把頭埋在她的頸窩裡，理直氣壯道：「枕席間還談什麼體統？妳自己定要吃這個虧，可怪不著我。要麼煩妳幫我更衣，要麼我就這麼躺一夜。」阿寶任他將下頜在自己的頸窩裡蹭來蹭去，不肯理會他。他卻果然就漸漸這麼睡著了，鼻音有些粗重，是受了涼的樣子。阿寶疑心是詐，輕輕抽身出來，在他身畔坐了半晌也不見異狀，這才遲疑地伸出手去，幫他解脫了腰間玉帶。

他突然便翻身將她壓倒，得意地笑道：「我就知道娘子一定捨不得我。」阿寶已有三分預感要上他這當，此刻啐他道：「又不是三歲的孩子了，好玩得很嗎？」又好笑道：「這樣硬的東西，虧你也忍了這麼久，不嫌硌得慌嗎？」他噗哧一聲笑了出來，銜住了她的耳垂，輕輕問道：「我正要請問妳呢，妳倒先說起來了。」她從他身體上的變化領悟出這話語裡的曖昧涵義，臉上倏然紅透。

暖閣內旖旎如春，侍立閣外的宮人們面紅耳赤。

春潮湧過，漣漪蕩漾。合歡帳內鴛鴦交頸而眠，喁喁地說些情話：「一定很寂寞吧，這麼久都沒有來看妳？」她在枕上緩緩搖頭：「妾有惡疾，多脣舌，無所出，七去之罪已近其半，蒙殿下不棄，已是萬幸，又安敢心存怨懟？」他用親吻阻止她：「妳不是個俗人，不要做這花間喝道的事情，說這話豈不殺風景？」阿寶一面躲避著他的糾纏，一面笑道：「我跟殿下不一樣，原本就不曉得這時候什麼當講，什麼不當講，倒還要請你指教。」作為對這促狹的懲罰，他再一次用雙手緊緊地桎梏了她，恨道：「我這就指教妳。」

魚在砧上，水在釜中，歡情如火，水已經鼎沸，只待烹魚了。

定權暗啞了嗓音，低嘆道：「我今夜不回去了，就在這裡陪妳。」她雙頰是醉酒一樣的酡紅和燒痛，點了點頭，將頭埋進了他的懷中。

羅帳停止了搖動，朱燈也燃到了盡頭。因為無夢，黑暗便變成了無上慈悲。這樣的長夜，他們都希望永遠也不要拂曉。

第五十五章

竹報平安

趙王府位於京東，原本由先帝賜予一鍾愛宗室為返京朝覲時用，此宗室去世後，此邸便被皇帝轉賜給了趙王。該宗室不過領郡王爵，府第又有了些年頭，在外人看來，便不免顯得狹隘破舊。或有好事者幾番勸趙王再作修整，他皆以客居京城無須用心為由拒絕，久而久之便無人再提此事。

王府的內侍總領長和欲尋趙王，素來不消費心。趙王定楷為人自律，內鮮嬖寵，外寡交遊，又少口腹耳目之欲，若說喜好，無非是有些丹青癖，一日之中，有大半時間都是在書房內消磨度過的。是以此日長和亦不作他想，回府後向眾人囑咐幾句，便逕直走進了西暖閣內的小書房。

定楷果然在書房內，著一領半舊窄袖團領襴衫，戴曲腳襆頭，裝扮便與尋常士子無二。年來他身材眉目漸漸脫去青澀之態，舉手投足間頗增了幾分儒雅風度，分明已是一副太平富貴親王的模樣。而且比較起太子一身忙碌的肅殺之氣，又多出一番從容安逸的態度——這一點似乎頗得人稱讚。與太子另一點不同，亦頗得人稱讚的，是他待下甚為寬和，是以府中人在他身邊並無太多忌諱。長和又屬他心腹之臣，此刻不告而入，才發覺今日室內氣氛不同以往，周遭無一人隨侍，定楷倚案而坐，對面亦坐著一個十二、三歲的少年。

他既然從未見過此人，不免一番打量，見他雖然面色黃滯，眉目卻頗為清雅，穿著一襲過長過大的錦緞新衣，便愈發顯得身形瘦小，神情亦愈顯緊張侷促，追逐著定楷問一答一，不肯多作言語。定楷在說話間被長和闖破，不由皺了皺眉頭，頷首示意他退侍至一旁，繼續問面前少年道：「覺得是京城好，還是你住的地方好？」

少年面露羞澀微笑道：「自然是京裡要熱鬧多了。」定楷又笑著問道：「那這次我教人陪你在京裡多留兩日，四下走走看看可好？」少年勉強點點頭道：「好。」幾番抬頭，欲言又止，連臉都漲紅了，才怯生生問出了一句：「閣下，我還不能夠見到姊姊嗎？」定楷並不答話，少年偷偷打量他半晌，畢竟年紀還小，滿面的失望終於掩飾不住，低聲道：「我已經快記不得姊姊長什麼模樣了，姊姊這麼多年，也沒有給我寫回一封信來，連母親過世的時候也沒有問過一句，她是不是早已經把我忘記了？」提及亡母，兩眼下便泛起了一片紅潮，幾點淚水終是忍不住掉到了手背上，又慌忙用袖口擦去。

定楷隔案摸了摸他的頭，以示安慰，道：「你姊姊如今還是官家人，不便來見你，也不便給你寫信。你果然想她，不如給她寫幾個字，我託人帶進去如何？」少年面露欣喜之色，忙點頭道：「好。」定楷便從案上選了一支筆，遞在他手中，問道：「你近來的字，寫得可比從前長進了些？」少年答道：「我每日都要寫五、六十字。」定楷搖頭道：「只怕字是寫了，好卻未必——你姊姊和你分別時，你還不會寫字吧？只要是你寫的，她見了一定喜歡。」少年似乎亟欲讓自己的姊姊看到自己學書有成，忙把筆舔墨，又接過定楷遞上的信箋，一面熱忱地望著定楷，問道：「我和姊姊說些什麼？」定楷思量片刻，答覆道：「既是家書，不如就說說你們從前在一起時的事情吧，她應當愛聽的。」

少年苦苦思索，終於講出了兩、三樁年深日久的尋常小事，又遲疑著不知如何措辭著筆。定楷見狀笑道：「不如我來口述，你來筆錄就是了。」未待他回答，略一沉吟，念道：「弟文晉頓首頓首，吾姊見字如晤。」少年道：「稱呼兄長似乎更加尊重。」定楷笑道：「不用，你姊姊愛你這麼叫她。」少年不敢再爭辯，點了點頭，記下了這句。定楷看他寫完，又道：「爾來氣息肅凝，時迫季秋，又當與姊離別時矣。流光拋人，弟與姊不見之年，不堪一掌之記。弟於飽暖之時，不知姊身處何方，無飢否？無寒否？安樂否？」

「弟於避秦[4]輾轉間，偶見薄暮風動木葉，聯翩急下，中夜露凝為霜，復為冷月所創，光波湧動，激人哀思。念及舊居屋後有溝渠，某年雨落水漲，弟時幼而無知，向聞長兄誦《秋水》，以為河伯即生其中，往而待之，不慎入水，形如落湯。又懼慈母操棰[5]，哭告於姊處。姊親為移暖煮糜，弟猶以為其味甘美，欠於慈母所炊，泣涕拒食。及家門橫罹強暴，各自一方時，欲求姊所造一顆

---

4 出自晉・陶淵明〈桃花源記〉：「先世避秦時亂，率妻子邑人，來此絕境，不復出焉。」避難之意。

5 出自《管子》：「生棟覆屋，怨怒不及；弱子下瓦，慈母操棰。」小孩子上房揭瓦，母親會打他。

粟、一瓢飲，復可得乎？」

這話不短，中間或有幾個字是此少年尚不會寫或不明意思的，定楷一一為他講明。少年一邊想念往事偷偷忍淚，一邊問道：「閣下說的文辭太雅，姊姊疑心不是我寫的，會不會煩惱？」定楷笑道：「你姊姊歡喜還來不及，何暇煩惱？」看著少年照他所說一一寫下，繼續述道：「所幸者，唯存者雖隔山岳，猶可抱再見之望。果有彼日，則數載離亂失所，數載造次顛簸，弟甘之若飴。主人情深，慈母與弟皆安，姊慎勿掛心。弟伏乞者，無非吾姊千萬自重，忍耐努力，務必以異日團欒[6]相見為計。弟文晉頓首頓首。」

所言之事引得少年雙淚直下，悲痛之餘亦覺不安，忍不住投筆問道：「閣下為何要教我欺瞞姊姊？母親已經過世五年多了，難道姊姊竟然還不知曉嗎？」定楷搖頭道：「你姊姊所倚仗為念者，無非你母子兩人。叫她得知徒添悲痛，於她如今處境並無裨益。到你們見面時，再慢慢說給她吧。」

少年猶豫再三，雖是重新提起了筆，仍是忍不住問道：「姊姊本來說是去充官役，來替母親和我罪愆，過兩、三年便可以回來的。閣下，我姊姊當真無事嗎？她若再有事，我……我……」話未說完，終於無法遏制，放聲痛哭起來，直灑得信箋上眼淚斑斑。定楷也不勸解，輕輕笑了笑，道：「她不平安，我教你

6　形容月圓，代指團圓。

給她寫信做什麼？」少年轉念一想，也覺這話有理，便慢慢收了眼淚，將書信完成。

定楷取過，前後看了一遍，正要收起，少年在一邊看著，忽然囁嚅道：「閣下。」定楷挑眉示意道：「怎麼？」少年紅著臉道：「我以為能夠見到姊姊，給她帶了件東西來，不知閣下能否幫我與信一同轉交。」見他並未拒絕，便從懷中取出一個小小的白布包裹，慢慢打開，臉上露出頗為羞愧的神情。長和引頸偷窺，見只是一支由幾片翠羽裹紮成的花釵，手工頗為拙劣，想必是這少年手製。再看定楷，卻見他拈著那羽釵，又看了看那少年，微微呆了片刻，目光中不知是憐憫還是譏諷，此態不過一瞬而過，便已經微笑道：「我叫人一同送去。」

賓主又說了幾句閒話，定楷便派人送少年去休息，這才看了看一旁站立的長和，笑問道：「你知道這是何人？」他此事似乎並不欲隱瞞自己，長和遂也不作虛辭，道：「臣猜想，這莫非就是東朝的……」略頓了頓，接著說道：「妻弟？」定楷莞爾，亦不答對錯，閉目半晌，方從文具中取出一封文書，敲了敲幾面示意他閱讀，又問道：「說說你怎生看。」

長和仔細思量半晌，忖度言辭，方小心答道：「明安都督素來謹慎，他既說可再待前方情勢，另謀打算，殿下不若便再假他些時日。」定楷點頭道：「你接著說。」長和道：「都督居此職，在世人目光看來，即非如陷泥沼，亦如臨危崖。其可行者，無非兩途，若順顧氏於當地，則陛下必不容其於當世。若順陛下於當世，則東朝必不容其於未來。都督乃名儒，世人皆醒，他一人豈會獨醉？這是一說。還有，臣心忖，靖寧二年之事後，想他未必不曾後怕，對顧氏未必不滿含怨懟，這又是一說。臣聽說都督當年居京為官時，就是個絕不輕易肯與人相交的角色，如今甘為殿下用，實乃天以此人授殿下也。」

定楷淡淡一笑，道：「天意從來高難問。只是你，始可與言詩矣。」適逢方才送那位少年離去的內侍回來覆命，便隨口交代了幾句近兩日可陪同其在京城內遊玩，但務須謹慎之屬的話，又吩咐：「他的事情日後便移交長和一併署理。」便勒令那人退去。他似有隱祕話要說，長和遂走到門口，遣散眾人，親自閉門回來侍奉。

定楷笑道：「無須這樣。」手拈著那封信反覆把玩，也不提其他，單單問道：「都督鄉梓何地，你可知道？」長和答道：「他是華亭人。」定楷道：「不錯。他祖籍雖在並州，但自他高祖便移居至華亭，所以他當年兩榜得中時，在世人眼中，已經算是個標準的江左才仕了。」他突然說起李明安的家世，長和雖然不解，亦不多口，只是叉手靜立以待下文。

定楷取出少年方才留下的羽釵，對著窗口細看。每根細細的羽絨都在微光下散射著點點斑斕華彩，那束羽釵會合起來，如同一個斑斕的華彩的舊夢。清淺的河灘上，生長著叢叢蒹葭，蒹葭上的露水，打溼了羸弱少年敝舊的袍襬。翡翠蹬開一莖蘆葦，像一支青藍色的箭，衝破淡淡水色天光而去，清淺河灘上遺留下了一、兩枚羽毛。已經一無所有的少年，將他能夠尋找到的這最美麗的東西收藏起來，希望有朝一日能夠作為禮物送給自己唯一的親人。

定楷嘆了口氣，繼續說道：「華亭郡有一陸姓文士，家境尋常，卻是當地幾百年積世舊族之餘。這位陸姓士子與李明安原本有些私交，又是同科進士，有了這一層情分，所以壽昌七年，陸姓一家為李柏舟一案牽連所累之時，李明安便為這舊友想到了請託齊王一途。只是齊王當時代陛下郊祀去了，來人怕事有耽擱，知道我與齊王同胞通好，這才又輾轉尋到了我處。」

聽到此處，雖然他不再明言，長和也明白了大略。故事中陸家的生死與趙王本毫無相干，但其時李明安已經由樞部調任承州，既手握重兵糧草，又挾天子令就近節制顧氏，如此要職，若能藉此機遇交往通好，自然是難能可貴之事。大抵自己的這位主君當時便直接繞過了齊王，或稱其無暇顧及，或稱其不受託請，竟自己將此事包攬下來。便也不提此節，只是一笑道：「如此看來，不但天意，竟是連東朝也親以此人授殿下了。」

定楷搖頭笑道：「陸家事東朝未必知曉，若說要謝，倒是應當去謝東朝最倚重的張尚書才是。」話到此處，長和才對此事頓生好奇之心，小心問道：「臣愚昧，不知這其間又有張陸正什麼委屈？」定楷看了他一眼，微笑道：「張陸正一世人最看重什麼，你可知道？」長和笑答：「有人做官為權，有人為錢，大概也有人是為君王，是為黎庶。不過依臣看，這個張陸正為的怕是一個『名』字。」

定楷上下打量他，忽然放聲大笑，半晌才住了笑聲，點頭道：「所以他最終也殉了這一個字，顧思林可謂善識人者。陸家與張陸正的這段孽緣，也正是從這個字上而起——張在調任吏部之前，曾在翰林院供職，陸得中進士之初，也先入翰林院。他二人皆是盧世瑜本房取中，算起來也是同門師兄弟，同僚期間，卻頗多齟齬。陸性情介直，更有當面直言張以沽名賣直為業之事。其後張調任刑部，累遷至右侍郎，陸調烏臺為御史。壽昌二年張陸正欲遷左侍郎時，朝中或有風傳，道其有濫刑獄並賄賂堂上官等事。」

長和點頭道：「此事臣有所耳聞，當時烏臺官員聞風彈劾，張陸正狼狽不堪，幾番上表欲致仕以明志。最後風聲雖然平息，到底此事有或無有，張陸正究竟也不曾在世人前辯白清楚，這也算是他行狀上的一大汙名。」

定楷笑道：「當時引眾彈劾他的，便是這位與他素有齟齬的陸御史。以張陸正為人，則未必有賄賂之事。但陸御史風彈，亦是他職分所屬。此事後經盧世瑜調停，張由刑部轉遷吏部，算他因禍得福處。陸則因性情過於狷介，難見容於長官及同僚，不久便去官還鄉閒居。」

長和恍然大悟，問道：「李柏舟的繼室也姓陸，莫非竟是……」

定楷搖頭道：「果然是她親眷，張陸正此事辦得亦不算陰毒。只是李柏舟之妻陸氏，雖與這陸御史也是同鄉，或者百年前亦是通家，但到今世早已互不往來。李氏案起，刑部主辦，張陸正干預，念及這樁舊惡，便陰令杜蘅將這陸家劃作李氏的妻族，一筆瓜蔓抄了進去。當時李明安所遣來使，述說起此事，言及欽命大獄刑法酷烈，不肯待及天明，竟連夜將人鎖拿而去。」搖了搖頭道：「當年陸家的么子不過五歲而已，張陸正行事，當真是不與他人留半分餘地。」又笑道：「不過若非如此，又怎會也不與自家留半分餘地？」

話既至此，長和亦無須再多問，只是又將來意向定楷匯報道：「東朝半月之間，竟有近十日宿在顧氏閣中。殿下當日囑咐不必棄卒，臣心中還存疑慮，竟未想到殿下一慮竟然深遠至此。」

定楷微微搖頭，似是並不想接受他這奉迎，笑道：「我不過也是個庸人，張陸正就戮之時，我未嘗不曾動過這份心思，畢竟她的仇家只在張氏，而不在東朝。只是我沒有想到，東朝於她，用情會一深如斯。她這條命，算是東朝救下的吧。」見長和又想開口，擺了擺手道：「我知道你要問什麼，先不必叫你的那個兄弟出面。就是這東西——」他將手邊羽釵同那少年寫的信一同封入函套收起，道：「也自有用它的時候，卻不必在此時。後日將那人送出京去，好好安置照顧。」

長和一一答應了下來，見他微露倦意，遂扶他到一旁榻上小憩，笑道：「這是殿下宅心仁厚，既於他家門有大恩，像索書這些小事，還何必親力親為？早吩咐臣去辦不好？」

定楷淺淺一笑道：「他已遭此不幸，既是你力所能及處，何不叫他能少些愁苦便少些愁苦？」

長和雖然侍奉他多年，近來卻覺得他的性情越發難以捉摸，也難辨他這句話意中真偽。

再看他時，他已經閉上了眼睛，神情是無比的安詳寧靜。唯一破壞了那年輕面容上淡泊氣度的，只有右眉上那道淺淺的傷疤。

第五十六章

豈曰無衣

天尚未明，阿寶便被凍醒了。起身一看，才發覺被子都已經被定權裹挾捲走了，自己大半個身子露在外頭，扯了幾下無果，只得作罷。揭開帳子看看窗外天色，仍舊一片黑暗，難以分辨究竟到了什麼時辰，想喚宮人再取寢衣過來，見閣外侍奉的兩人已經倚著椅子睡著了，便悄悄下床，從架上隨意撿了定權昨日脫下的一領道袍裹在身上，又將雙足抵在定權背上取暖，抱膝靜坐，有一搭沒一搭地聽著窗外風湧葉落聲，恍然間好像是坐在江邊的小舟上。

這件道袍上依舊是那晚甘淡而溫暖的香氣，她辨別不出這源自哪些香品的組合，但知道定然是屑粒千金，所值不菲。然而它右手的袖口卻已經略略磨損了，這是她昨夜便留意到的事情。繁華下的落魄，敗跡中的貴胄，足底的溫暖，心頭的空寒，難以盼來的天明，苦留不住的暗夜。她百無聊賴地伸出手指去，一遍遍地從他的眉上畫過，就像學書時，反反覆覆臨摹的那一勒。

定權終於被她鬧醒，抓過她的手，甕聲甕氣問道：「到了朝會的時辰？」她把手抽回，答道：「想是未到，到了時辰殿下的人自然會將朝服送來。」定權「嗯」了一聲，側過身來看著她通身的打扮，問道：「妳先醒了半日了？睡不安生？」似是想起了什麼事情，又道：「我記得我沒有打鼾的毛病。」阿寶斜了他一眼，反問：「睡著了的人，怎麼知道有沒有的？」定權仍舊將她的手搶了回來，放在脣上挨來蹭去，道：「別人都沒說有。」

語未盡，太子的近侍已經將朝服送到，宮人接入閣內，阿寶催促定權道：

「快到時候了。」定權翻身背對她，懶洋洋回應道：「沒人要妳戒旦。妳看看，匪東方則明，月出之光。」阿寶好笑道：「夜其如何，夜向晨。誤了時辰，殿下自己吃官司，我不拿這份俸祿，可不與我相干。」定權又極不情願地延挨了片刻，終究還是掙扎坐起，待宮人為他著舄，又淨過手臉，覺得頭腦稍微清楚了些，才站起身來穿衣。

阿寶閣中的宮人從未近身服侍過太子，朝服穿戴又較尋常衣冠繁瑣，阿寶見兩人手腳笨拙，他面上已漸露不耐之色，怕他一早起無名火惹眾人不快，只得也下床道：「還是我來吧。」接過宮人手中的冠服一一為他穿著妥貼，上下端詳了片刻，方拿起玉帶，從腰後為他圍上，隨口說道：「殿下可是清減了。」定權問道：「何以見得？」阿寶道：「從前殿下的革帶扣在第三個孔上，如今移到第四個了。」

定權低頭望了望腰上玉帶，笑道：「妳不說起我也就不提了，妳下手素來是一點餘地都不留的嗎？這毛病到了如今都不曾改過來。難怪妳當值的時候我就覺得頭昏腦脹喘不過氣，細細體悟才總算明白過緣故來了。」阿寶睨他道：「我不信，依著殿下的脾氣，不如意一次我便成齏粉了，還容得殿下去體悟？」定權笑道：「不信？單說那年冬至我進宮去，陛下雷霆震怒，杖子都傳到了我面前，我又怕又羞又氣，又要硬撐出處變不驚的泰然態度，起先還好，解帶子時半日都取不下來，才想起那日早晨就是妳給繫的。旁人只是瞧著我一副藉機延磨避禍的怯態，當真是丟足了臉。我當時便想，回去定要好好罵妳一頓，結果杖子才一上身，就忘到九霄雲外去了，竟教妳躲過了這麼些時候去。」

閣內幾個宮人被他一番話說得咯咯直笑，阿寶也噗哧一聲笑道：「殿下原來是為了在這種事上爭臉面行方便，罷了，我便替殿下繫鬆些也好。」定權捉開她雙手道：「如今倒用不著了，陛下要敲打我，有的是更省力氣的法子。」阿寶心中微微一動，卻見他只是玩笑模樣，並非話外有音，抑或藉機刺探，便不動聲色，依舊低頭溫柔地幫他整理好雜佩。

定權任她擺弄，接著笑道：「當日只道是奇恥大辱，恨不能不教半人得知，沒想到終有一日也能夠當笑話來說。」阿寶亦微笑回應道：「是這個道理，只要時日足夠久長，有許多事情原來不過就是笑話。」定權點點頭，語意中頗有憐惜：「我去了，妳再回籠睡一覺吧。」阿寶道：「殿下不說，我也要睡的。」定權隨手將她身上道袍的衣領又替她裹緊了些，湊近她耳邊低語道：「我今晚便不過來了，妳好好歇歇。」又道：「天氣太冷，離禦爐日還有些時候，不好單給妳這裡先生火。我教妳個法子，說妳要熏衣，叫人多端幾個熏籠放在屋裡頭，也是一樣的。」阿寶推他道：「快去吧，失了朝時，有殿下再解帶子的機會。」定權伸出手憤憤地在她鼻梁上重重一刮，道：「真失了朝時，看是壞了我的名聲還是壞了妳的名聲。」

夜未向晨，夜未央。阿寶再度和衣躺下，宮人趨過為她蓋上了被子，又放下了帳幔。衣上的餘香在寂靜無人處再度暗襲。窗外湧起了大潮聲，她漸漸地在潮聲中睡熟。

常朝例無大事，亦無太子可置喙之政事，定權無非是泥塑一般占據御座下東面一角，靜聽省部臺朝臣向皇帝匯報各衙公務。天氣愈寒，人多疲弊，朝堂的爭吵較往常也少了許多，須臾再無人出列陳詞，皇帝正欲下令散班，忽有一青衣近侍捧回一封公文，向陳謹使了一個眼色，陳謹連忙接過，奉給皇帝。函口朱泥上封著兩三枚褐色鳥羽，正是一紙軍文。皇帝親自剝去封泥，開啟後只看了一眼，適才緊縮的雙眉便舒展開來，進而拈紙的雙手都微微抖動起來。定權知道定是捷報無疑，也暗暗鬆了口氣，見皇帝立刻低頭看向自己，雙目交錯過，便微微頷首，以示知情。

自顧思林引軍出關之後，皇帝首次朗聲笑了出來，又對定權招手道：「太子上前來，代朕將此信諭知諸公。」定權遂趨前，雙手捧過羽檄，先大略看了一遍，方照本宣讀道：「長州鎮守副都督河陽侯顧逢恩攝承州都督兼長州鎮守督軍副使李明安謹報兵情：鎮遠大將軍武德侯顧思林師出回雁山以西，深入朔漠近百里，覓敵為戰，斬首千二百餘，擒獲寇將某人，擒獲俘虜若干，收繳兵器輜重若干，將軍引師繼續北向，遣軍使回報，臣等不敢怠慢，即刻具書以達天聽……」此後又有請旨如何處置所擒敵將俘虜及頌聖官話等語。

語音方落，兩班朝臣不待皇帝示意，紛紛出列致賀，致賀之餘難免交頭接耳。中書省及樞戶部首長難掩滿面喜悅之色，索性當眾互相拱手致意。定權將檄文奉還御座之時，竟聽得皇帝輕輕舒了一口氣，方欲辭下，忽見皇帝輕輕向他搖了搖頭，不解何意，向皇帝身後稍退了兩步，叉手待命。及群臣噪動稍緩，忽聞皇帝開言道：「此捷乃朕御極以來之大盛事，此皆賴列位臣工盡忠國是上下同力，方得此大幸，朕心甚慰。」又轉眼看了定權半晌，頷首道：「太子亦辛苦。年來眾卿常以國朝家法向朕進言，朕豈不知儲副以養德為本，只是此役為國家之最重大事，朕以為天子庶民，當各有職責擔當，無一例外，是以也叫太子間或親至省部，勘察事務。耳聞目見，太子辦事穩重處分得當，國有儲君如此，朕心甚慰。」

定權自正位東宮以來，從未受過皇帝如此褒獎，何況還是於大庭廣眾之下，在一旁聽得面紅耳赤，也不敢抬頭分辨皇帝臉上的神色，忙跪倒回覆道：「臣不過奉召轉遞陛下旨意，效驅馳奔走之力而已，陛下厚愛，臣愧不敢當。」他惺惺作態，群臣自然也跪倒一片，齊頌「陛下萬歲」、「殿下千歲」一類贊詞。皇帝含笑命眾臣起身，又吩咐無論官階高下，在場者皆賜御酒一壺，散朝後各自領取，方對定權道：「太子今日陪朕午膳吧。」

定權站起身來，雖猶覺頭昏腦脹，仍不忘去察看群臣當中趙王的身影，但見他微微銜笑，雖無人注目時亦是一副平和安詳態度，彷彿周遭一切皆與他絲毫無干一樣。定權跟隨皇帝由迴廊轉入後殿，一縷清風拂過，熱燙的面頰逐漸冷卻下來。膳前更衣時，他終於低頭微微一笑，再次體悟過來：這是由她經手的，革帶束得太緊了。

此日逢月初，趙王在朝會後，依例前往中宮殿向皇后請安。他雖是皇后的少子，素來卻並不如長兄和母親親近，以往按制定省，不過以全禮儀為主。只是今日見皇后神情似頗憔悴，私下詢問宮人方得知，皇帝已逾二月未曾蹈足中宮。自齊王事發後，她的心情原本抑鬱難解，對皇帝的態度較前也更加患得患失，顧及此節，定楷遂留下多勸慰了她幾句。既到了用膳的時候，皇后挽留，便也不再執意推辭。

因此事皇后似乎頗為歡喜，忙命宮人吩咐膳房臨時多增添了幾道菜。一時齊備，又忙命人給定楷布了幾箸酸筍和鮒魚魚乾，勉強笑道：「這時節鮒魚難得，我記得你哥哥最喜歡這東西，你口味隨他，素來也愛吃，就多吃些吧。」定楷謝恩笑道：「是。」她既然提起了定棠，定楷便一邊揀起鮒魚慢慢吃盡，一邊隨口問道：「大哥近日有信給孃孃嗎？」

皇后呆坐了半日，方道：「上次來信還是八月底，說王府地處卑溼，破敗不堪，待要重修，又恐你爹爹怪罪，便這麼一直拖著，如今便要入冬，也不知如何了結。」定楷寬解道：「孃孃不必過於憂心，兒這幾年俸祿倒還存著些，大哥既然需用，著人帶給他便是了。」皇后搖頭道：「你如今還小，尚不知需用錢處，等到將來娶了王妃……」此語未完，兩行眼淚便定定直落了下來，泣道：「娘只有你了，你再離了娘身邊，娘這生可怎麼過得下去？」

定楷連忙投箸，趨上前親自替皇后拭去眼淚，也不還座，就勢偎在皇后足下，勸慰道：「爹爹一時並沒有給兒指婚之意，孃孃也不必過於擔憂。」皇后搖頭道：「你怎知你爹爹的性子？當年孝敬皇后還在的時候，你爹爹看她的那副神情，連我都覺得齒冷。幾十年夫妻，萬沒想到，到如今我也是沒能夠逃過。娘已經這樣，拿什麼來庇護你們兄弟？」伸手淒然摸了摸定楷的額髮，道：「我跟你爹爹說了幾十年，也沒能替你幾個舅舅討來半個實職要缺。我並非是要替娘家人要官爵，只是實在不忍心看你們兄弟日後白白成了人家的——」

定楷連忙喊道：「孃孃！」一面回頭，叱令宮人道：「此處有我服侍便可，你等先退下吧。」皇后苦笑道：「當日怎麼能想到，要跟自己兒子說句體己話，也到了要避人的地步？」定楷拉起皇后雙手道：「孃孃言重了，陛下實在是因為前線的軍情要緊，或者也是害怕帶累孃孃憂慮。今日朝堂上，已有首戰捷報返回，兒見陛下聖心大悅，連帶太子殿下都大獲褒獎，想來不日便會前來看望孃孃。」一番話直說得皇后面如死灰，顫聲問道：「陛下是怎麼說起太子的？」定楷淡淡一笑，轉述道：「陛下道國有如此儲君，堪慰聖心。」

皇后冷笑點頭道：「這麼說，果真是要將我母子視作寇仇，拱手獻人了嗎？」定楷微露訝異之色，問道：「孃孃何出此言？」皇后道：「你不知道，前月陛下就欲封阿元郡王爵，聽說是太子力辭才作罷。陛下寵愛皇孫，是世人皆知的事，只是我先前只覺得陛下年事漸高，人老了疼愛孫子也是常情。只是如今看來，莫非竟是陛下自覺年來聖體違和，要趁此機預先立出皇太孫來，以固太子儲位，以安巨戚之心不成？你兄弟對他跪拜也便罷了，日後還要對那賤婢之子俯首稱臣。你哥哥也……便罷了，只是你素來老實，不曾有一言一事得罪他處，娘怎麼忍心看見你也受了娘的牽累？」

定楷沉默半晌，站起身來，將皇后輕輕攬在懷中，低聲說道：「母親這話，兒私下也曾想過。兒雖然老實，也並不是肯一味受人欺負之人。」皇后一驚，從他胸前抬起頭問道：「你要怎麼？」定楷的聲音已經有了些喑啞：「兒只求自保，只求能保母親哥哥無恙。」一面低聲對皇后耳語：「母親可否傳信給大哥，過去翰林中有曾受他大恩者，如今已轉入御史臺。請哥哥作書，曉以舊日情誼、利害關係，或可請其在途窮時為我母子一鳴。」

皇后遲疑道：「他是待罪宗藩，怎能交通外臣？若教陛下得知……」仰首又看了看定楷的模樣，良久終於咬牙道：「我或可去書一試，只是你務必萬分小心，切莫讓人再抓出你哥哥的把柄來。」定楷點頭道：「兒記下了。若有回覆，請母親交付與兒，兒自會設法打算。」皇后慢慢站起，捧住他的臉孔打量他半晌，突然咬牙道：「楷兒，娘對你不起，娘不該將你也牽連進來。」定楷搖首道：「兒雖愚鈍，豈不知脣齒手足相依之理？」

及勸得皇后止淚，又喚人來為她重新妝扮，定楷才辭出宮去，回到府中，天色已近黃昏。府中內侍替他更衣時，赫然見他頸後至脊骨一線皆已是暗紅色，其上發起了一片細密的疹子，受驚不淺，忙前去稟告長和。長和入內，只看了一眼，便問道：「殿下今日入宮，可又是吃了鮒魚？」定楷點頭笑道：「就你眼尖，不必聲張，取一帖清火的藥煎來就行了。」看著他出去，慢慢自己穿上衣服，一手無意識地想去抓撓，卻又硬生生地定在了半空，緩緩撤回。這是他早已習慣的事情。

趙王定楷在日落前自嘲地一笑，世人皆有擅長之事，他那今日在朝堂上出盡鋒頭的兄長慣於忍痛，而他卻慣於忍癢。只是也許人皆不知，癢其實比痛更難忍耐。

第五十七章

言照相思

日落後又起大風，雖然已經隔出了暖閣，東宮的正寢依舊寒冷如同冰窖。定權倚案與人作書，多寫了兩行字，握筆之手便不覺已經僵直。投筆起身，一邊走動一邊呵手取暖，一時想起椿前事來，思量了片刻，方重新落座。還未待拈筆，便見周循入內稟報道：「王公來了。」定權忙披衣，親自出閣迎候，不待王慎行禮，便一把將他托住，硬按他先落座，問道：「阿公一向少見，怎麼大風天連件大衣服不穿就出門了？」王慎也不謙辭，半推半就著坐了，笑道：「不瞞殿下說，若不是陛下點名差遣，老臣也不想討這趟差事。」

定權剛剛落座，忙又起身問道：「陛下可是有旨意？」王慎笑道：「旨意是有，殿下且不忙施禮。就是聽說陛下今日用過晚膳，抱怨殿內過冷，起臥不便，想起來殿下素日格外畏涼，便命臣來說與殿下知道，東宮也可先起炭爐。這幾日所用之炭，將來從殿下的份例中扣除就是。」這雖然是樁小事，定權仍舊先依禮謝過聖恩，方起身問道：「陛下的旨意，可是說延祚宮各處？」王慎笑道：「只澤及殿下一人，可謂殊榮。」

定權知道皇帝近年來愈發細心，仍不曾想到連多使用出的幾斤炭都要囑咐到，雖略感詫異，再次表些感恩之意，又親自吩咐周循命人將王慎送回。見周循再度入室，方囑咐道：「我這邊其實用不上，你叫人送到太子妃閣內去吧，她攜皇孫同居，天氣寒冷，叫她母子多加保重。」周循回覆道：「才方轉涼時，陛下便命先給皇孫閣內添了炭盆，算來都已近一月了。」定權皺眉問道：「我怎麼不知道？」周循不滿道：「當日臣便親自稟報了殿下的。」

經他這一提，定權也隱隱記起了似乎有這麼件事情，轉口道：「罷了，那就給了長沙郡王吧，省得他成日吵鬧說天冷寫不出好字來。」周循一面給定權預備手爐，一面絮絮道：「今年的天氣當真古怪，臣活了這輩子都沒曾遇到過。禦爐日尚未到，早起向陰的屋簷下就掛了一溜冰凌子。」又道：「不過郡王倒也不是欺誑，臣確是看見他的手都生了凍瘡了。」

定權笑道：「你當我沒聽說，那是半夜三更，人人皆睡了，他偏要蹲到外頭不知掏尋什麼才凍到的。」周循道：「宋娘子一身是病，成日又忙著吃齋誦佛，哪裡管得住他？」將銅手爐遞給定權，又道：「殿下素來手足易冷，也且莫再據案看半日書都不走動。」定權側頭打量了他片刻，笑問道：「你幾時也開始這麼囉嗦了？」周循笑道：「臣年紀大了，人老了自然瑣碎起來了。」定權沉默了片刻，方微微一笑道：「是嗎？」

次日雖無朝會，定權依舊早起去聽過了授課，往戶部走了一遭，回來又趕著寫了幾頁字。初冬原本日短夜長，如是一番折騰，天也近昏。他寫字寫出一身汗來，自覺暢快，又見風稍止定，思忖著到殿外透口氣兼看落陽，不想前腳剛邁出殿門，便被斜刺裡衝出的一人撞了個滿懷，連帶他手中一物也飛出去老遠，吧答一聲跌在了玉階之下，旋即縮成一團。

此人情知惹了禍，當機立斷，扭頭便跑，被定權一聲斷喝道：「長沙郡！」不得已才止了腳步，雖明知自己已落虎口，猶奮不顧身向身後揮手示意，定權移目望去，果見皇孫小小的頭顱往柱後一閃便不見了。其後又半日才氣喘吁吁跑來一群保母、內臣及宮人，見定權站立廊下，皆噤若寒蟬，止步不敢作聲。

定權定睛看了看那階下刺團，氣不打一處來，思想了片刻，方吩咐：「帶大哥兒回去。」又問道：「跟著郡王的是誰？」兩個宮人瑟縮上前一步，互看一眼，連忙跪地，定權卻似不欲深究，只吩咐：「你們回去替郡王取身常服，送到我這裡來。」這才低頭對定梁道：「你跟我進來。」定梁與皇孫又照會了一個眼色，皇孫便伸手去指指階下的刺團，定梁向他擺了擺手，示意不合時宜，皇孫方萬分不捨地被保母抱著去了。

定梁磨蹭入殿，未待定權開口，便搶先訴苦道：「殿下，臣的手起了凍瘡。」定權冷笑道：「就是為了去掏那東西？」定梁不料他居然知曉此事，摸著頭不好意思地嘿嘿一笑，道：「倒也不全是因此。譬如臣當日便是寫了大半天字才去的，本來因何事而生瘡瘍，只能算作一樁無頭公案，只是眾人皆不說是寫字寫出來的，都說是掏刺蝟掏出來的，這不是有失公允？」

見定權面色陰沉，不為所動，忙又道：「臣知道錯了。只是殿下前些日子才教導過臣，為人只可雪中送炭，不可錦上添花。臣想，連錦上添花都不可行，更加不可雪上加霜了……」定權嘆氣道：「我現在不打你。你在這裡和我一起用膳，然後去向陛下問安。」定梁偏頭，依舊故技重施，問道：「陛下可有旨意要召見臣？」定權怒道：「陛下沒有旨意，是本宮叫你去的，可否？」他既然生氣，定梁也暫時不敢再逞口舌之快，只得應道：「是。」

皇帝今日晚膳較尋常偏晚，兄弟同至康寧宮時，皇帝用膳猶未畢，宣召兩人入內，待兩人見禮後，隨口問道：「六哥兒怎麼也一道來了？」定權笑道：「六郎說已經許久未近聖顏，未能向陛下面問安好，心中不安，請臣也帶他同來。」皇帝點頭道：「也好，既然來了，你們就陪朕一起用些吧。」定權方欲謝恩，忽聞定梁答道：「謝陛下，殿下和臣都是吃過了飯才過來的。」他音色清明，未留給定權半分掩飾的餘地，一時尷尬非常。

好在皇帝並不以為意，又道：「那便取糖來給六哥兒。」定梁答道：「謝陛下。臣不愛吃糖的。」定權再忍不住，狠狠瞪了他一眼，定梁迫於他淫威，方極不情願地跪下，低聲謝恩道：「臣謝陛下賞賜。」接過糖來，也不肯好好吃，捧在手裡無聊把玩。

皇帝晚膳素來簡單，定權在一旁服侍，俄頃也便用畢。皇帝從定權手中接過巾帕拭手，一面問道：「你此刻來正好，朕正想聽聽，昨日逢恩請示處置戰俘一事，你怎生看？」定權並不情願談論此題，委屈迴避道：「臣遵從陛下聖斷。」皇帝道：「朕是問你的意思。」定權垂首道：「此事重大，還請陛下示下。」皇帝不滿道：「你不必搪塞，怎麼想的，說出來便是了。」

定權推辭不過，遲疑了片刻，方答道：「以臣之愚見，俘獲或可命將軍就地格殺。敵首解送至京，再正典刑。」皇帝看了他一眼，又問道：「想必你也知道，這其間多是降人。」定權答道：「臣亦知殺降不祥，只是且不說另辟人力地場之事，眼前的形勢，前方軍糧供我軍則有餘，供俘獲則已不足。戎狄志態非我族類，常時尚不能望以夏化夷，非常時安能留待肘腋之變？且……」又扭頭看了看定梁，卻見他雙目炯炯，正聽得聚精會神，又不見皇帝表態，萬分無奈，只得接著說道：「且幸當下天氣嚴寒，無須擔心疫病，屍骸亦可安心掩埋。」

皇帝依舊不置可否，只道：「你的意思朕知道了。你可還有旁的事情？」定權稱是，遂將今夜攜定梁來的初衷上報皇帝道：「臣是想請陛下旨意，長沙郡王年紀已漸長，或可為其擇定業師，開蒙學書。」皇帝點頭道：「六哥兒今年已經七歲了吧，是到了該讀書的年紀了。年來國家多事，朕也沒精神顧得上他的事情。長兄如父，你代朕斟酌辦理便是。」定權連忙低頭謝恩，定梁此刻倒也知情識趣，特意向皇帝行了大禮，直到告退後才低聲咕噥了一句：「臣已經九歲了。」

一路返回東宮，定梁與定權同輦，見他面色愀然，遂找出些話題搭訕道：「既然說是天氣嚴寒，何必還要特意說掩埋的事情？少去多少工夫——我晚間出去摸個刺蝟，土都凍得掏不動。」定權不欲與他多談此事，簡單答道：「殺之，勢也，權也。掩之，經也，道也。」定梁問：「那麼殿下以為對？」定權道：「是。」定梁道：「既是對，又為何憂慮？」定權道：「我以為對並不算對，陛下以為對才算對。」定梁道：「那為何又要直言？既直言了，又何苦悶悶不樂？」定權被他聒噪得無法，怒斥道：「放肆！你越大越沒規矩了，還有陛下面前，有你那麼回話的樣子？」定梁未想引火焚身，吐吐舌頭道：「我原本就不願去的。」定權怒道：「我懶得管你的事情，日後替你擇定個厲害師傅，看你還敢不敢成天滿口混帳話！」

兄弟兩人說話間，已經行入東宮苑內，定權遂側身吩咐一旁行走的內侍：「不必回正寢，逕去顧才人閣中。」又對定梁道：「然後讓他們送你回去。」定梁卻不知因何事突然閉了口，低著頭半晌方應道：「謝殿下，只是……臣想在此處降輿。」定權不知他又要弄出什麼花樣來，皺眉問道：「怎麼？」定梁支吾道：「臣想去把臣的刺蝟拾回來。」停了片刻，又道：「不然，會凍死的。」

直待下了輿乘，慢慢踱到殿前玉墀下，和兩個內臣一同尋了半日，才在蹲踞的瑞獸腳下發現了下午跌掉的刺蝟，此時已經掛了一身白色的寒霜。定梁將牠拾起，和那顆糖一起兜在自己的衣裾中，提著衣角直起身來，站立有時，忽然老氣橫秋地嘆了口氣，方才離開。

阿寶正在閣內與夕香一起翻動熏籠上的衣衫，見定權搓著手走進來，起身笑迎道：「我們只道你今日也不過來了，就都要歇了呢。」一邊幫他卸去外面穿的披風。定權笑道：「妳這裡依舊是這麼冷——昨日倒是得了個生火的恩典，我還思忖妳大約也不想要，就給了別人。」阿寶將他的披風拎在手中，睫毛慢慢地抬了起來，臉上似笑非笑道：「殿下又不曾問過我，怎知我就不要？別人有的，我一樣也都想有。」話音剛落，便是一聲受驚的輕呼，卻是羅裙一轉，已被適才脫下的那領披風包裹住了。她喘息未定，定權已從身後隔衣環抱住了她，將下頷抵在她的頸項上，笑道：「妳用不著。」靜默有時，她方欲再開口反詰，忽又聞他低語：「妳有我。」

懷內人安靜了片刻，他隔著自己的衣服感知了她胸口的律動。她緩緩轉過身來，伸出溫軟的手掌，輕輕摸了摸他依舊冰涼的臉頰和雙手，忽然笑著喊道：「夕香，開了倉房，請他進去，鑰匙要收好了——既然是我的，就先收著，等到天氣熱了再放出來，我如今還用不到竹君。」他微微一愣，立刻伸手向她衣領下袖口中亂觸亂探，也笑道：「要入倉一起入倉，要入甕一起入甕。只同甘不共苦，從我身上可討不到這等便宜。」

一避一迫，兩人笑鬧著扭作一團，漸漸不覺寒冷。阿寶直笑得身子發軟，告饒道：「我不鎖你了，你也不許和我混鬧了，看頭髮都弄散了。」定權這才放開糾纏，引她走到銅鏡前，坐在一旁榻上，含笑看她拈起竹篦箕掠鬢，道：「其實是給了長沙郡王，妳現在可釋懷了？」阿寶點頭，正色道：「真是給了郡王，妾便不追求了。日前妾的插花砸破，還是他送來了一只新的。」定權看看閣外觀音寶相前的青瓷瓶，笑道：「這小子，惠而不費，倒學會了用我的東西來做人情。」

阿寶放下篦箕，用手撫了撫鬢角，方回頭巧笑道：「所以我也不謝他，單謝殿下就是了。」忽想起一事不解，又隨口問道：「國朝皇子皆逕封親王，何故獨他要從郡王轉遷？」此事緣由宮中人大多知曉，定權遂也不加隱瞞，解釋道：「他生母宋氏不過授七品美人位，素又多病，他在冠前若只食宗親俸，母子兩人用度則過於窘迫。宋娘子位雖卑，卻於我有庶母之分，我亦不便直接接濟。是以年前向陛下進言，先從權封他郡王爵。」又道：「錢少只是一說，妳也知道宮中上下炎涼勢利，也是省他少受些欺負。」阿寶淺淺一笑道：「我並不知道。」

定權沉默了片刻，站起身來，一一替她卸去髮上簇新的橋梁釵、蟠螭釵、金鑲玳瑁梳，與那把已經舊至失齒的篦箕置於一處，將她方綰好的一頭青絲放下，雙手搭在她肩上，望著銅鏡中的佳人低聲嘆道：「又何苦多了這樁事情？」

第五十八章　青冥風霜

太子在巳時末離開顧才人的閣子，顧才人並未起身相送。夕香引一干宮人前後侍奉，直至太子輿乘遠去。折回閣中，想查看顧才人有未睡熟，打開帳幔，卻見滿眼鬢亂釵橫，脂漫粉融，伊人的素手正在結繫抹胸的帶子，潔白的脖頸上香汗未消，曖昧的紅色印痕延續其上，直至被抹胸遮掩。她微感尷尬，正不知是當伸手相援還是就此退避，卻聞阿寶平靜說道：「夕香，我覺得口渴，煩妳取水給我。」

她起坐披上中衣，意態嬌柔，幾乎連端起杯子的力氣都沒有，夕香捧水奉至她嘴邊，她俯就在她手中，欹枕喝盡一盞溫水，雙顴上浮泛的潮紅才漸漸退去。輕輕拭去杯沿沾染的口脂，她抬起頭來，微笑著問道：「妳一直看著我做什麼？」夕香從微怔中回過神來，答道：「我是看娘子比從前……好看了許多。」又問道：「娘子還要水嗎？」

阿寶頷首，卻輕輕抓著她持盞的手腕不放，隔了片刻才問道：「妳想去睡了嗎？」夕香搖頭道：「娘子不睡，我怎能睡？」阿寶歉疚一笑，道：「是我拖累了妳了。」見她似乎是急於解釋，又阻止她道：「只是已經這麼晚了，不妨再拖累妳片刻，妳能夠留下陪我說說話嗎？」

她從未有過這樣的要求，夕香不由疑惑，答應道：「是。」阿寶笑道：「那麼請坐吧。」她一向待人溫和有禮，是以夕香並未堅辭，與她對面坐定後問道：「娘子？」阿寶仔細看了她片刻，開口道：「如果我沒有記錯，妳大我四歲，今年已經廿四了。我有心叫妳聲姊姊，只是想著妳又需做出惶恐樣子，又要起身辭謝，我又要費口舌和妳辯論，還是算了。」

夕香不知她此話何意，又當答些什麼，只得垂頭道：「妾不敢。」阿寶道：「妳家姓陳，這我知道。只是從沒有問過，妳家裡還有些什麼人。」她突然問及此事，夕香再度想起家人，難免傷感，回答：「家中還有爺娘和一個妹妹，一個弟弟。」阿寶問道：「妳離開這許久，不掛念他們嗎？」夕香沉默片刻，忽然雙淚垂落，因阿寶仍未放手，不便擦拭，良久才點了點頭。

阿寶並不勸慰，只是靜待她止住眼淚，才接著說道：「自我入宮後，除了先頭的蔻珠，只有和妳朝夕是在一處，已近六載。人生能得幾個六載？妳我的因緣可算深重。只是我素無恩德於妳，卻多承妳照料。記得那年冬天，其實還沒有現在冷，只是內庫遲遲不送炭到此處，妳在懷中為我暖足，這份情誼，我當時雖不說，心上卻從來沒有忘記過。」

她此刻提及此事，夕香只道是她近日突獲盛寵，欲有謝賞之意，連忙開口辭道：「娘子說哪裡話，妾不過是盡本分而已。」阿寶略略搖頭，笑道：「妳聽我說完。其實我捨不得妳，不瞞妳說，這些年來，若說我心中一直還有個依靠的人，也只是妳。我已經帶累了妳這麼多年，不忍心再帶累妳下去——妳跟著我，不會有好下場。」

她右頰上的花鈿已經失落，烏黑的鬢髮仍然蒸騰著溼氣，卻用如此平淡的語氣說出這不祥之語來，夕香只覺此情此景無比詭異，張口結舌無語對答。阿寶笑道：「妳跟我最久，我想其實妳也應當瞧出來了，是不是？」夕香與她相守數載，也早察覺前後事態難以常理思量，想起當年周循調自己來她身邊的初衷，雖然不知內裡情態究竟如何，面孔卻也漸至煞白，半晌才搖首泣道：「我什麼都不知道。只是我十分……十分思念家人。娘子可否開恩，求求殿下，放我出宮？」

阿寶鬆開她的手回絕道：「此事我提不得。當然妳也自可以去尋找周常侍，將我今夜的話告訴他，只是我想也沒有用處，就是傳到了殿下耳中，這也不過是深宮怨婦的幾句牢騷罷了。」她慢慢躺下，不顧夕香淚流滿面跪倒在床前，翻身向內睡去，低聲道：「夕香姊姊，我要睡了，妳也快去睡吧。天氣陰潮，妳的房中又無炭火，夜間留心加衣，這時節受了涼，怕是要弄出大病來的。」

隔著簾幕，她聽見夕香的哭聲越來越低，直至靜默。她聽見她衣裙窸窣的聲音，似乎是在向自己施禮，然後輕輕退出。她想起多年前，夕香剛剛來到自己身邊，理直氣壯地喊自己「姑娘」，前後忙碌著幫自己料理頰上的傷口，那傷口後來一點痕跡也沒有留下，大約全是她的功勞。她是奉命來監視自己的，卻總是睡得比自己早得多，是一副全然沒有心事的樣子。

十月朔，三年一度的京察在中書省和吏部的主持下，漸近收尾。長和以及屬下依舊如前四處走動搜羅，例行將升、降、黜、轉的官員名單一一整理完全，以備趙王詢問。

說起此次京察，最引人矚目之事自然是中書令何道然致仕，長和最先報告趙王的，自然也是此事。天色向晚，趙王定楷正在書齋裡用火箸撥著炭盆裡埋的栗子，不時有畢畢剝剝的爆裂聲，滿室皆是帶著炭氣的甜香氣味。見他攜帶著一份邸報過來，放下手中的事業，接過隨意翻了翻，笑道：「年年皆說要致仕，只怕這次是當真了。」

長和取過箸子，蹲下身將幾顆已經炸開的栗子一一替他揀到盆沿上，道：「何道然已經七十有二了，素來身體又不算健旺，到後來連上朝都成了樁苦差事。況且他在任期間，政績不曾築過半分，御史臺的彈章，給他家砌兩面南牆都夠用了。年年求去，只怕皆是發自肺腑，只是陛下不允。他從前抱怨，皆是私下裡，到了去年起，索性便在大庭廣眾下了，說日夜掛念著自己在江南的林苑，自建成後一天都不曾入住，此生最怕的就是一旦斃命任上。」說完又呵呵笑道：「只可惜滿朝上下也沒個厚道人，當初聽他說了這話，皆當面笑讚他有武侯遺風。如今又說，雖未做到死而後已，卻也做到一半兒了。」

定楷忍燙剝了一顆他揀出的栗子，一面吃一面笑道：「何相有苦衷，陛下未必沒有。滿朝論資歷數他最老，論性情要數他最和善，難得的是不親陛下、不親東朝、不親邊將也不親封建，偏又面皮夠厚。這樣一尊活菩薩，閉著眼任事不管，只管替陛下占住了這把交椅，這些年來省去陛下多少精神？」長和道：「陛下只要尸位素餐，只可惜這位菩薩不識趣得很，偏偏在這節骨眼上中了風。依殿下所見，陛下若要再提舉，花會落誰之家？」

定楷將邸報遞還給他，仍舊自己持箸，將幾顆栗子在地上擺成幾排，首排三而次排六，方道：「何道然這幾年坐在宰相的位子上，生生將相位坐成了虛設。陛下好容易得以避開省裡，種種庶務得以徑向六部號令，只怕一時不想再自尋麻煩了。」又問道：「你知道東朝可曾向陛下薦過什麼人選？」長和答道：「還不曾聽說。」定楷點頭道：「這是和東朝相關的大事，三省中有張陸正與他固然是好，再出李柏舟卻也是禍事，他不能不謹慎。」半眯著眼睛，盯著那栗子看了半晌，忽然自顧自噗哧一笑。

長和正要發問，定楷道：「我是想起了前些日子，東朝在朝堂上說的話。」遂將皇帝當日表彰太子的對答複述了一遍。長和細細玩味，問道：「殿下笑的，可是東朝『驅馳奔走』幾個字？」定楷頗為讚賞地看了他一眼，將地上二排的兩只栗子取出，依舊投入火中，道：「東朝當眾說的與其是謙辭、是撇清，倒不若說是實情、是抱怨。陛下乾放著相位不用，倒派儲君日日銜憲，在部中輾轉。只是這六部之中，規定死了他又只能前往戶、工二部。此二處位卑事冗，有功不賞，有過必罰，一面輕易桎梏了顧思林，一面又輕易桎梏了東朝。」他轉向地上還剩的七枚栗子道：「若是你是東朝，可還有餘力想這朝三暮四，或是朝四暮三？」

長和隨他一樂，撇去此節不提，只是又將此次京察各處的遷轉一一報告給定楷，此事頗為繁瑣，難得他記性好，手中又拿著提辭，不時看看，將省、部、臺、衛的變動與定楷說下來，也耗去了近一個時辰。定楷在一旁蹙眉聆聽，只覺皆是正當移動，並無甚蹊蹺，才微微安放下心來。

正在回味中，忽又聞長和打岔道：「此次遷入蘭臺的舊翰林，臣皆按殿下鈞旨，各有奉獻。只是臣想著，時已至此，主持京察的吏部天官朱緣朱尚書處，殿下可要預備下些什麼？」定楷擺手道：「此人你不要去招惹他。」長和奇道：「臣一直奇怪，此人是李柏舟的門生，太子素無收納之意還在情理間，為何殿下也要退避三舍？」定楷道：「你只知其表，太子不近朱緣，並非李柏舟之故，李氏門生故吏亦多，東朝豈有一一諱避之理？何況他當日任張陸正佐官時，與張頗為親近。」長和思想了半日，問道：「他是陛下的人？」定楷笑道：「我只知道他是朝中第一聰明之人。」

兩人說笑了一回，定楷站起身來，伸了伸懶腰，問道：「還剩哪裡？」長和也隨即起立，答道：「餘下兩坊、詹府和地方。殿下若欲早些安歇，臣明日再向殿下說明。」因屬太子近臣，定楷踱了兩步，仍道：「既然如此，你先將坊府說了吧。不必拘禮，你坐下，邊吃邊說。」長和應了一聲，自然不敢造次，慮他已現疲憊之色，遂匆匆將兩處的人事變動與他一一報告了，又總述道：「坊府設官雖不多，單論變遷之巨，卻異於他處。」

定楷「嗯」了一聲以示知情，解釋道：「這兩個衙門的名額原本多是加官，以繫東朝與廷臣。及至今上不欲如此，遂成供翰林轉徙之所，其間皆做的是無情流水官，不足為奇。」長和笑著答應道：「是。」將手中冊頁整理收好，留在定楷案上，隨口又說笑道：「說是無情流水，其間也有磐石未肯轉移。」

定楷已經低低打了個呵欠，問道：「此言何解？」長和笑道：「無他，詹府的人前後已換了三茬，聽聞只有一個主簿安據其位，六年間未升未落未轉，年年考功，皆是『平常』兩字。詹府內專門有人替他寫下個對聯，道是：考語稱職，稱職詹事一時簕；績效平常，平常主簿萬古長。就連新任的副詹赴衙，還是向他請教的衙內規矩。」定楷笑道：「天下原是有這等不長進的人。」又道：「我今日不知怎麼，頗覺倦怠，你也先退下吧。這些東西，你揀回去晚間胡亂吃吃吧。」

長和答應了一聲，喚入侍者侍奉他浣洗，自己將盆上栗子拾盡，剛想告退，忽聞定楷問道：「即便考語年年只是平常，足夠兩屆，也當轉移，或升遷，或入別衙，為何仍居原位？」長和不知他為何提到此節，一時愣住，答不出話來。只見定楷將巾帕敷在面上，悶聲道：「我記得當日在宗正寺，何道然提議，太子千秋，前去相賀的似乎便是一個主簿。」長和試探詢問道：「殿下？」定楷移開手巾，擲於金盆中，問道：「彼主簿可是此主簿？」

第五十九章

西窗夜話

長和差出的人帶回消息，已經是一旬之後。定楷命長和一道聽完，屏退來人，搖頭道：「幾天才打聽出這樣幾句話來，不如孤自己去問的清爽。」長和道：「此人的科第、鄉梓、行狀、轉遷經歷都已查清問明，殿下還想知道些什麼？」定楷捏著一柄泥金紙摺扇，用竹扇骨敲了敲他頭頂的襆頭，道：「事一糊塗，你也跟著糊塗？知道他是什麼人，往東宮走過幾趟，這種張張嘴的差事誰不會辦？要緊的是要知道，為什麼。」長和恍然大悟道：「殿下是說，為什麼，偏偏是他？」

定楷背著手在書室內踱了兩步，道：「我們滿打滿算，就算靖寧二年他入宗正寺時才跟東朝結識，迄今已過五載。東朝善疑，此人看來履歷平常，人才亦平常，他有何德何能何機緣，能得東朝如此青眼相加？光靠在龍潛於淵時獻了個壽，東朝的脾氣，怕絕不是這樣的吧？」長和忖度片刻，點頭道：「殿下這麼說，臣就想通了，臣想了想，要查出來為什麼，要先查出來是幾時──他和東朝是何時開始交通的。其後的千絲萬縷，方好提綱挈領整理出頭緒來。」定楷道：「這話才有些入港，你就慢慢著手去辦吧。」

長和道：「眼前正擺著一條明路，那人六年前便在西府，殿下一問不就知道了？」定楷擺擺手道：「不到不得已時，不到動用她時。長和，我問你，你知道我大哥究竟敗在什麼事上嗎？」長和道：「是殿下的嫡親兄長，臣不敢妄加點評。」定楷看他笑道：「你和我來君君臣臣這一套，小心我和你也來這一套。」長和朝他一笑，並不言語。定楷點頭道：「言者無罪，但說無妨。」長和低頭想了想，這才斟酌詞句，笑道：「臣忖度著，大約是四個字——自以為是。」

定楷笑笑，不言讚許，道：「這話說得有點意思，但還是浮於淺表。往透徹裡講，我的哥哥敗就敗在，自始至終他都只是個凡夫俗子，到頭來沒能夠看透天心。陛下是不喜歡太子，但這麼多年來，陛下最想做的事，絕不是廢太子。或者換句話說，陛下只要做到了他真正想做的事，他就根本不需要廢太子。其實，陛下和太子的關係，遠比旁人看得見的要複雜得多。」他擺弄著高麗紙摺扇，蹙眉看著其上的一叢妖嬈的描金牡丹，半晌才合上扇柄繼續道：「不過這事並不能全怪他，實在是陛下把他寵壞了。我說這話，你明白嗎？」

長和道：「殿下剖析得這麼透徹，臣再不懂，就再也不敢侍奉殿下了。」定楷道：「所以四年前的官司，東朝為何會入彀，偏偏就是因為，他比我哥哥要聰明得多。他是聰明太過了，從一早便知道，自己真正的對手，最大的對手，根本不是廣川郡，而是——」他緘口不語，伸手指了指頭頂青天。

長和沉默片刻，道：「郡王卻一直都沒有明白過來。」

定楷嘆了口氣道：「所以說眼下的情形是，陛下委派青宮親自備戰督戰，顧思林用命，他絕不敢不努力。然則顧思林勝如四年前，於太子並無裨益，因為飛鳥盡則必藏弓，這就還是從前的舊話老故事，再重新說一遍；而顧思林敗如四年前，於太子更加無益，因為他自己就深泥其中，徒然授人以柄，或者說，就是授天以柄。」

長和點點頭，道：「東朝的境遇，跟前方的戰事息息相關，但說到底，不過四字，『進退維谷』而已。」

定楷笑道：「你不要以為進退維谷就不是什麼好話，進退維谷未必不是個安穩局面。我剛跟你說什麼，局勢穩，太子便安。『廢立』二字怎麼解，就是『費力』二字。陛下何人，何必無事去費這個力？」

他的話繞了個彎子，長和直到此時才被他帶了回來，笑道：「臣懂了。如今的好處是東朝在明，臣會安安靜靜辦事，沒有必要在局勢安穩時打草驚蛇。」定楷皺眉問道：「你是怎麼說話？」長和正了正面色道：「臣是說，太子殿下操勞國是，臣等不必讓他為這等小事憂心。」

定楷輕哼了一聲欲走，長和忽又補充了一句：「殿下剛才說的道理，郡王固然不明白，那麼東朝明白不明白呢？」

定楷愕然回首，良久方笑道：「你問了這麼許多話，唯獨這一句問在了關節上。」

十二月，京中天氣已經極嚴寒。朝中幾樁事，首先是因為中書令何道然去職，廷議舉薦，大致兩個人選，一為現任吏部尚書朱緣，一為現任刑部尚書杜蘅；皇帝下令舉行過一次廷議，尚無最終意見。次是前方又有兩次軍報傳回，皆為捷報，同時隨國朝軍隊越發深入，糧草補給的任務越發重要，也越發艱難。

這兩樁事情暗也好明也好，都與太子息息相關，他無法不關心，無法不操心，也因為前朝事多，後宮卻比從前少蹈足了。

月朔定權再來到阿寶閣中時，仍舊先忍不住抱怨如前，道：「也早起了爐子了，妳這裡怎麼還是這麼冷？」見阿寶行過禮後，和一面生宮人親自上前為自己更衣，伸出手指隨手往几案上一畫，又皺眉道：「怎麼人好像也少了，事事都不成個體統？」阿寶為他解下玉帶，托在掌心中掂了掂，道：「殿下今日，原本是為了巡殿挑眼來的？我代他們告個饒——寶釵無日不生塵，又何況其他？這個借口[7]要得要不得？」

定權退後兩步，笑道：「原來今晚有人守在這裡等著要興師問罪呢。罷罷，這是我不好，累娘子獨夢，這陣確實事多，妳要體諒。只是我看不著，妳有事盡可以去找周常侍，你們也算是舊相識，有什麼話說不開的？」阿寶一笑道：「我只知道，有人做慣了口惠實不至的事情，上當上久了，再不長個心眼，明白的人知道我傻，不明白的要當我面皮太厚呢。」定權將她的雙手牽引至脣畔，替她呵了口氣，笑道：「哦，這個有人好大膽，娘子告訴我，我去開銷了他，替娘

7 通「藉口」，古借通藉。

子出氣。」阿寶抽回手來，道：「說這種散話我不是對手，只好甘拜下風。」定權奇怪道：「說正經話妳就是我的對手？好，顧才人，本宮倒要領教領教。」

阿寶拉他在榻上坐下，笑著拜了一拜，道：「千歲請上座，千歲容臣妾稟告。」定權慢條斯理搭正了袍襬，清清嗓子正色道：「可據實情奏來。」阿寶掩袖一笑，坐到他身旁，道：「看來打官腔我也不是殿下對手，只是正經話也不是打官腔，正經話是這樣說的——也不是炭生得不夠，也不是下頭人懶散，是今年確實冷得怪異，不單冷，快歲末了，一場雪都還沒有下過，病的人也就更多了。我這裡病倒了兩個呢，有一個還不輕，遷延快一月了，我叫人已經上報了周常侍，令她遷出去靜養了。是了，不是聽說皇孫身上也不大順序嗎？」

定權放棄了正襟危坐的姿態，一歪身倒在枕頭上，道：「妳的消息比我還靈通，他無大礙，聽說是有些咳嗽，還不是長沙郡整日帶著他四處閒跑跑出來的——妳這邊，是那個叫作夕香的孩子吧？」阿寶道：「是她，殿下是怎麼知道的？」定權摸著她的手腕，道：「她生得比妳漂亮多了，我自然會記得。今天一直沒有看見她啊。」阿寶不屑地撇嘴道：「我倒不知道殿下還有在這上頭留情的習慣。」定權一把將她拉入懷中，從後環抱著伊人楚腰，銜住她耳垂上一枚鑲寶金耳環輕聲笑道：「那麼娘子想要我在什麼上頭留情呢？」

簪纓亂，鬢雲散，朱幕闔，幕中一小方天地，超脫造化萬物，悄然提前迎來下一季的春信。

定權閉目養神，欲睡未睡，纖長的手指在她因汗透而細膩溼澀的平坦小腹上輕輕撫摸，含混說道：「妳也給我生一個世子吧，長得就和我一模一樣。」她一愣，然後笑應道：「好，要是郡主就像我。」他不滿道：「胡說。郡主自然還是要像我。不然日後她長大了，埋怨爹爹當初娶回這樣其貌不揚的娘不說，還要禍及子孫，教我怎麼跟她解釋，又怎麼與她再尋我這樣的佳婿？」阿寶憤憤地將他的手往外一扔，道：「不都說皇帝的女兒不愁嫁嗎？況且有這樣岳丈，只有泰山壓卵的道理，我倒更替那個背時駙馬擔心。」定權把手伸回，攬住她的脖頸，笑道：「他有泰水向著他，也算是扯平了。」

兩人的閒話被閣外匆匆而來的一陣腳步和人語聲打斷，腳步聲愈近，人語聲愈亂，定權雖極疲倦，終於忍不住倚枕起身，怒斥道：「放肆！還有一點規矩沒有？」阿寶閣中的一個宮人慌忙入室，下拜說明道：「殿下，是康寧殿來人了。」定權急忙翻身而起，問道：「何事？」宮人答道：「來使沒有詳說，只說是傳陛下口敕，來請殿下。」定權想想吩咐：「叫他們外說話。」一面拉過被子，替阿寶蓋好，道：「不跟妳相干，妳不要動。」

宮人忙外出傳旨，入內後又急忙服侍定權更衣，定權將置於阿寶妝檯上的烏紗折上巾戴正，問道：「陛下要我去何處？」門外傳聲答道：「回殿下，請殿下移玉清遠宮陛下的書房。」定權問道：「這麼晚，陛下怎麼還不曾安寢？」門外道：「聽說原本已經是睡下的，有封奏報剛剛從宮門遞了進來，陛下就又起了。」

宮門閉後，非有重情大事不會夤夜從門縫內投遞公文，定權額上突然沁出了一層冷汗，來不及仔細穿戴完畢，便匆匆離去。阿寶只聽到他臨走前最後問了一句：「是軍報？」

皇帝果然已經等候在清遠殿書房內，定權行過禮，見他臉色難看至極，試探著問了一聲：「陛下，臣奉旨前來趨奉。」皇帝右手食指敲了敲案上一函，道：「你上前來看。」函套上帶印朱泥已經啟封，三枚鳥羽尚在，果然是加急軍報。定權不及謝罪推辭，連忙展開，依舊先看抬頭，仍是顧逢恩和李明安的合印共奏，草草讀過，已經面如死灰，半日方才問道：「半月前方有捷報返回，怎麼突然便到了這個地步？」

皇帝起身走近，從他顫抖的指間自行取回軍報，慢慢道：「或說是因殺俘事，才至於重新激蕩敵情，方有此背城之戰，困獸之爭。」

定權牽掛顧思林的境況，心亂如焚，側首蹙眉道：「愚昧！」

皇帝冷笑道：「你先不必跟朕著急。你辦了這麼多年實務，難道還不知道從來都是只見別人衣上塵，不察自己眼內釘？閒人自然兩眼只會盯著做事的人，等著打眼挑毛病。朕不過是照會你一聲，這也是你的大事，聽聽你怎麼想。」

定權思量了片刻，答道：「戶部今日才向臣匯報了上季的度支統計，河南和江南多雨成災，今秋的秋糧捐和絲、絹、棉折納款，除去必要祿米供和本鈔支，餘入太倉者不足去年十之五六，前線年例尚盡要從其中出納，戶部與臣——」

皇帝截斷他的話道：「朕半夜不睡叫你來，不是聽你來算帳的，也不是聽你來訴苦的，你就說你怎麼想的。」

定權垂首道：「是。若前線還需增援，臣別無所能，只能竭力督促戶部轉餉，工部製造，以為支應——此外，戶部本是中書省的附庸子機構，何相一去，省中空虛，政令有行使不暢之虞。戶部今日也對臣說了，一日二日且無妨，一旬二旬尚勉強，若戰事再綿延，以後的周轉輸納，不單大有不便，或將寸步難行。」

皇帝看他半晌，道：「這可說是一樁事，也可說是兩樁事。前者是你分內事，朕不想聽。後者既然你現在提起，朕也想問問你的意見。」

定權沉默片刻，道：「吏部尚書朱緣，德才兼具，順序而進，應是常理。」

皇帝點頭道：「朕知道了，朕自會打算。再說剛才的話，朕要問的是你怎麼想——萬一再需要長州增援，是讓李明安去的好，還是讓顧逢恩去的好？」

定權一驚，跪地道：「此大政，臣寧肯抗旨，不敢置喙。」

皇帝嘆氣道：「好，希望戰況不要真發展到那步田地才好。」

第六十章

茶墨俱香

從靖寧六年十二月朔，至七年元月望，經冬至、正旦、春分，時氣由冬入春，無論皇帝、皇太子或朝臣如何企盼轉機，前線告急的軍報依舊不斷入京。在準備如此充分，實力如此懸殊，文不愛錢武不惜死的情況下，依然戰勢陵夷，只得歸結為天數和時運。事已如此，派兵遣將增援的議題，便被迫切地提上了議程。

以許昌平的官階和職務，自然沒有參與朝會的資格，然而傅光時既然在去秋的歲考後剛由太常卿左遷為禮部侍郎，亦遷為正詹，幾個新入衙好發議論的翰林終日又無事，便格外關心朝政，拿著邸報大發議論之餘，也格外會向偶爾來署的傅光時打聽時事。

傅光時心情愉快時也會敷衍他們幾句，他自升遷後心情一直不算太壞，此日便也略說了說早朝上的議論：「眾臣工的意見自然是遣小顧去，於公於私，他都沒有推諉的道理。」一翰林問道：「那麼陛下的意見是？」傅光時道：「李帥僅長於固守，小顧在固守之外也長於征伐。陛下雖無明言，天心所向，也開朗得很。」一翰林又問道：「那麼太子殿下的意見是？」傅光時道：「這是軍國大政，太子殿下怎麼能干涉？」此翰林皺眉嘀咕道：「一半長州如今都到了他的手中，他怎麼能不干涉？」傅光時變了面色，掩耳斥責道：「少年行，慎言行。身居坊府，更加如此！」那翰林年輕氣盛，進士科題名又極靠前，素來不是很看得上這位畏頭畏尾的上司，雖不語，卻捉鼻不以為然。

待許昌平將這類談話轉述給太子時，又已過了六、七日。此六、七日間，天心已明，兩道敕令早已先後發到了長州。

東宮小書房內，定權靜靜聽過，閉目一笑道：「少年行果然不知深淺，這話有拿起胡說的，傅光時也算好涵養。」

許昌平道：「知不知輕重是一回事，臣只是說勘透時局的，朝中看來亦大有人在。」

定權不置可否，道：「時局如何，勘透又如何，主簿且為我言。」

許昌平道：「臣終於知道，無論什麼權力，行使既久，必會生根。」

定權無所謂一笑道：「這是老生常談的概論，主簿再闡述。」

許昌平道：「殿下理庶政已達四年之久，即便只是奔走闕白之間，業務亦盡在掌握，與長州之關聯更因此牢固，蓋因殿下非但小顧之至親，亦是小顧的長官與同僚。」見他沉吟不言，接著說道：「這四年間，不是他人，正是殿下與小顧同袍，這其間努力，這其間情誼，這其間默契，這其間具體行政往來通行，豈是他人一時能夠瞭解，能夠學習，能夠替代的？」

定權微笑了笑，道：「思之思之，神鬼可以通之，君之謂也。陛下的第二道敕旨緊追第一道前去，個中有些內情，外臣不知，陛下知道，卻不可明言。」

許昌平道：「是小顧將軍固守拒出？」定權道：「主簿固然敏銳，近來卻有些愛截我話柄——不錯，將在外，君命有所不受。他為此態，陛下急則急，憂則憂，怒則怒，但鞭長不及馬腹，怒也徒然。然而換個想法，將軍小顧父也，我且憂慮如此，他豈能不更加關心？現下稱調度未完善不肯出戰，固是因為他出城，長州便拱手讓人，更可能的，是將軍行前有過力囑。」

許昌平點頭道：「這就是另外一層意思了。將軍在長，陛下或可以殿下掣其肘，或可以其掣殿下肘。如今將軍出走，戰勢實際至此，與殿下毫不牽連，殿下在其中的干礙看似盡皆解脫，可實際上呢，偏偏只有殿下能夠倚各種利害驅馳小顧，或者說，戰勢至此，只有殿下可取代將軍在小顧心中的地位——半個長州不是到了殿下手內又是如何？恕臣無禮，殿下的權勢到這一刻，才真正到了人臣頂點，連陛下都不得不加顧忌，難道不是如此嗎？」

定權自嘲失笑道：「我不說主簿無禮，只說白雲蒼犬，誰料世事有此一輪迴。只是登頂是登頂，只怕不及觀山高水長，萬千氣象，便要急著下山了。」

許昌平道：「這麼說，殿下果欲驅遣小顧？」

定權嘆氣道：「如今的消息傳得這麼快，主簿上司的一張嘴又跟放淮洪一樣，我今天朝上說的話，主簿想必已經有耳聞。除去私情不論，這是公事，我既為國家儲君，不能不以國家利害為最重。眼下的財政，去秋大澇，去冬無雪，今春必有旱魃。政不干兵，兵不涉政，再這麼盤纏鼇解不清，國庫罄盡，後事不堪一想。」

許昌平點頭正色道：「殿下說的是王者道，是丈夫語，臣若不贊同，誠亂臣賊子耳。只是臣不能不作此想，此事若放在貴昆仲[8]身上，彼復當如何處之？」

定權擺擺手道：「不是這麼比方的，也沒法這麼比方，在其位謀其政，不在其位不謀其政，勢使之然而已。我知道，小顧出戰，長州或將落入朝廷之手。落入朝廷之手並不堪憂，因為朝廷尚是君子，我更擔憂的，是會落到宗藩的手中。」

許昌平皺眉道：「五年前，陛下為圖大局穩定，僅將廣川郡與張尚書兩人涉案安撫人心。故當時人為求自保，無出而廣川郡鳴者，雖得了眼前安靜，終使殿下不得除蔓。陛下一時養虎，其黨羽尚存，以情理斷，及今半入趙藩麾下，當不是危言聳聽之辭。如依殿下言，彼若外交內通，其禍不下廣川當年。此事干礙太巨，或當奏知天子。」

定權站起身來，向窗邊走了兩步，緩緩搖頭道：「正因此事干礙太巨，所以才無法對陛下言，因為於我僅是揣測，並無實據，而李氏畢竟還是陛下信賴重臣，局面如此，我怎敢在此時輕易攀扯？我的意思，未到最後撕破臉時，如能舉重若輕了斷後患，就最好不過。只有我在陛下面前再做一回小人逆子，趁此登頂之機向陛下提個條件吧。此事成功，主簿的上司大概要忙上一陣子了。」

8　稱呼別人兄弟的敬詞。此處指齊王和趙王。

許昌平亦起立，點頭道：「果能以四兩撥千斤，自然遠高於臣之愚見。只是殿下打算怎麼和陛下說起？」

定權平靜一笑道：「這事我可找不得陛下，還是我做逆子小人，心安理得地等著陛下來找我吧。」

看起來太子對於皇帝的忌憚仍舊遠高於宗藩，許昌平沉默了片刻，道：「還有另外一說，殿下可還記得臣初晤殿下時說過的話？」

定權笑道：「言猶在耳，豈敢稍忘？」

許昌平道：「當年臣同殿下講，陛下所大欲者二，外罷將，內罷相。殿下固一心向公，罷將之事，或成定局。而罷相一事，殿下可有過顧慮？」

定權道：「湯去三面[9]，帝王之道。如今局面下，我想陛下不致逼迫至此。若能稍緩一口氣，將來或可再徐徐圖之。」

許昌平道：「如陛下重術而輕道，殿下願冒這個風險嗎？」

定權轉過身來，看著他，嘆息道：「陛下應該沒糊塗到那個分上。那樣的話，非但我要冒險，主簿也要陪著我冒險了。」

兩人說話間，周循已經輕輕入室，低聲報道：「殿下，陛下宣召殿下前往康寧殿。」

---

9 商湯見獵戶設四面網趕盡殺絕，便仁慈地去了三面。後成為成語「網開一面」之典故。

定權一愣，笑道：「何如？看來今天我就要下山了。」

天已向暮，晚雲舒捲。定權更衣後前往皇帝寢宮，皇帝見他進殿欲跪拜，笑著招手道：「不忙做這些面子工程，你過來看看。」定權依言走近皇帝書案，見案上一幅院體山水立軸，危崖斷壁，奇岩聳石，崖下一帶激流，山間青蒼草木肅肅驚風，一險仄蜀道，曲折入從雲鬱興的絕頂山巔。畫心高三寸，而山道上的獨行一人，如一豆大小而已。山石通用直筆短線，草木用中鋒，點皴勾畫之間，筆墨法度嚴謹，意境清遠高曠。

畫心留白處題詩四句：「兩崖開盡水回環，一葉才通石罅間。楚客莫言山勢險，世人心更險於山。」行書近草，怒猊渴驥，行筆運氣展促並置，動盪飄舉；點畫走勢牽絲映帶，家法嚴密。詩下落「歲在丙寅秋九月既望蕭定權草錄前人詩四行以應題」一款。再下押著皇太子金寶朱印。

這正是去秋皇帝令定權為定楷題字之畫，已經新裱完成，皇帝笑道：「你的行書學你老師，也有了七、八分的意思。不過朕說過，這卷子要收入內府，你卻為何不用你自己的獨技？」定權疑惑道：「陛下是說？」皇帝笑道：「翰林們叫什麼？金錯刀？」定權一怔，方笑答道：「陛下見笑，這都是文人酸語，臣若真信就輕浮太過了。不過臣未以楷書題，也是因為筆意與詩與畫皆不相符，日後或有契合時機，自然也不會藏拙。」

皇帝搖頭笑道：「你也不必傲裡謙表，你的字朕不是沒看過，公正說話，以你的年紀，能寫出這樣一手字，不容易。想來還是朕自詡有點翰墨底子，你母親亦頗精於書道，總也給你留了些天賦吧。」皇帝看來心情頗佳，定權亦微笑道：「臣駑質鈍材，怎及陛下與先皇后萬一？只不過兩手尚能吃苦，都蛻過幾層皮，或者天道酬痴，今日雖未登堂奧，卻得略窺門徑，得人幾句虛讚吧。」皇帝皺眉疑惑道：「兩手？」定權為他將畫捲起，笑道：「右手是拿筆磨的，左手是叫先生打的。不瞞陛下，先帝賜下的那柄戒尺，都叫臣的手掌磨薄了幾分。」皇帝大笑道：「朕倒還沒糊塗到會信這話。」定權展開雙手笑道：「臣不敢欺君。」

他紫袍掛體，金帶懸腰，以青春之齡而居廟堂之高，腕臂光潔白皙，指間虎口掌心卻果然遍布粗硬的積年舊繭，砥礪如耕夫走卒。這雙與他的身分毫不相符的手，突然讓皇帝首次為這個兒子稍感心酸。

他看了定權片刻，終於還是開口道：「朕想吃盞茶，你也留下陪陪朕吧。」定權情知他並非特地費事叫自己過來看趟畫，頷首道：「臣侍奉陛下。」皇帝含笑吩咐：「王常侍，將朕的茶器取出來。」

前線戰勢如火，後方朝局不明，這一對積年私情冷漠、官事官辦的父子，卻有此閒情逸致在這裡觀畫品茗推心置腹，皇帝既頗假以辭色，太子亦肯曲意承歡，也算開天闢地以來的一件大異事。王慎在旁觀看了半日，此時答應了一聲，指揮手下小侍將焙籠、槌、碾、磨、瓢杓、羅合、刷、筅、盞托、水注、巾一一搬出，其中砧椎、鈐、碾、匙、湯瓶皆純金製，刻畫陰文龍鳳，是皇帝慣用經年的一套茶具。

王慎躬身問道：「陛下用什麼茶？」皇帝示意道：「你問太子。」定權大概知道皇帝平素喜好，問王慎道：「還收著龍園勝雪沒有？」王慎想了想，道：「臣親自去取。」

茶爐中以麩火引起金炭，用金鎖漆盒盛裝的小龍團也取到啟封，隔紙敲碎入金碾。皇帝雖不動手，卻一直看著定權碾茶，搖頭催促道：「再用力，加速。」定權答應道：「是。」

皇帝道：「你今天在朝上的意思很好，朕準備再發敕，還是要催逢恩勉強振奮。李明安說到底是文職轉武職，叫他管管錢糧公文或者還行，要他操刀入陣怕是強人所難，要誤大事。叫逢恩去，畢竟還有一層意思，叫上陣父子兵。」

這話題憑空而來，與清雅情境格格不入，但君臣兩人俱未感轉折突兀。定權敷衍等候了半晌，等的就是這個議題，也明白此語不過是破題，承題起講都未開始，手上動作未暫停，隨意頌揚道：「陛下聖明。」

皇帝點頭道：「既然定了，軍情急迫，不可暫誤。朕明日便給顧李兩人下詔，派敕使疾馳赴長。」看定權將金碾中已經碾碎如粉的雪白茶末掃出，上羅合輕輕篩籮，又答道：「陛下聖明。」

皇帝道：「朕的意思是，為此役你也一起操心四、五年了，我們這邊，也算是上陣父子兵了。你和逢恩從小一起長大的，你宜擬一封家信，囑咐他謹慎保重，與朕的旨意一道遞去。朕的算是官話督促，你的就算是私語撫恤吧，要讓他知道朝廷上下一心的決心。」

定權默默用茶刷將輕如煙塵的茶末掃下，直到全然打掃乾淨，才抬起頭來，長眉一挑，問道：「陛下可知道，即使有陛下的旨意，臣這樣做，也是干礙軍政。而干礙軍政於臣來說，是死罪？」

皇帝笑著搖頭道：「何至於此。」

定權將金湯瓶放置於風爐上，正纓整帶，撣去衣裾上沾染的茶粉，兩手扶地朝皇帝正跪道：「臣知道這是國之最重大事，不敢不遵旨。只是臣還有下情要向陛下稟告，也請陛下體察。」

皇帝道：「你說。」

定權昂起頭道：「自靖寧三年始，至今四年，臣奉旨會計財務，為這事何相那裡硬壓下過多少彈章，全都是指責臣不恪臣道，不養德行，染指政務的，陛下聖明，比臣要清楚。」他一雙鳳目光華如炬，直視皇帝，略略提高了聲音：「陛下，父親！臣今日若遵旨，便不但是染指了政務，還染指了軍務，要是日後叫他們知道了，有千夫所指之時，父親可能護兒周全？」

皇帝望著他的面孔，莞爾道：「叫你辦了這麼多年實務，果然也練出了你的膽量。不說別的，單是說話不再同朕拐彎抹角，也算是一大長進——朕實在不喜歡你小心翼翼的樣子。」

定權道：「臣失禮之罪會另請處分，還請陛下先回答臣。」

皇帝笑道：「文人們說話，總是很難聽，叫人不舒服。不光你挨罵，朕也一樣挨罵，如果都要計較，只好什麼都不做，但是不做，他們還是要罵你不作為。至於你說的意思，朕剛才說過了，不至於。就算你染指了軍隊，染指的也是你父親的軍隊。子弄父兵，罪當笞。一頓板子而已，你沒有挨過嗎？」

皇帝既然半做玩笑語，定權便也笑了笑，微微緩和了目光，道：「爹爹便要打，也乞低舉輕落手下容情。臣也是肉身凡胎，打重了，臣怕疼。」

金瓶中富貴湯響，定權將適才碾好的茶末雙手遞給皇帝，皇帝抄手示意道：「你來吧。」他既然請客不誠，定權也只好反客為主，選出一只曜變天目油滴盞，慢慢用熱水協盞，道：「難得陛下有暇，臣倒還想起一樁小事，要請陛下的旨意。」

皇帝指著另一只供御款兔毫建盞，道：「用這只。你說。」

定權不與他爭辯，依言換過了茶盞，接著說道：「太子妃前幾日對臣說，翰林學士張拱辰的女三公子，年已笄字，才貌俱佳。」

皇帝一笑道：「你想納側妃？」

定權笑道：「臣沒有這個打算。這是皇后殿下一向的懿旨，命太子妃為五弟留意，臣想此女無論家世人才，都堪五弟好逑。陛下何不盡快下旨指婚，以免吾家佳婦先為他人所求？五弟婚禮之後，也才好就藩。」

皇帝拈鬚沉吟了半日，道：「此女果如是言，這是佳事。」

定權笑道：「那臣先代五弟謝過爹爹玉成恩典。」他說話間，已用金匙將適才篩籮好的茶末挑入溫熱後的茶盞，注入沸水，調膏完成。

皇帝也不再言語，靜看他左手提起金瓶提梁，右手執竹筅，聚精會神，避開調製好的茶膏，先沿盞壁注水，隨點隨擊，盞中湯花初現。然後直注茶面四周，急注急止，同時執筅右手加力擊拂，湯花顏色漸開後，再次點入沸水，擊拂如前。皇帝突然揀起金茶匙在他右手手腕上重重一擊，定權吃驚抬頭，皇帝皺眉斥道：「第三湯擊拂，手腕用力要漸輕漸勻，這一步便出了差錯，其後四五六七湯步步力不從心，湯花難咬盞，易現水痕，你若與人鬥，此時便已經敗了──小時候朕教你的東西你全都忘記了嗎？」

定權愣然半晌，也不答話，另取一盞，重新協盞調膏點湯，直到七湯過後，將茶盞雙手捧給皇帝，才輕輕笑道：「臣駑鈍懶散，確實不記得陛下教誨了，請陛下恕罪。」

皇帝接過茶盞，先觀色，再聞香，品了一口放下，果然定權的二次炮製，盞中湯花已漸消逝。

皇帝指著茶盞道：「說到底這和你寫字一樣，不是一夕工夫。如今國是紛繁，待到了結此役，朕和你都得了空閒，朕再親自督導你，從頭學起。」

定權笑道：「臣現在年紀大了，再學怕也不如年少時伶俐，只怕陛下要失望。」

皇帝哼了一聲笑道：「大不了，讓人到盧世瑜家裡把那柄戒尺再要回來，朕不信你手心再脫幾層皮，最終不成此道中三昧手。」

定權笑著告饒道：「時隔這麼久，誰家還經年收著那東西？良馬見鞭影而行，臣同此心，不敢偷懶。」

話已說盡，夜亦深沉，皇帝微露倦意，道：「朕要歇了，你該辦的事情也趕緊辦了吧，去吧。這餅龍團一併帶走。王常侍，送送太子。」

定權謝恩後，王慎捧著鑿去一角的茶餅送他行至殿外，定權笑道：「好金貴一盞茶。」王慎看了看茶餅道：「殿下忘了，建州貢茶，龍園勝雪之上，尚有龍焙供新和龍焙試新[10]，只是去年春天的或賞或用早已經沒剩下了。陛下這裡，大概這算最上品了。」將茶餅交到他手中，又道：「到底殿下年長了幾歲，處事穩重多了，陛下也不把殿下再當小孩子，也比從前客氣多了，到底這才是撥亂反正的樣子呢。」

定權似笑非笑道：「阿公啊，你知不知道，我如今待我的一個側妃也比從前客氣多了。」他答非所問，王慎奇怪道：「殿下說什麼？」定權笑道：「我寧肯陛

10 宋代等級最高的幾種貢茶。

下還當我是小孩子，要打便打，要罵便罵。這種客氣，我實在承受不起——好金貴一盞茶，一口喝掉了半個長州。」

次日與皇帝的第三道敕令一道送出的，果然有皇太子一封家書，書用金錯刀，上款押皇太子寶，下款所押，卻是太子的一枚私印，陰文連珠，「民成」[11]二字，是定權幾乎不用的表字。

11 「權」字拆解：木字邊，棟梁意；草頭，民眾意；雙口，輿論意；佳，善意。所謂權勢，乃集合以上，由民給予，故曰「民成」。

第六十一章

紗籠中人

元月二十日前後，朝中接踵而至者有兩件大政，皆由皇帝發中旨獨斷獨裁。其一，三次向長州發敕，鎮守副使顧逢恩整軍拔隊，領三萬軍出城行進，支援前線。其二，左遷刑部尚書杜蘅為中書令，令大理寺卿暫兼刑部尚書一職，吏部尚書朱緣仍居原位。或有人將二事戲言概稱為出將入相。

撇開第一件軍政不談，第二件人事上的變動卻使得部分朝臣不解，因為入相的杜蘅很明顯是皇太子的私人。數年前李柏舟一案，他同張陸正一道效力甚巨不說，次年翻案時，他也曾與張氏一同戴職被審查。雖然鞫讞期間他一字未認，嗣後又證明是廣川郡王和張氏子虛烏有的誣頌，但是此事仍然是他行狀上不可祓[12]除的一大汙跡。

以本朝的清流眼光看來，不避忌去職便已是戀闕之行，頗為直人君子不齒，不避忌去職反而累遷相位，則更加令人捉鼻。不齒也罷，捉鼻也罷，世風日下，且不論道。更要緊的是，以皇帝和皇太子多年微妙的關係，為何要將太子親臣抬至鈞衡相位，則有些天心莫測的意味在其中了。

何況當事者的態度也很奇怪，詔令下達，眾人拱手相賀杜尚書，其中一善謔者笑問有無老僧也曾許他碧紗籠時，杜蘅卻面色悻悻，王顧左右後拂袖而去，弄得一干人倒真成了丈二和尚，摸不著頭腦。

---

12 音服。祓除，指清掃、清除。

面對趙王定楷，王府內侍總領長和也持同樣的觀點和疑問。仲春將臨，新痕懸柳，淡彩穿花，然而早晚天氣仍是偏於冷的一面，並不十分適合出遊。定楷在後園的晚風中緩行慢步，長和也只能耐心壓慢步子，多走了片刻，便忍不住要搓手跺足。

定楷順手扯下一枝早發新柳，照他手上一笞，沉聲道：「多大人了，穩重些。」長和嘿嘿一笑，穩重了片刻，接著道：「所以他們都是這麼說的。」定楷冷笑道：「他們是誰？有三品上的嗎？有省部內辦軍政、民政、財政的嗎？」長和經他一提醒，想了想搖頭道：「好像還真不多，言官們說得是多一些。」定楷道：「他們自然會說得多，一來這是他們的本分，二來他們是清流，早不知這些年辦實務的形勢了。你也以為陛下這是為了軍事在抬舉太子嗎？你也以為太子的勢力柳暗花明了嗎？陛下這是舉手談笑間，就把太子內外兩條道路都封死了。」長和道：「可是杜蘅和太子的關係？臣愚昧，還請殿下指教。」

夕陽下春鳥啁啾，回應而鳴。定楷緩步前行，蹙眉道：「去歲歲察後，我跟你講過些什麼話？從李柏舟去位，何道然入職，至今五年間，三省的權力已被陛下漸次架空。今日行政，六部之上直達天聽，三省不過徒有其名，負責聯繫而已。而六部當中，禮部搖擺不定，戶工多行庶政。掌大政的衙門內，吏部掌人事，樞部掌軍事，獨餘掌刑名的刑部尚親東朝。這次人事變遷，杜蘅明升，其實是喪權。什麼紗籠中人，日後就成金籠中鳥了。」

長和人不遲鈍，經他一點撥，也馬上省悟過來，問道：「這麼說，縱觀今日局面，大政庶政皆已由天子直掌。陛下的手段，當真雷霆萬鈞，短短不到一月，太子外失兵，內失政，什麼出將入相，不如說是扼亢拊背[13]更貼切些——太子不曾料到這個局面嗎？怎麼這次這麼甘心便為陛下驅馳了？」

定楷嘆氣道：「我這太子哥哥的心思，我大概能夠猜到一點。一則他以為他最大的靠山是他舅舅，他舅舅有難，他沒有袖手的道理；一則他五年來為此役也算得上宵衣旰食了，你不當家不知柴米貴，不明白做一樁事業功敗垂成的痛苦；還有，我想也是最要緊的，還是那句話，他的道，和我的不一樣。」

長和道：「照殿下這麼說，內外交迫如此，太子的地位，已是岌岌可危了？」

定楷緩緩搖頭道：「我之前還跟你說過什麼，局勢安，太子便安。如今局勢不安穩嗎？陛下不費吹灰之力，便將軍政全盤收回，你告訴我，他還有什麼理由非廢太子不可？還是你覺得比起太子，他更喜歡我？」

他回過頭，冷笑道：「況且你剛才說，世人以為太子是用軍政換來的杜氏入相，何見之晚！太子為人精明，肯定趁勢和陛下提過要求，但絕不是此，至於這要求是什麼，你我暫且拭目以待。」

---

13 用力掐著喉嚨、壓住背脊。比喻控制要害，制敵於死命。

長和隨他繼續行走，微覺兩掌心發冷冒汗，小心問道：「殿下今後當如何打算？」

定楷安步當車，笑道：「陛下和太子是君，君必須用道。我們不是，我們可以用術不是嗎？」

長和道：「殿下，臣說這樣話殿下勿怪。太子幾年來辦的雖是庶政，但卻是實實在在的差事，陛下再加約束，他從中得到的也是實實在在執政的人脈。廣川郡給殿下留下的，殿下結交的，可都只是烏臺的清流和翰林，不是言官，就是文士。難道要在吵架相罵上勝過他們嗎？」

定楷笑道：「我把那句『何見之晚』一樣賞給你，你晚上回去寫百遍給我看。話分兩頭，你要非這麼說，看來也不算錯。可你要這麼說，我大概會更歡喜——太子親近的是什麼人，都是實打實辦事的人；殿下親近的都是什麼人，都是道德君子的文人。辦實業自然是要得罪人的，自然是要惹道德君子厭煩的。以儲君的身分辦實業，不管有沒有疏漏，不管有沒有陛下的支持，這都已經徹底得罪了他們了，而且不止一日，不止一月，已經得罪整整五年了。天下雖然有明白人，但是更多的不明白的人、不想明白的人、裝不明白的人。」

晚照中的衰敗春庭，小池塘上餘暉湧動如金屑。曖昧春日，四下裡俱是沾泥墮水的柳絮。定楷駐足，一笑有如自語：「但是，青史就是這群人書寫的。事到臨頭，你覺得陛下會偏向哪一邊？」

有匆匆腳步聲打斷了兩人交談，長和回首，見是府內一年小內侍，皺眉斥責道：「這地方是你來得的嗎？」小侍焦急回答：「臣本不敢壞了規矩，只是宮內來人了，是娘娘遣來的，有要緊事要知會殿下。」

既是皇后的懿旨，長和不敢再怠慢，見定楷不開口，自己忍不住催促道：「快說。」小侍轉述道：「娘娘說，陛下已經給殿下指婚。是張供辰張學士的女公子，此事今日下禮部議論，已經通過。吉期已定，在二月十二，接下來納采問名、納吉、納爭、請期諸事看來也要倉促施行了。」

這事發太過突然，長和大驚失色，問道：「還有一年時間，何言倉促？」

小侍尚未答話，定楷已微微一笑道：「你以為是明年，他說的是下月十二呢。你先下去吧，和來人講，我知道了，讓他上達皇后，說我明日再進宮，向皇后請安。」

長和看著那小侍者離去，望向定楷問道：「太子出的條件，就是這個？」

定楷隨手摸了摸他汗溼的掌心，搖頭笑道：「沒出息的東西。」

長和甩開他的手，咬牙質問道：「殿下剛才還說，做事業者，最懼功敗垂成。這難道不是殿下的事業，難道不是臣的事業？殿下難道任由它垂成，難道要因為這麼可笑的理由讓它垂成？」

定楷看著他，突然哈哈大笑道：「你以為這個理由可笑嗎？大錯特錯！這個理由於陛下，於太子，於全天下都是正大光明，渾然天成。我是太子，也絕不會冒險去犯軍政，去觸人事，去批逆鱗，我一樣會用這個最簡單也最有用的辦法！為什麼？因為我的身分是宗室，因為我朝的家法就是如此！你想要公平？天底下幾時有過公平！」

兩道淚水在他大笑時悄然落下，在餘暉下和他眉上舊痕，閃亮成三道長長傷疤。長和從小與他一同長大，從未見過他如此失態，一時呆愣，無言以對，無言以慰。

他手足無措，不知進退，定楷已經從容地拭去了淚水，神情回復如初，絲毫不因在臣下面前失儀而介意或尷尬。

長和輕輕詢問道：「殿下？」

定楷和聲道：「你再陪我走走，過了今日，怕就沒有這份閒情了。」

長和答應一聲，依隨在他身後，聽他絮絮發問道：「你是不是覺得陛下該有的都有了，我這顆卒子就已經無用，該棄時便棄若敝屣了，所以滿心不忿呢？」

長和道：「於陛下，臣不敢怨懟。」

定楷點頭道：「這就對了，無須怨懟，也無可怨懟。留我也好，逐我也好，就跟縱太子，遷杜蘅一樣，不過都是陛下的帝王術。但是我平心說一句，在我的身上，陛下的術用得是完璧無瑕，但是在太子身上，陛下的術用過頭了，就不那麼精采了。」

長和仍在為他婚事憂心，對這話不過聽得漫不經心，隨意敷衍道：「請殿下詳解。」

定楷看他一眼，知他未上心，仍然繼續說道：「陛下因多年積弊，一朝有罄盡之機，以致矯枉過正。在杜蘅一事上，帝王術已經用到了極點，可是他還差了一點道來調和。什麼道？以私情論，他是太子的父親，不能不給自己的兒子留些慈愛；以君臣論，這樣一個太子不算他的重臣嗎？做國君者怎可對重臣如此絕情？僭越說話，我若處在陛下的位置，一定會網開一面，即使這次不遷朱緣，也絕不會遷杜蘅。逼迫過急困獸猶爭，何況一個在位近二十年的儲君？」

長和此時方警覺起來，驚問道：「殿下方才不是說陛下沒有必要——」

定楷突兀地止住了腳步，斬釘截鐵道：「我是說過陛下沒有，但是太子知道嗎？你從前問過我，我哥哥不明白的事，太子明不明白。今日我就賭上性命告訴你，他不明白。他不明白，他真正的靠山根本不是顧思林，而是陛下。失了顧思林對他不過算是斷腕，失了陛下才是斷頸。」

長和遲疑道：「太子精明至此，殿下何以如此篤定？」

定楷一笑道：「你知道『積重難返』四個字有多大作用嗎？」

兩人相對，默默無語良久，日已西沉，定楷突然開口問道：「你說，張學士的那位女公子會是什麼樣子？」

長和不解他為何陡然思及此，搖頭道：「臣想不出來——但是張學士臣見過，人物清秀軒朗，女公子應當也屬佳人無疑。」

定楷嘆道：「小兒女與此事又有何干礙，要陪我這亡命之徒一道來博弈？」

長和一驚問道：「她博什麼？」

定楷望向落日，直至最後一絲餘暉沉淪，冷笑道：「我敗，她是犯婦罪臣，遺羞父母。我勝，她可登堂入室，母儀天下。」

長和撩袍跪倒道：「臣願以死效力，任憑殿下驅馳。及今間不容髮，請殿下示下。」

兩人一立一拜，早春的無盡夜色當中，乍暖還寒的風撣動了定楷的白竺絲袍襬，剛上過漿的絲綢冰冷挺括地擊打著長和的面頰。夜幕中，定楷聲音如晚風一樣平靜而冷漠：「眼下的局勢於我們而言可以說不好，也可以說是最大的機會。離他給定我們的期限還有二十日，這麼短時間內，用人事，用軍事都無法撼動他，但是唯有一條，古往今來，對哪個儲副來說都是絕不能沾的禁忌——」

他用手中柔軟的柳枝稍點了點長和的肩膀，道：「子弄父兵，罪當笞是嗎？但是子弄父兵，是想弒父弒君呢？那就不是打板子，是要掉腦袋了。」

長和看不見他的神情，但在冷風中忽然渾身起了一層戰慄，問道：「可是誣告儲君……」

定楷冷笑道：「你以為這是在冤枉他嗎？五年前，風雨飄搖朝不保夕；五年後，暗流深湧前路如晦。顧思林在京衛中那麼多故舊部下，你敢保證他沒動過這門心思？詹府那個小吏，用他做什麼？太子自負如此，他根本不需要文膽謀士，他需要的不過是一個可以內外牽連的線人。」

長和咬牙不語，只聽定楷的聲音再度似乎從很遙遠的地方響起：「所以，這麼要緊的時候，我不能成親，也不能離京。大哥留給我的人，鮮有張陸正般能死人事者。我在，他們還是我的；我不在，他們就不是了。」

他重複了一句，道：「所以我不能走。」

此時夜色已深，在這無月無星無光的黯淡所在，他的聲音沒有任何異樣。所以長和沒有看見，沒有聽見，也沒有疑心。趙王蕭定楷肅立於夜風之中，已經再度不動聲色地淚流滿面。

第六十二章

盛筵難再

按照禮部官員的說法，「以仲春會男女，定春時[14]，有合於天地交泰萬物化醇之意」，所以將趙王的吉期選在了二月十二日。按照本朝親王婚禮的制度，吉期已定，納采問名等程序便要在接下來的二十日之內施行。

傅光時作為禮侍，果如太子所言，在本部便十分操勞了起來。倉廩足而知禮儀，禮制外另有賜服、饗宴、採買、新制等事項，但因為戶部與太子關係親密，居然也沒有推諉，沒有討價還價，很快就從原本已經很緊張的財政中劃撥出了親王婚禮所需的預算。一切看起來似乎皆忙碌而有條不紊，因為忙碌，居然還有了點喜氣盎然的意味。

時至二月初一中和節，皇帝及百官換單羅衣。二月初二，按照舊習宮中需要排辦挑菜御宴[15]。因為近幾年國是多艱，往年的挑菜宴或不辦，或敷衍。但是今年因為趙王婚事已近去國在即，按照皇帝的意思，要一家人最後在一起好好過個節日，所以還是費心準備了一番，並特許後宮、太子後宮、公主駙馬及位高內臣都參與其中，也圖個熱烈的氣氛。

內苑早在幾日前便預備好了朱綠花斛，上植生菜及芥花諸品，又以羅帛製成小卷，其上書寫品目，以紅絲結繫。二月二當日，在皇帝及諸宗室到來之

---

14 出自《周禮．地官》。

15 挑菜宴習俗據《武林舊事》載，為行文計稍作變更。

前，便已經全部鋪排陳列完畢。

是日春和，即便是在仲春也屬絕好氣候。雲澹天青，惠風徐來，正值海棠、桃、李、櫻花季，絮翻蝶舞，滿苑花如錦繡。長沙郡王蕭定梁來得最早，在樹下等待了片刻，幾陣清風拂過，花香濃膩有如脂粉，鮫綃敷面一樣使人透不過氣。淡紅、粉白、淡白、潔白的千萬花片在風中席捲流轉，明滅翩飛，壯烈如急雨，如大雪，如繁華夢散。定梁疑心這種落法，只恐刹那一樹花盡，然而仰首望去，內苑的壯觀花海不過只損一細流。

趙王隨後到達，兄弟見過禮，定楷隨手將他襆頭上落花摘去。定梁與他的關係遠不如與定權親近，但是畢竟今日不同尋常，還是歪著頭問道：「五哥，你真的要走了嗎？」定楷點頭笑道：「是。」定梁想了想，安慰他道：「五哥，你不用難過。終有一日我也要走的——等我也有了新婦之後。」定楷笑道：「是嗎？那麼將來你想求什麼樣的新婦呢？」定梁突然紅了面孔，如花色上臉，吶吶不再回答。

皇帝的後宮、長公主、駙馬都尉其後也陸續到來，有親厚的，有疏遠的，有關心密切的，有事不掛己的。因帝后未至，先散於各處觀花閒談。只有定梁年紀最小，輩分也最低，對每人都需請安施禮，忙碌不迭。定楷嘲笑他道：「你何苦來這麼早？難道還有要等的人不成？」定梁本已跑得一頭大汗，臉卻突然又紅了一次，扭過頭去不理睬他。

皇太子攜妃、皇孫等再隨後到。皇孫看見定梁，顧不得父親就在面前，一臉不滿，輕聲問道：「六叔，你怎麼不等我先來了？」楷梁兩人向太子及妃行過禮，太子妃笑道：「這幾位大約你不曾見過的，這是趙娘子，這是顧娘子。你們兄弟快休跟她們多禮，都是一家人。」定權笑道：「五弟是見過顧娘子的吧——在西府見過一次，不知還記得不記得？」

定梁呆呆站立一旁，任皇孫用力牽扯他的袍襬也不肯離開，皇孫乾脆整個身子都吊在了他胳膊上，申訴道：「六叔，你說過要捉蝴蝶給我的。」定梁被他鬧得無法，只得無奈地對太子妃道：「娘娘，臣等先告退。」太子妃令宮人跟隨，又囑咐道：「六哥兒別帶他玩得太瘋，昨晚又咳了兩遭呢。」

皇帝和皇后最後出席，眾人齊聚一同面君行禮，皇帝笑容滿面道：「今日是家宴，沒有外人。朕的意思，吉日良辰，一家人在一起見個面，吃杯酒，就不要再講這些虛套數了。」皇后笑著附和道：「陛下的聖諭，各人隨意。那麼臣子行陛下督察，命婦行我來督察，誰要是說了殺風景話，不論臣妾，罰酒三巨觥。陛下說如何？」皇帝笑道：「我看處分得當。」

帝后既然隨和，眾宗親便不再顧忌，大致入席，也並非全然依照身分。仲春之際，新茶已供，新酒已出，羅衣單薄，采色如雲。錦簾綃幕當中，挽袖點茶試酒，拈花簪鬢顧影，低聲笑語雜和風動寶鈴，連綿不絕。皇帝笑對皇后道：「你瞧像不像一卷現成的畫？真該將今日的情境，叫五哥兒畫下來。」皇后笑道：「他怕近來是不得工夫。」

因是挑菜宴，食饌皆為其次，宴酬樂作，最合題要緊的自然還是遊戲。皇后見時下旨，內臣宮人依次搬出珍珠、玉杯、金器、龍涎、御扇等物以為賞賜，又有冷水、生薑等物以為處罰。由皇后始，至太子、長公主、妃嬪、皇子，依次各以金篦將植有生菜花卉的朱綠花斛挑起，以應民間摘菜試新之意。

此事無人不可為，亦無人不獲賞，自然皆大歡喜。餘下的環節卻並非人人在行，以太子始，辨認適才所挑生菜花卉，然後開斛上朱卷複檢，中者有賞，而誤者有罰，罰有舞唱、念佛、飲涼水、食生薑等名目，最後吟誦與此花菜相關詩句一句，方算完成。一般而言，挑菜宴上以為戲笑者也在於此。

置於定權面前的朱色花斛中是一株嫩綠色野菜，莖柔葉大，莖上有細絨。定權看了半日不知為何物，隨意指鹿為馬道：「蘋棱。」話音剛落，便瞥見妃嬪席間的阿寶頗不以為然地撇了撇嘴。負責督察的內臣從旁為他將斛上菜名紅卷展開，道：「殿下，這是葵，就是煮熟了滑滑的那種菜，殿下平素最愛吃的。」席上泛過一陣笑聲，皇帝道：「怎麼罰你？許你自選一樣。」定權權衡，笑著吩咐：「把薑片取上來吧。」此內臣含笑托過金盤，其上整齊碼放著十數片生薑，為定權用金箸擷出一片。

定權方咬了一口，涕淚橫流道：「快，快取冷水。」皇帝笑道：「你倒不如直接選了冷水，投機取巧，又是何苦？」定權飲了一盞涼水，辛辣稍解，蹙眉問道：「怎麼用這麼辣的薑？」內臣笑道：「殿下，薑在秋冬二季出新，這都是去年的薑了——薑自然是老的辣。」定權無奈，笑念道：「六月食鬱及薁，七月亨葵及菽。八月剝棗，十月獲稻。為此春酒，以介眉壽。七月食瓜，八月斷壺，九月叔苴。采荼薪樗，食我農夫。」[16]

一紅袍少年宗室在一旁不滿道：「殿下把一年裡頭能說的都說了，不留一點餘地給後來人嗎？」皇帝道：「他是自己不愜意，要扯你們一道落水呢。」

滿座大笑中遊戲繼續，定楷隨意看了看斛中菜蔬，倒是一眼所見極容易辨認，指認道：「這是韭。」內臣展卷道：「五殿下，這是韭。」定楷笑道：「僥倖。夜雨剪春韭，新炊間黃粱。」

輪到定梁，斛中卻是一株方露微紅花苞的花卉，本朝花卉以牡丹、芍藥為最盛，定梁萬分得意，叫道：「這是芍藥。」內臣含笑道：「小殿下，誰都知道這是芍藥，還得說出品類來。」離花期尚有一月，這要求確實有些強人所難，眾人亦知這是在故意作弄定梁，個個皆含笑引頸觀望，唯有皇孫一人偷偷跑到太子妃身邊，對局勢十分緊張憂心。

定梁張口結舌半日，猜測道：「是霓裳紅。」內臣笑道：「小殿下也誤了，這是冠群芳。」皇帝笑道：「也隨便你挑揀。」定梁偷偷向妃嬪席望了一眼，自覺念

16 出自《詩經・豳風・七月》。

佛吃薑都十分不好看相，有損風度，猶豫半日，道：「臣就誦首詩吧。」皇帝搖頭道：「你哥哥都認了罰，怎麼給你破這個例？你不選，去把薑也給他擷一片過去。」皇孫見他要吃虧，痛心不已，在太子妃懷內代他求告道：「翁翁開恩，不罰六叔吧。」座中又泛過一片笑聲，皇帝直笑得透不過氣來，撫膺道：「那就不罰他，教他背詩。」皇后笑道：「到頭來，還是我們阿元的面子最大。」

定梁想了想，清清嗓子誦道：「維士與女，伊其相謔，贈之以芍藥。」[17]皇帝道：「聽聽，小小年紀，便知道投桃報李行徑了。」

笑語聲中，湊在太子妃身邊的皇孫睜著一雙烏黑清澈的眼睛，好奇地打量著一直靜坐微笑的阿寶，問道：「妳是誰？我認識趙娘子，不認識妳。妳也是我爹爹的娘子嗎？」阿寶微笑，彎腰低頭，柔聲答道：「可是妾認得阿元，阿元的竹馬，還是妾還給郡王的呢。」皇孫想了想，突然一轉身拱頭鑽進了太子妃懷中，太子妃摟著他，笑道：「阿元和生人說不上兩句話，還是會害羞呢。」見阿寶一臉既憐且愛的神情，又笑道：「聽說妳身上也大安了。妳這麼喜歡，也著緊自己養一個，阿元也多個伴兒。」

遊戲輪迴，最終至皇后處，也是一株含苞芍藥。內臣因適才和定梁開了個玩笑，此時卻不免有些為難，低聲提醒道：「娘娘，這個是……」皇后笑道：

17 出自《詩經．鄭風．溱洧》。

「這是寶妝成。」展卷果然，坐在一旁的皇帝倒是微感驚訝，道：「朕倒不知道妳在這上頭還做過些學問。」皇后但笑不答，誦道：「下有芍藥之詩，佳人之歌。桑中衛女，上宮陳娥。」[18]

直至宴上眾人又開始歡飲暢談，皇后才側首低聲笑道：「陛下為妾簪的第一朵花，妾怎麼會忘記？」皇帝一怔忡，眼看皇后精心妝飾過的容顏，春光明媚下，翠鈿閃耀中，眼尾亦現細細紋路。不知思及何處，半晌才怳若有亡[19]道：「卿卿，離那時也有三十一年了吧。」皇后笑道：「沒有那麼久，是二十八年。」皇帝嘆道：「不察一俯仰間，半生已過。」看了看皇后，微現歉意，道：「近來國是冗繁，不免冷落了皇后，等過了這陣子閒下來，朕好好陪陪皇后。」皇后溫和笑道：「好。」

日且西沉，花如雨墜。眾人盡興，各自傾倒於錦茵繡幕、亂紅飛絮之中，皇帝忽然感嘆道：「這才像是一家人的模樣，總是能夠這樣該有多好。」皇后微笑不語，皇帝問道：「說出這樣話來，朕是不是老了？可是朕今日心裡真是欣慰。」皇后搖頭笑道：「陛下不老，老了的是妾。」皇帝道：「妳剛過四十的人，比朕年少得多，這話又算什麼道理？」皇后笑道：「妾是女人，不一樣的。」皇

18 出自江淹《別賦》。

19 出自江淹《別賦》。怳音幌。意為悵然若失。

帝不再接話，眼看盛筵，沉默了半晌，忽道：「前人言，興盡悲來，識盈虛之有數。又說，後之視今，猶今之視昔。這兩句話大概便可將前、今、後三世的情愫都涵蓋了。」

皇后微笑道：「這些文人話多少有些酸意，妾倒只知道一句俗語，天下沒有不散的筵席。陛下想也是乏了，妾也乏了，我們就這麼散了吧？」皇帝點頭道：「隨妳的意思。」

皇后隨皇帝避席，中途分道，各還本宮。餘人陸續離散，御苑內，夕陽中，人去春空，空餘蔥蘢嘉樹，狼藉殘紅。

與會人極娛遊，亦多覺疲憊，還宮還家後各自安睡。誰也未曾料想，夜深人靜時，杳杳鐘聲忽起。

阿寶夢覺，披衣起身，詢問道：「出了什麼事了？」

宮人也早聞鐘聲，出閣後片刻跌跌撞撞折返，慌亂幾乎不能自持，口齒不清地匯報道：「顧娘子，太子殿下閣中恰遣人來。」一年少內侍入室，跪地稟告道：「殿下要臣告知顧娘子，是皇后殿下崩逝了。」

阿寶雙瞳仁陡然收縮，一身出了一層鰾膠一樣的黏膩冷汗。

少年內侍抬起頭來，問道：「娘子可還記得臣？殿下派臣帶給娘子一封信。」

阿寶道：「我記得你。你替我給你主上帶句話。銅山崩，洛鐘應。如此開場，如何了局？」

第六十三章

銅山西崩

皇后突然薨逝，眾人聽說的原因是急病卒，只為極少數人知道原因是吞生金，但是最終被公認的原因是抑鬱與絕望。她朝中無外戚，族內無高官，二子一已被貶謫，一將被驅逐，在皇帝半世曖昧態度的縱容之下，三十載若幻若真的太后夢一朝粉碎，一個女人無法承受也在情理之中。青史上也未嘗沒有過類比，眾人自然會想起如漢武皇后衛氏者。

當然還有更少數的人以為的原因，是與陰謀和一個母親的犧牲有關，這則屬於暗室之論了。一般臣民尚不可懷據這等悖逆心思，何況懷據者還是逝者禮法上的嫡長子。

不論何種，這出人意料、突如其來的國喪，徹底打破了之前前線、朝廷、皇帝、儲君、重臣、親藩幾方牽絲映帶的微妙平衡。在眾人說出「失衡」二字之前，政局已經突兀而徹底的失衡。

對於趙王定楷而言，因為國母喪、嫡母喪、生母喪，婚姻去國之事自然一時片刻無從談起。三日下旨命禮部考訂皇后喪服之制，各宮和在京文武官員給發白布製喪服的同時，令皇太子在內的臣子們無比頭痛的問題之一，便是究竟要不要召還蜀王和廣川郡王。

禮部官員負責引經據典，言援照本朝之前有過的成例，在外親王可返京奔喪，但不至百日便必須返回，直到大祥前再回京參與。於是這便又引發了兩派言論，一派言「可返」二字，說明也可不返，蜀王有足疾，封地且遠，他不必返。廣川郡王雖是皇后長子，但因罪去國，也當永不返京才是正論。況京內嫡長有儲君，親子有趙王，足可以主持喪儀。一派則言本朝以孝治國，以禮立國，廣川郡王去國時並無明白旨意令其永不回歸，既然也是國母喪、嫡母喪、親母喪，他不回京參加喪儀，則天家行事，何以為天下臣民典範？

因為國喪，皇帝下令輟朝五日。群臣們沒有當面爭辯的機會，只得各自先將喪服預備好，等待旨意後再相機行事。

定權再度私會詹府主簿許昌平，也是在皇帝下旨輟朝的初三日的午後。國母有喪，按照本朝禮制，作為皇太子應服齊衰，但是由於禮部尚未定大行皇后喪儀，皇帝亦尚無明旨，定權不過更換了淺淡服色與白色冠，面上也殊無淒色。命人逕自將許昌平引至書房內，自己先坐了，擺手道：「主簿免禮，坐。」許昌平便也不行大禮，向他一揖，坐了下來。

定權打量了片刻許昌平的打扮，問道：「主簿的喪服製好了？國有殤，主簿神色如許尋常，不懼人言可畏否？」許昌平道：「當慟哭時臣自會慟哭，只是眼下既沒有哭的工夫，也沒有那份心思。殿下召臣前來，可有令旨？」定權道：「就是主簿說的話，哭的工夫都沒有了。明日始在京文武皆要素服行禮，從明日至此後百日內，我怕都片刻不得閒。不過我懷疑，我能用的時間還有百日否？」

許昌平起身，雙手推開定權書房閣門和幾頁朱窗，環視門外窗外皆無一人，方低聲問道：「殿下的意思是？」定權道：「我沒有想到，他們竟然會做到這個地步。」許昌平點頭道：「大行皇后無外戚，近年既失愛於陛下，只怕她能夠做的也只有這些了。如是，非但趙藩不得行，齊藩亦得返。齊藩返，二十四京衛中有七衛都是他故舊，而邊城現在是在朝廷手中，還是在親藩手中，也難早結論。」

定權搖頭道：「連自己的生身母親都可捨棄，定是不喪身家不肯甘休了。是我打亂他們的謀劃，他們這也是故意在逼迫我，我此時輕舉妄動，正投了他們的羅網。我斷不能妄動，也請主簿不要妄動。」許昌平沉吟道：「他需顧忌的確是比殿下要少得多，可是他能動用的，也比殿下要少得多。」定權嘆氣道：「你坐下，聽我說——齊藩我是絕不會讓他回來的，這個你不用擔心，我不會讓事態惡化到那一步。但我今日叫你來，不為這事，而是有句話要囑託你聽。」

許昌平依言坐定，道：「殿下請講。」定權抬頭看他良久，方開口道：「哥哥，活下去。」許昌平瞠目結舌半日，忽然撩袍跪倒道：「殿下何故作此驚怖語？」定權神色陰鬱，道：「我寧肯是自己多慮，只是你也看到了，我的對手甚至連無賴都不是，既是禽獸，還有什麼事情做不出來？我打發他之藩，其實是放了他一馬，他肯領命，仍舊是太平富貴親王。他偏偏不願意，他要做亡命徒，他能做亡命徒，可我不能。這是我一開局就輸了他的地方。我現在的擔憂是，我固然是打亂了他的謀劃，或者也正是促成了他的謀劃，萬一此事牽扯到了主簿的身上……」

許昌平叩首道：「果至於此，臣請殿下放心。」半晌後方低語道：「殿下知道，那東西放在何處？」定權搖頭道：「我正是怕你作如此想，所以明知今日大概宮中已有親藩甚或陛下的耳目，還是要你涉險前來。我就是要囑咐你，我不希望張陸正的事情再重演一次，也不需要它再重演一次。你聽好，記下了——無論事情鬧到何種田地，你設法救過我，我也會設法救你。」他看著許昌平亦已大異於五年前的面龐，重複道：「所以，要活下去。」

許昌平垂頭沉默，良久方道：「殿下的話，臣記住了，但是臣還有句老生常談的話，也請殿下牢記。」定權道：「你說。」許昌平道：「天與不取，反受其咎。時至不行，反受其殃。」定權道：「主簿也以為，我是個軟弱的君王？」許昌平道：「殿下待人，有時太過仁慈。」定權失神一笑，道：「事不關己，高高掛起。如果這份仁慈是給主簿的，主簿還會這麼說嗎？」

這是一句極尋常的問話，許昌平卻一怔，方低聲回答：「臣不需要。臣只希望，殿下時至必行。」

晚膳之後，皇太子請求陛見皇帝，未言明為公事為私事。皇帝也沒有藉故阻礙，就在寢宮康寧殿的側殿召見了太子。定權行禮起身，見皇帝身上所著也是淺淡服色，只是未易冠，神情舉止之間，亦未現十分傷感，索性將預備的幾句告慰官話盡數壓下。

父子兩人相對無語，雖是太子主動求見，卻並未主動言談。良久後還是皇帝先開口問道：「你的齊衰製好了沒有？」定權方答道：「今日已送至臣處。」皇帝道：「為何不服？」定權道：「大行皇后喪禮未定，既定臣自會穿戴。」皇帝又倚案靜靜看他許久，微微點頭道：「是嗎？是喪禮未定，還是你真正想服的，不是齊衰，而是斬衰[20]？」

一語既出，滿殿人皆驚惶失措。定權卻未顯露太過驚恐，緩緩屈身跪地，回答：「陛下的話，臣不明白。」皇帝道：「何乃太謙，你如此聰明人，怎會聽不懂？」定權雙目簾垂，道：「臣不敢欺君，陛下的話，臣正是聽懂了，所以才不明白。」皇帝道：「那朕不妨給你個明白，有人告訴朕，說詹事府內，有個掌文書的主簿，是姓什麼的來著？」定權道：「言午許，名昌平，字安度。」皇帝道：「對，就是這麼個名字，也是今天中午去東宮見過你的那個人。」

定權抬頭挑眉望了侍立一旁的陳謹一眼，陳謹偷顧皇帝，低下了頭去。皇帝未加理會，接著說道：「有人密告，說他有行走串聯京衛的行徑，而且並非一時一日。你知道這話說出來，是什麼罪名嗎？」定權點頭道：「果然以文臣結交

---

20 衰通縗，音催，按服喪期長短和喪服材質的不同，分為斬衰、齊衰、大功、小功和緦麻五級，即「五服」。按明制，太子為大行皇后服齊衰，為大行皇帝服斬衰。

武將，還是京衛，這是有謀反的嫌疑。只是，他不過是個從七品的主簿，在詹府內主文移，他串聯京衛何益於己，何用於己？必是受人指示。詹府是臣的詹府，這也就是說，是臣有謀反的嫌疑。」

皇帝道：「可是你好像並不驚訝，也並不害怕。」定權輕輕一笑，將雙肘平放落於地面，道：「臣不是已經俯首屈膝在陛下足下了嗎？如果還有比這更誠惶誠恐的姿態，臣也願作願為。至於學婦人女子涕泣分解，賭誓求告，臣今時今日固然不屑，陛下難道就會輕信嗎？」皇帝蹙眉道：「你究竟想說什麼？」定權額頭觸地，道：「臣謝陛下告知，陛下打算如何處置此事？」

皇帝面上微現不耐煩，手指輪流煩躁地敲了敲几面，道：「此事偏發在此時，朕還在猶豫。但是你來之前，朕已經下令緝捕了。你放心，僅他一人，別無牽涉。」定權道：「如此最好不過。非常之時，牽涉無益。」皇帝一笑道：「看來今日你的話還長，不是鐵打的膝蓋，就站起來說吧。」定權扶膝起身，道：「謝陛下。」

皇帝道：「朕說過，朕喜歡你這麼說話，看來這話你倒是記住了。」定權笑道：「陛下說過的話，臣不敢不都記住。譬如這一句——陛下說陛下與臣若只是父子，或只是君臣，許多事情，根本就不會有這麼麻煩。當今的局面，原本就已經夠麻煩了，何必再添上一重？」皇帝道：「朕似乎是說過，記不太清楚了。」定權道：「靖寧二年九月廿四日夜，就在此地。」

皇帝略作回憶，問道：「是嗎？那麼你是怎麼想？」定權道：「當時臣年少，所以心中有些疑惑，不怕陛下恥笑，還有些難過。然而今日反思，方知陛下所示，是至理之言。陛下當日對臣說，只論父子，不說君臣，所以有很多事在那日都得釐解清晰。陛下若不介意，今夜臣可否請旨，陛下與臣，只論君臣，不言父子？」皇帝冷笑頷首道：「你既不介意，朕又有什麼可介意？」

定權輕輕點頭道：「臣今夜來，是請求陛下旨意，勿令廣川郡返京奔喪。另，大行皇后禫祭後，再擇日令趙王婚姻之藩。」皇帝抬起二指，疲憊地捏了捏四白，問道：「你自己聽得見，現在在和朕要求什麼嗎？」定權道：「臣知道，臣以人子身分這樣和父親說話，是不孝不敬的罪狀，以手足的身分這樣議論兄弟，是不悌不友的惡行。只是臣適才說過了，今夜與陛下只論君臣。此言是皇太子向皇帝陛下的進言，請陛下斟酌三思。」皇帝道：「既然是君臣，那麼規矩你懂，這算是引論，你接著闡述，朕聽著。」

定權點點足下地面道：「就在上月，陛下與臣在此處鬥茶。其間臣問陛下，小顧出關，臣算是明目張膽插手了軍事，有事發之日，陛下可能護臣周全。」皇帝並不說話，定權接著說道：「如今小顧既已出關，為其父也好，為自家也好，無須督促，他定會全力以赴。陛下不必憂心，臣也不憂心。」皇帝哼了一聲，道：「你考慮得很周全。」

定權笑笑，道：「臣正是沒有考慮周全，如此輕易授人以柄。用陛下的話說，臣與人鬥，在這一步便已經輸了。陛下信否，三日後重開朝會時，彈劾臣的奏章會將杜相的中書省淹掉。」皇帝反問道：「所以說，你後悔了？」

定權搖頭道：「臣無悔。臣既為儲君，不會以身損國。只是臣雖愚昧，眼前之事，未來之事，大概也能預知一二。臣這幾年辦事，固是得罪了不少君子，今夜一過，只怕臣的罪名便不只是預庶政預大政了。大約大行皇后崩卒，在他們看來，臣也是要負責的——不，不論臣需不需要負責，古往今來，儲副以養德養孝為主務，引發了這種議論，本身就已經是大罪。何況東宮衙署的人還被拘禁，這樣的罪名，陛下就是想保臣安然，怕也是力不從心吧？」

座上的皇帝低垂著眼簾，以略為怪異的神情看著太子，不置可否。定權仰首道：「或者應該先問，陛下有心保臣安然否？」皇帝嘴角微微一勾，道：「朕想先聽你的看法。」定權提起袍襬，再度跪倒道：「外有戰事未息，內有國家大喪，去冬無雪，今春無雨，四海有饑饉之虞。當此非常之時，朝廷傾頹則必地方傾頹，中央動盪則必國本動盪。臣今日伏乞陛下，非求父親保兒平安，是求陛下庇佑國家之儲君，庇佑國家之社稷。」

皇帝沉默良久，起身緩緩踱到定權身邊，顏色淺淡的御衣袍襬觸到了定權的鼻尖上，陰沉苦澀的香氣暗襲，不是熏衣香，是浸染入衣料每根經緯的藥香。他渾身一陣戰慄，突然領悟自己的弟弟是占領了一個多麼好的時機，而這個時機對自己來說是何等的不適宜——皇帝的痼疾是一重病，皇帝的衰老也是一重病，一個病中的君王，會比尋常更加在意掌控權力，也會比尋常更加畏懼喪失權力。對於他和他這樣地位的人來說，喪權與死亡等同。

皇帝蒼老的冷笑聲音如藥氣凜冽，從離定權很近的頭頂壓下：「我給你取名叫權，不會比你更不知輕重。怎麼為君父，尚輪不到你來教導我。不過既然你這麼擔心，朕可以給你一句實話──朕並不打算讓廣川郡王回來。五年前他不是你的對手，今日他更加不是，時局又太亂，於朝廷於他皆無好處。他母親已經不在了，朕眼睛還看得到的時候，總還是要保全他一條性命，叫他在那窮鄉僻壤多活兩年。」

這語氣這姿勢都太過熟悉，一人之下萬萬人之上的皇太子蕭定權胸臆間掠過一陣噁心後，恍惚憶起，五年前，就是這個時辰，就在這個地方，甚或就是在這塊水磨金磚上，挾著天子不動聲色的刻薄冷酷的沉重撻伐，如疾風暴雨一樣落上了肩頭，落上了脊背，渾身上下，沒有一根骨骼不生痛。今夜即如當夜，抑或，其實自己從來就沒有移動過位置？他伏地的雙手，伸出一根手指，帶著舊日傷痕的指甲在天子足下，扣入了金磚的縫隙。

衣裾、藥氣和天音終於漸漸遠離：「你今晚懷揣的這份心思，這樣和你的父親說話，不用等那群尖腐書生攻訐，你的父親直接可以傳家法來，就在這裡打死你，你相信不相信，明日他們一句冤枉都替你喊不出來？不過既然你已經說過了，朕不得不承認，作為儲君，作為朕的一個臣子，你說的沒有太大的錯處。」

定權聲音低沉：「謝陛下。」

皇帝道：「還有，你也不必以為朕徹底昏愚，朕不管詰告者是不是你的兄弟，如果他今日說你別的事情，朕會治他的罪，且會嚴辦，但絕不會牽涉你。唯有此事，朕寧肯你受些委屈，讓小人得點便宜。朕不會放廣川郡回來攪你的局，但是那個小臣和你是什麼關係，朕也不會因為你這些話就不去查訪。假如查訪得此事果然是真，也果然與你有牽涉，你是朕的兒子也罷，你是朕的太子也罷，朕無力護你，也無心護你。」

定權抬起頭來，目光有些飄忽，也有些嫌惡，蹙眉問道：「為什麼？臣是問，天子聖哲，權衡輕重，為什麼定要厚此薄彼？」

皇帝冷笑道：「既然你喜歡和朕玩這樣的把戲，就不要指責朕偏心。當然，朕也可以用你這套把戲來告訴你答案——因為他只是朕的親臣，而你，是朕的權臣。」

定權半晌無言，忽自嘲一笑道：「臣謝陛下教誨。」

皇帝道：「還有，從今日起，部裡的事務就先放下吧。日後進出你延祚宮門，也最好先知會朕一聲。瓜李嫌疑，要知道避諱。」

定權問道：「陛下是擔心我背著這嫌疑，會藉國家的事務謀私？」

皇帝道：「朕也不會這樣小看你，朕是擔心你背著這嫌疑，無心辦事。況且，大行皇后的喪儀，明日禮部便會擬出章程，你是皇太子，儀式上需要你主持的場面不少，你雖然年輕，可也分身乏術吧。是朕失德，方使乾坤倒懸，但是關起門來我們稱君臣，打開門來，在天下人面前，我們還得做父子。收拾起你這副毫無心肝的樣子，在大行皇后的喪儀上，朕希望你在天下面前，能做出個孝子的典範——畢竟，這才是你儲君最重要的職責。」

定權垂首，平淡答道：「臣遵旨，臣會如陛下所願。」

皇帝擺手道：「你退下吧。」

看著定權背影遠去，皇帝方一落座，突兀的便是忍不住一陣急促的咳喘。陳謹慌忙命人取出配伍好的藥丸，用溫水為皇帝送服，兩手亦不住在皇帝背上揉擦。

皇帝終於平靜下來，拭了一把眼角咳出的碎淚，看看陳謹通紅的雙眼，笑道：「你倒是有情有義，比朕的幾個兒子都強些。」

陳謹擦擦眼睛，哽咽道：「娘娘在時待臣不薄，今舊主去了，臣連滴眼淚不敢掉，來世還可企托胎人身嗎？」

皇帝一笑道：「舊主去了，不是還有新主嗎？」

陳謹愣住，方欲下跪，皇帝已經制止道：「不要裝模作樣，朕看了心煩。只是朕身邊剩下的可以說話的，大概只剩你們幾個水火不容的冤家對頭了。朕這話不避諱你，也不怕你傳遞給你的新主。」

陳謹的膝蓋終於一彎，磕頭道：「陛下，臣不敢。」

皇帝嘆了口氣，道：「這不是什麼要緊話——你以為朕今晚這樣，是教太子氣的嗎？不對，不是。從他小的時候，你們就一直在朕的耳邊嘮叨，說他像他舅舅，聽多了，朕也就這麼信了。直到今天，朕才發覺，他居然是朕的兒子裡面，最像朕的。」

皇帝閉上了眼睛，頭向椅後仰過去，仰過去，自語道：「為什麼，要到了這個地步才發現？」

第六十四章

室邇人遠

定權從康寧殿返回，並未逕回正寢，而是先去了顧才人閤中。皇后大喪期間，他親近後宮，認真追究起來，也是一項大罪。然而他的幾個老臣既不在身旁，無人可阻礙，也無人敢阻礙，只得提心吊膽由他而去。

太子不令通報，孤身入室後也不待宮人行禮，揮揮手道：「全都下去。」阿寶正倚坐在榻上，並未起身迎接。定權不以為忤，走到她面前，靜靜打量了她片刻，問道：「妳哭了一整天？兩眼都腫了。」她的雙目、兩顴，連鼻尖都是一片赤潮，然而此刻眼中已無淚水，平靜回答：「是。」定權道：「大行皇后崩卒，固然是大不幸，只是此事已成天命，人力不可挽救，妳又何必自苦太過。」阿寶道：「說句忤逆話，大行皇后雖為國母，可是妾不過昨日才遠遠見了她一面，連她是什麼性情的人都不知道。」定權道：「這樣說，不是為了她。那麼貴上送來的手詔中究竟涉及了什麼，才會讓我的顧娘子如此動情？」

阿寶慢慢抬起頭，望向他的神色如靜水，無驚訝，亦無懼怕。滑稽的感覺不合時宜地湧上定權心頭——他與他的君王，她與她的君王，相同的夜裡，演繹相同的故事。只是故事中他的君王，是純粹的君王，他的臣妾，是純粹的臣妾，唯他一身，同時兼任著君王與臣妾的雙重角色，反抗的同時鎮壓，被鎮壓的同時也被反抗。這樣的矛盾其實糾纏他終生，以致麻木，以致乏味，只是在今夜突又使他感覺到了刻骨諷刺的意味。

他反抗的臣妾仰著頭，直視他雙目，回答他的問話：「我剛剛得知，我的母親不在了。」

他忘記的，他記起了，這祕色珍瓷根本不需他伸手去打碎，百年的靈性，它自有著自我毀滅的自覺和決絕。

四年之後，他來找她的那日算起，他心知肚明，她也心知肚明他早已心知肚明。小心翼翼而執著地拖延到了今時，不得不打碎了。他在感覺到輕鬆的同時，也感覺到了一絲遺憾，畢竟那小心維繫出的表象還是靜好的，以及那表象中的某些細節，或許會如潛伏的病灶一樣，在許多年以後的夢迴午夜，於緬懷青春時突然發作，令已不再青春的心隱隱生痛，令不再青春的眼微微發酸，更有甚者，能令緬懷者輾轉反側，動魄驚心，乃至手足無措？

然而此時此刻他仍然青春，亦無須緬懷，他的心沒有作痛，眼也沒有發酸，這是今夜唯一使他稍感欣慰的事情。他站在她面前，同樣平靜地質疑道：「這不合常理——貴上正是用人之際，告訴妳這樣變故，於他何益？」阿寶展手，手心中是一束被淚水溼透的青藍色鳥羽，道：「他自然不會告訴我，但是我來時，悄悄叮囑過寫信的人，萬一有變故，就傳遞給我一點青色的東西。」她沉默了片刻，道：「這是我母親最喜歡的顏色。」

定權沉默有時，坐到她身邊，伸臂將她攬在自己的肩頭，低聲勸慰道：「好了，好了，多想無益。」她柔順地靠著他的肩頭，微微一笑：「殿下，那封信已經不在了，殿下知道，他不會留任何證據在我手裡的。」他輕輕「噓」了一聲，示意她禁聲：「那件事是那件事，等一下我再問妳。現在，只是因為我知道，一個人能夠有多麼難過。」

她突然轉身，緊緊地環抱住他，將尖尖的下頷用力地抵在他的肩頭。他一怔，也抱緊了她，聽她喃喃低語：「對，你知道。」

他的心跳在她的懷中，她的體溫在他的懷中，衣香在鼻端，呼吸聲在耳畔，是如此真實的擁有，四臂糾纏，不留一點罅隙。然而，彼此此刻真實擁有的，都是剛剛已經失落了的彼此。

阿寶先推開了定權，這懷抱的放空，使他想起他父親的先後兩位皇后的所作所為，女子們在有些事上其實遠比男子要決絕和堅強。她離開他，問道：「殿下想怎麼問話？殿下知道，有些話我還是不會說。」

定權搖頭道：「妳不想說的那些，恰好我也已經不想再知道。我不想用強，那樣的手段配不上妳，也配不上我。我們兩人，其實滿可以好好說一次話。譬如，我先來示範誠意——他這個時候找妳，是問許主簿的事情吧？」

阿寶點頭，道：「是。」

定權道：「我或許能猜想到妳的難處，妳的母親雖不在了，但是妳說到的那個寫信人，於妳而言，大約珍貴不下妳的母親吧？」

阿寶點頭，道：「是。」

定權道：「其實妳很清楚，妳就算告訴了他許主簿的事情，寫信人也未必能得真平安。何況許主簿的事情，除了私下裡他與我過從甚密，大約妳也並不知道其他什麼了。」

阿寶道：「是。」

定權頷首道：「所以我想告訴妳一件事，請妳設法傳遞給貴上——用什麼方式我不管，因為我相信妳能夠辦好。妳不必擔心，這樣做不單對我有好處，對妳也有好處，因為這事是真的，妳完全可以拿它向貴上交差，甚至向他提出點條件。如今的形勢，大概他和妳都很清楚，這應該是他最後一次用到妳了。」

阿寶微笑道：「如今，形勢？」

定權笑道：「思慮傷人，妳還沒看出來嗎？走到這個地步，不是他死，就是我要做廢太子了。」

阿寶淺淡的笑意中有嘲諷的意味：「這麼比較的話，還是殿下占了一點便宜。」

定權搖頭，平淡而認真地否認：「阿寶，看來妳還是不夠瞭解我。廢了我和殺了我有什麼分別？我不可能允許自己活著，留給他們侮辱的機會。話既然說到這裡，我不妨也先請妳，萬一果然如此，設法帶一把匕首給我。」

她的雙肩輕輕一抖，他察覺了，伸手按住了她單薄的肩頭，道：「陛下已對我下了禁足令，除了大行皇后的喪儀，我寸步難行。若預計不錯，我的一舉一動，以後都會有人監察。過了今夜，大概我不再方便到妳這裡來了，所以，這句話我現在就要說給妳聽。」

阿寶輕輕點頭，道：「殿下請講。」

定權垂下頭，將嘴唇湊近她耳畔。朱燈映照，窗外看去，是纏綿悱惻的交頸合影。合影糾纏，融會，搖盪，終於釐解拆分。

她似乎聽得很仔細，但是沒有接話，他自顧繼續道：「妳告訴他，這是妳親眼看見，親耳聽說。他若不相信，可先行驗證坐實，再上報官家——如何，這話不算我誑妳吧？」

她仍舊不置可否，他也並不介意，最後叮囑：「但是時機要緊，這話不需妳現在即說，妳也不可現在即說。約莫從今日起半月內吧，希望許主簿可以熬得過控鶴的鍛鍊。」

他站起身道：「我一向堅信，妳是聰明人，這半月也是留給妳考慮和謀劃的時間。我相信妳能夠思想明白。如我所言，為什麼我們不精誠協作，再彼此分得些少利益呢？」

阿寶終於開口問道：「殿下憑什麼相信？」

定權拍了拍她的肩頭，一笑道：「因為妳和我太像，所以我相信妳有那種智慧，也有那種孤勇。事到臨頭，更加如此。」

他這動作，深深讓她厭煩，她記得他數次對自己做過這相同的動作，這或許就是他們永無親密無間機會的原因和明證。她太清明，他也太清明，所以他會選擇她作為對手，或會選擇她作為同袍，唯獨不會的，就是選擇她作為伴侶。

她也再次厭煩地回想起，這是自己的錯誤，不是他的。

再沒有多餘的囑咐，他轉身離開。他們的太過相似，使他清楚，她在厭煩的同時，已經開始仔細地思考。

能盡的人事皆已盡。只是，全盡到後，了無意趣。

靖寧七年二月初四日，禮部定下大行皇后喪禮。五日至七日，凡舉在京官員五品以上者素服至宮門外，具喪服入臨後，喪服行奉慰禮。三日後除服。

八日，以牲醴告太廟，上大行皇后謚冊文，定謚號孝端。因國有戰事未息，諭令蜀王、廣川郡王及所有京外親藩，在地遙祭無須返京。

十二日，命以栗木製孝端皇后神主。

十六日，孝端皇后梓宮將發引，具醴告太廟，遣官祭西山之神，祈禱永佑安寧。

所謂蓋棺定論，貴如配天皇后，不外乎是。

第六十五章

林無靜樹

靖寧七年二月初四日，禮部定下大行皇后喪禮。控鶴衛於前夜奉旨拘繫詹事府主簿許昌平，本日不動聲色地抄查許氏位於京東的宅邸，並接著拘繫其家中老僕及童子。

初五日，凡舉在京官員五品以上者素服至宮門外，具喪服入臨後，喪服行奉慰禮，命三日後除服。由於緝捕事出祕密，禮部侍郎兼詹事府正詹傅光時本日方聽聞屬下牽涉欽察御案，追根溯源，許昌平當日由禮部平調入詹府時，有賂於他，是經由他的舉薦，數年來又與其有隸屬長貳的親密關係，種種都是無可隱瞞事，傅氏左思右想，心膽俱裂，情急下竟素服入宮，於康寧殿前伏闕慟哭不已，直至皇帝怒令羽林強行將其拽出宮門。

宮門外百官喪服臨大行皇后喪儀，驚見哭得面胖臉腫的傅光時由門內被擲出，猶撫門手之舞之，足之蹈之，口稱有罪。據旁觀者言，其情如喪考妣，其勢撼天動地。

拜其所賜，許氏被拘捕案一日內舉朝皆知。天子在此時，逕以直統的上直親軍衛中旨興獄，既不合情，也不合理，眾臣只能理解為勢使之然。

初六日臨喪後，大理寺、都察院上書，稱皇帝興御案而迴避有司，有違國家制度。皇帝下中旨申斥，言國喪期間，一應司法官員詆訶君父，顛倒本末違背倫常，擬待大喪後嚴懲，刑部雖未參與其中，也一併受斥。除新任刑部尚書代本部請罪外，餘兩司官員不服，以都御史為首，本日內再次上書請求介入調查。皇帝令中書令杜蘅將奏疏留中，眾司法官轉而攻訐杜蘅，言其阿君尸位。站立於眾臣之首的杜蘅面色十分難看，但因是喪中，人人面色皆不好看，所以也並不十分醒目。

初七日，以御史臺為首的清流言官也大抵得知此事，因為國喪，連奔走串聯都不必，從宮門離開後便再次聚結商議，約定除服後聯名上疏。本日，控鶴衛指揮上報，因許府抄出證物不足，罪臣本人又一概否認，口稱冤屈，且拒不言出與東宮關聯，只道僅有公務往來。其位卑是一，所掌職責毫無需要東宮親自下問處又是一，此語自然信之不足，疑點頗多。皇帝下旨，言允許鍛鍊。

初八日，百官除服，以牲醴告太廟，上大行皇后諡冊文，定諡號孝端。因國有戰事未息，諭令蜀王、廣川郡王及所有京外親藩，在地遙祭無須返京。

初九日，恢復常朝。朝中議事如下：言制孝端皇后神主事；言戰事順利；言中書令杜蘅失職；言內府興獄，有礙於司法公道；言皇太子宜藉機中止參與一切庶政，專心主持大行皇后喪儀等。其中以言官支持都察院和大理寺官員，同求遣官共察詹府官員被拘繫一案之聲勢最為浩大。朝事之紛繁，歷來無有之；朝事之冗亂，唯五年前可比擬。

眾臣在忙於議論爭辯攻訐合縱連橫之餘，不忘察看天顏及皇太子玉容。皇太子昂首直立於御座之下，軒揚的雙眉、壓低的唇角與座上天子的走勢相同，一樣冷淡平靜。

十二日，命以栗木製孝端皇后神主。常朝議事，延續前次議題。雖因梓宮未發，群臣猶在隱忍，但是皇太子逼迫手足兄弟倉促之藩，且常年不敬繼后，方導致孝端皇后薨卒的議論已經開始私下流傳。同時流傳的，是許氏的被拘或與謀反有關。

仲春的夜晚，望已至，夜幕初臨。天色如青黛，無月無星。在朝臣們看來，已經外失軍、內失政、上失天心、下失人心的孤家寡人皇太子蕭定權，在形同軟禁的情況下，獨自漫步到了東宮後苑。遠處跟隨著幾個侍衛，他止住腳步，他們也止住腳步，靜夜中的幾抹魅影，與他保持恰到好處的恭敬與警戒並舉的距離。

沒有一絲風，連輕薄的春衫在動作靜止後也毫不動搖。沒有一絲聲音，連呼吸都隱忍到了最低的極限。沒有光，最後一線光明已逐夕陽隱退；也沒有完全黑暗，他的雙眼仍然可以辨識出足下的路程。環繞的宮室如此堂皇，身處的廣場如此空曠，天地如此溫暖，如此寂靜。他抬起頭來，凡人的眼睛望向有限宮城、有限家國、有限人生之上的無限宇宙。

在暗夜中，將呼吸隱忍到生與死的臨界，就可以聽得到宇宙的聲音。千里外金屬撞擊的聲音，血肉之軀被金屬砍碎的聲音；殺戮者的興奮，瀕死者的恐懼，憤怒的嘶吼，膽怯的哀鳴，鐵蹄，戰鼓，號角，混合如動地驚雷；隱隱的驚雷滾過千里，風流雲動，攜帶著雨露滋潤的烏雲飄移到了江河湖海上，水入水的聲音，水助水的聲音，水勢激漲的驚濤拍岸聲，祈雨者失望的嘆息聲；被嘆息聲包圍的朝堂內，宮牆中，人們的竊竊私語聲，無數雙因為悲傷、因為憤怒、因為恨而閃爍的紅眼睛裡，每一滴淚水跌入塵埃的聲音。

還有刑者無忌的獰笑聲，受刑者隱忍的悲鳴聲，肉體被扭曲，骨骼在竹木下斷裂的聲音；潛行入暗夜的女子輕如狐步的腳步聲，與身攜使命的小人交頭接耳聲，消息的層層傳遞聲，消息的終端，懷疑的無聲，權衡的無聲，與決斷的無聲。

還有那些公平的心，正義的心，還有自認為公平的心，自認為正義的心，將辦好事的好心，將辦壞事的好心，將辦壞事的壞心，將辦好事的壞心，每一顆心跳動的聲音。

沒有風，太子林側柏的樹葉依舊在沙沙作響，萬葉千聲。

宇宙間，林無靜樹，川無停留。無知物尚如此，何況有知之人？蕭定權垂下了眼簾，將這青藍色的宇宙阻隔於肉身之外。

十六日，孝端皇后梓宮將發引，具禮告太廟，遣官祭西山之神，祈禱永佑安寧。同時朝議較前更加洶湧。

二十日，梓宮發引。本日晨，皇帝親致祭於孝端皇后靈，皇太子、皇帝妃嬪、皇太子妃嬪、趙王、長沙郡王、皇孫協同奉送。太子妃與皇帝妃嬪並列，皇孫同趙王定楷及長沙郡王定梁並列。定權具服致祭完畢，側首橫了定梁一眼，正在逾矩輕輕撫摸皇孫脊柱的定梁抬起頭來，輕聲解釋的同時詢問道：「阿元不舒服，一直在咳嗽。殿下要攜臣等赴陵安厝皇堂，路又遠風又大，不如就讓阿元留下來吧。」定權看了看皇孫，皺眉道：「渾話。」定梁無奈，用手摸了摸皇孫額頭，又附在他耳邊輕聲說了些什麼，大約是安慰之語，皇孫點了點頭。

定權不再理會他們，禮部遣員上前引導，禮侍傅光時也在一旁，被定權一瞥，本來煞白的臉色又添上了一層青黃，連忙垂首。定權路過他身邊，輕輕嘆了口氣道：「傅侍郎宦齡比本宮年紀還大，也服侍過了兩朝天子。本宮看你平素為官為人還算謹慎，怎麼這次，比他們小孩子家還不懂事？」他語氣中不含責備，傅光時的面色卻又由青黃轉成了鐵青，站立原地嘴角抽搐了半日，突然口吐白沫直挺挺地向後暈厥了過去。

致祭後皇太子需親自赴西山陵寢，待安厝皇堂後，奠玄玉璧，文武百官具喪服詣宮門外奉辭。典禮繁縟，禮畢一來一回，神主還宮，文武百官再次素服迎於宮門時已近酉時。此後回宮，百官行奉慰禮畢，皇太子陪同皇帝以醴饌祭。本夜，遣醴饌告謝西山之神以復土。至此，孝端皇后喪儀的第一個階段總算結束。此外二十七日後的禫祭，一周年的小祥，二周年的大祥便同屬後事。

因為皇帝並無特旨，定權更衣後又立刻折回康寧殿，服侍皇帝晚膳並備詢問。一日勞碌，皇帝用的卻不多，隨意吃了兩口便放下了箸匙，不問陵寢皇堂事，卻忽然發問道：「聽說阿元病了？」定權點頭道：「他在宮中養得太嬌氣，是孱弱了些，騎了一天馬，回程就有些發熱。臣子失儀，臣向陛下謝罪。」皇帝道：「朕聽說他前幾日便有些不好，你知道，為何不叫人報朕，還執意要帶他出去吹風？」定權道：「臣並不知道，何況國之重禮，臣不敢私愛一子。」皇帝道：「他去與不去，你明知道朕不會介意。」定權道：「臣亦不敢妄測天心，臣並不知道。」皇帝問道：「那麼你關心些什麼？知道些什麼？許案的進展嗎？」定權答道：「是陛下親衛的御案，詳情沒有人敢報給臣，臣雖然關心，但是也不知道。」

皇帝似笑非笑地打量了他片刻，不過十餘日，他的雙頰深陷，兩眼圈下一抹鬱青，是一副疲憊和憔悴交織的敗相。皇帝問道：「那你要不要跟朕去看看？」

定權一怔後恢復了平靜，躬身道：「臣聽憑陛下差遣。」

陳謹趨上前，協同定權服侍皇帝更衣畢，輿輦亦已準備妥當。皇帝升輿，見定權仍站立一旁，遂招手道：「你也上來。」定權略略環顧左右，便也沒有堅辭，謝恩後登輿，與皇帝北面對坐。輿外的內臣，手持宮燈，兩列魚貫隨行，深宮中的點點燈火，如點點星輝，在夜色中無聲無息地環繞追逐著紫微正座，以及這侵入紫微垣的前星。

狹小空間中，皇帝衣上的藥氣再度逼迫侵襲，定權正襟危坐，垂目攢眉，保持著不得不逾禮時能做出的最恭敬的姿態。皇帝審視著他，他的恭敬當中，緊張、防備、敷衍和心不在焉兼而存之，這過於熟悉的微妙氣質勾引起了皇帝的不悅，突襲一般開口道：「聽說今日你把傅光時罵暈了過去，你如今果然好本事。」然而太子看似在神遊物外，卻沒有任何怔忡與遲疑，立即回答了皇帝的問話：「臣並沒有說他什麼，只說他不懂事，在場的幾個人想必都是聽到的。臣私忖陛下令控鶴衛審此案，就是不欲司法介入，鬧得天下盡知不好收拾，這既是為臣著想也是為大局著想，他卻只為一己打算，如此沉不住氣，耽誤了陛下的大事。」

皇帝微微頷首道：「不錯，選這樣蠢材去輔弼你，是朕的失策。」定權的眉目依舊低垂，道：「他腦子不大靈光或許是有的，只是臣不明白，他今日的態度，似乎是愚且怯，然而敢在陛下寢殿前訴苦申冤，又似乎是愚且勇——這個人的為人，臣倒有些捉摸不透。」皇帝哼道：「你無非是想和朕說，這又是你兄弟的指使。」定權道：「臣沒有證據，不敢妄言。但是這半月來，朝中的情勢，陛下光明燭照，權臣究竟是臣，還是另有其人？」

皇帝道：「這個今時尚不好界定，朕只是不曾想到，你二十載儲君，人緣會差到這個分上。」定權嘆氣道：「失道寡助，親戚叛之，臣之謂也。」皇帝一笑道：「也不必洩氣，戶部的人，從頭到尾都是講你好話的。」定權亦一笑道：「他們雖是以算帳為本職，也未必每筆糊塗帳都算得清。」

皇帝不理會他的抱怨，轉而問道：「這還是你首次去控鶴衛的衙門吧？」定權道：「是，不過臣知道地方——就在宗正寺的西邊。」皇帝道：「你還是忘不了那裡。」定權頷首道：「以茲自省，以備警戒，是以銘心刻骨，不敢稍忘。」皇帝閉目道：「記性太好，負擔便太重，未必益事。衛裡的事情，真沒人告訴你？」定權道：「詳情沒有，不過臣還是聽說犯官受了些苦刑——陛下知道，有些消息，朝裡是瞞不住的。」

皇帝點點頭，輕描淡寫道：「他們告訴朕，說是指骨斷了三根。」定權側首皺皺眉，問道：「是左手還是右手？」皇帝道：「有什麼分別嗎？」定權道：「若是右手，只怕招供時畫押有些不便。」皇帝道：「他若清白，何必招認？」定權笑道：「三木之下，何求不得？」皇帝道：「你這是在指責朕，還是在懷疑朕，或者朕應該順從他們的請求，叫三司中不拘哪個過來陪審，以示公正？」

定權道：「臣不敢，陛下如令三司介入此案，這是明白昭示天下臣有嫌疑，更是明白昭示天下陛下相信臣有嫌疑。左右孝端皇后喪儀已過，前線亦無可擔心事，陛下不如直接繫臣入獄，與許氏對供更便宜些。」皇帝厭嫌地皺眉道：「你放肆太過了，不要忘了自己的身分，和朕說話還是要有些分寸。」見他垂首默然不語，接著道：「事情鬧大，這也是朕沒有想到的。事情已經鬧大，朕也想過，隨便安個罪名，處決了他了事。但是在這之前，有件事情朕想問清楚。」

定權道：「他既沒有招認，可繼續鍛鍊。人心似鐵，官法如爐，百煉鋼何愁不化作繞指柔？」皇帝道：「你說這話，似乎是並不以他為意，然而直至出事當日，他還在你宮中行走——你們的關係，朕也有些捉摸不透。」定權抬頭，夜色中眸光閃爍：「臣敢問，這算是陛下提前親鞫？」皇帝道：「朕的意思還是把此事當家醜，不願意張揚。但是你願意如是想，朕也沒有辦法。」

定權正色答道：「臣不知道他是怎麼說的，但是於臣來說，不過是談詩論道、點茶煮酒的交往。臣身邊需要這樣一個年齡相當的文學侍臣，不然，觀書有感無人訴，作文有成無人評，何其寂寞？」皇帝道：「你一向的待人處世，朕倒忘了你尚青春，也還會追逐風雅。不過翰林裡盡有和你年齡相仿，文學造詣百倍於其之人。彼清貴地，又少是非，你為何獨獨相中了他？」

定權思索半晌，方答道：「原本人與人相交，多是些虛無縹緲的因緣。陛下定要問緣故，臣只能回答，大約與此人格外投緣一點，希望陛下不要以為敷衍。」皇帝細細打量他良久，忽然笑道：「格外投緣，投緣到你身在宗正寺，整個詹府需派他一人前往？投緣到國有重喪，你們要迫不及待不避嫌疑地串聯？投緣到，朕賜給你的玉帶，你不吝轉贈給他？」

天語如雷霆般隆隆碾過耳畔，定權的面色在一瞬間煞白，呆坐了半晌，緩緩搖頭問道：「什麼玉帶？」

皇帝冷笑道：「記不得也不打緊，到時你親自看了之後，再好好想想。」

定權順著皇帝的目光低頭看下，驚覺自己的雙手正在微微哆嗦，連忙抓住了膝頭的衣袍，咬牙問道：「請問陛下，此帶何來？」皇帝道：「是從他家中抄出來的，還是他家人指認的，聽說藏得隱祕。」

定權道：「家裡人的指認？這麼說，頭一次沒有抄到，那是幾時抄的第二遭？」皇帝道：「朕說過，你不必以為朕真昏昧，事事都要把你兄弟一道扯下水。內府有登記，帶上有款識，這個是他造不得假的吧？」定權緩緩頷首，木然道：「既如此，臣言無辜，陛下亦定然不會採信。」皇帝道：「這麼說，你記得此事了？」定權道：「臣剛剛記起來了。」

皇帝道：「那麼你還記得你將御賜之物轉贈給這個小臣的時候，說過些什麼嗎？」定權道：「臣一時興起，隨手賞了他，並沒有多想，也沒有說什麼。」皇帝道：「一時什麼興起？這是玉帶，不是別的東西——是只有朕和你才能用的，就是你兄弟有，也得是朕的特賜。不過如你言，就算大不合情理，若是光風霽月的事情，他又何必隱藏？」定權以手撫額道：「臣不知，陛下是真的相信臣有謀反之心？」皇帝道：「你只要說得清楚，朕就不會相信。」定權道：「陛下不懼寬宥狼子野心、明目張膽的弒母，卻要擔憂捕風捉影、子虛烏有的弒父。這樣的話，臣也說不清楚。」

皇帝點頭，欠了欠身子，抬手一掌重重批在他面頰上，凌然喝斥道：「現在你清楚些了嗎？你說朕親鞫，那就算朕親鞫。朕不過是要提醒你，屆時當著外人面，休再扯這樣混帳話。文學清客之語已經太過矯情，朕想你不至於再告訴朕你送他帶子，是因為他是你的入幕之賓吧？這樣的鬼話你便有臉說，朕沒有顏面聽，朕先告訴你知道，就是要你趁現在編出個更體面點的理由來。」

輿外的侍者恪守著不看、不聞、不言的臣職，承載著天家恩怨爭鬥的輿輦仍在廊腰縵回，勾心鬥角的深宮中若無其事地平緩前行，離羑里之地越來越近。

定權別過頭去，從袖中取出巾帕，小心按在嘴角被皇帝的戒指撞擊出的輕微瘀血上，一雙鳳目漠然看著外界，冷淡應答道：「陛下放心，臣沒有這樣癖好。陛下，緣何今夜未閉宮門？」皇帝冷眼相對，不再言語。

控鶴衛所轄禁府便在宮城門外東北，與宗正寺毗鄰，是以位置定權並不陌生。輿輦既出了宮門，按理說不時便可抵達，然而御駕卻於門內暫停，直至近百披甲帶戈侍衛集結護衛，才重新起駕。

第六十六章

婢學夫人

不經司法，由皇帝直統的上直十二衛中的控鶴衛審定欽案，這不符合程式，也不符合制度，但是並不乏前例。譬如為眾人所知距今最近的一次，便是審理了先帝朝皇初四年肅王蕭鐸的謀反案。

欽案安排的主審官員是控鶴衛的正指揮，按慣例只對天子一人負責，亦是皇帝於在京軍將中最信賴之人，此時已經一早在衙外恭候，向皇帝及太子行禮。定權與他素無私交，淡淡回應了一句：「李指揮，一向少見。」

皇帝回頭斜了他一眼，他方不甚情願地將一路掩唇的手帕撤下，此處光明遠甚輿內，才可發覺他唇角的瘀痕已經開始青腫，雖不嚴重，但是傷在面頰掛出了幌子，總有些不甚體面。皇帝皺了皺眉，問道：「這裡有冰沒有？給他敲一塊出來。」李指揮應了一聲，命屬下前去鑿冰。定權隨口問道：「不是盛夏，你們這裡還儲著冰？」李指揮笑了笑，道：「殿下有所不知。」這話怎麼聽都還沒有說完，定權自然等待他餘下的話，他卻就此緘口，既已隨皇帝一路走到正衙，便也不再追究。

控鶴衛的衙門平時是處理包括本衛在內上直十二衛文案公事的所在，極鮮做鞫讞用途，是以外界以為祕密，其實不過臨時正堂改作公堂，草草看去，氣勢氣氛尚不及刑部。皇帝逕自坐了堂上正位，又有人移椅安置在皇帝的位下，從人用瓷盤奉上了幾塊碎冰，定權亦無可無不可地坐下，隨意揀了一枚包在自己的巾帕中，依舊壓在唇角。

李指揮見皇帝父子已經坐定，請旨道：「陛下，現在可需傳罪臣？」見皇帝點頭，一揮手，早有人即刻從門外將許昌平架上了堂來。

自本月初三日始，定權整有半月沒有他的消息，也不可謂不擔憂。此時見面，卻未如自己想像中般狼狽，見他雖未戴冠，但髮髻衣裳尚算整齊，頭臉、手指等裸露處雖有傷痕，卻無血汙，傷口腫脹也不算嚴重，並不像一個已經受了十幾日苦刑的人。唯獨人顯得十分虛弱，即便在天子面前已不能端正跪拜，只是俯伏於地面，向下垂了垂頭，以示恭敬道：「罪臣許昌平拜見皇帝陛下、皇太子殿下。」

自他上堂伊始，皇帝的目光始終沒有離開他的面孔，打量的時間之長，令在場官員皆覺得蹊蹺且不安。定權看看許昌平，又抬頭看看皇帝，沒有忽視天顏上每一個微小情緒的生成和變化，直到皇帝忽然轉而望向自己，這才掉過了頭去。

李指揮在一側報道：「陛下，殿下，這就是現任詹事府主簿許昌平，字為安度，壽昌六年進士，先仕禮部太常寺博士，靖寧二年調入——」

皇帝打斷他的話道：「這些老生常談不用說，朕非不知情，太子只怕比朕還要清楚得多。朕和太子還有別的事，不如直入主題。」

李指揮看了一眼太子，應聲道：「臣遵旨——將證物呈堂。」

控鶴衛軍士聞聲將一條黑鞓玉帶呈上御案，七排方的白玉銙，左右各一件團銙，皆鏤雕醉弗林紋。每銙上弗林人物形象各不相同，皆長不及寸，眉目卻精緻宛然，華紋重疊至六、七層。技近乎道，極巧窮工，確是只有內府匠造才能達到的工藝。而按照本朝天子玉帶用方銙，皇太子親王玉帶用方團銙的服制看來，也確實是皇太子才能擁有的帶具。更何況內府的匠造款識、匠造紀錄，皇帝的賞賜紀錄皆一一在案，明白無誤。

皇帝揀起玉帶，檢查了片刻，隨意問道：「太子需不需再看看？」

定權道：「不必了，這是靖寧二年的冬至後臣賜給他的。」

皇帝道：「你認出來就好，朕想知道為什麼。」

定權笑笑，道：「他是臣的入幕之賓。」

此刻此地實在不適合玩笑之語，皇帝勃然變色，重重一掌拍在案上，厲聲斥道：「把他的位子撤了！」

雖龍顏盛怒，滿座皆驚，李指揮面上卻波瀾不興，招手命人上前撤去太子椅座，也不再理會太子的臉色，詢問道：「陛下，臣請旨直接訊問罪臣。」

皇帝看了一眼叉手站立一旁的太子，面色陰沉地點了點頭。旋即有軍士取來一副拶子，套在了堂下的許昌平雙手十指上。竹木軋軋收緊，慘白的面孔，撕裂的血肉，裸露的白骨，膠著的冷汗，殷紅的鮮血，以及掃地的斯文，一切影像，皆昭彰於一堂搖曳的燭火下。

定權閉上了眼睛，將這雪白血紅、濃墨重彩的宇宙阻隔在了肉身之外。許昌平在暈眩的劇痛中，亦注意到他閉上了眼睛，而且不知緣何，他就是意識到了，這並非膽怯或不忍，而僅僅是為了顧及自己其實早已不存的尊嚴。

他驀然想起太子問過的一句話：「假如這份仁慈是給主簿的，主簿也不需要嗎？」

太上不辱先，其次不辱身，其次不辱辭令。至今時，這形形色色、種種條條皆被他用自己的肉身一一驗證羞辱。近三十載的人生中，衷心從來沒有過這樣的疼痛，以致指骨的斷裂、脛骨的斷裂都相形見絀，以致一切過去堅持的信念都搖搖欲墜如風中敗葉。他終於忍無可忍地呻吟出聲。

恥辱有具象，也有聲音。

李指揮下令解除了刑具，軍士捧上了大半盆帶冰的融水，逕直將罪人剛獲解脫的雙手浸入了水中，鮮血瞬間融去，駭人的腫脹也頓時消除了不少。這樣處理，適才已至極限的罪人似乎又可以再承受新一輪的鍛鍊。更何況半盆冰水兜頭澆下，連帶罪人的精神都清明了不少。

於是接下來便是新一輪，鮮血、斷肢、呻吟一一再現，定權忽覺自己的嘴角上，亦滿是血腥氣。或許是因為天子在面前，真正酷烈的刑罰都沒有呈上，但是十根不起眼的竹木，亦足夠演出一堂血腥的鬧劇。

皇帝不知思想起了什麼，面色亦稍有不快，他的手指忽然敲了敲案面，軍士再次放鬆了刑具。

指揮知道皇帝的心思，所以察言觀色後代替皇帝發問道：「太子殿下將玉帶賜給你的時候，可對你說了些什麼話？」

罪人渾身脫力，目光恍惚，搖了搖頭，奮力從齒縫中咬出幾個字：「沒有。」

指揮接著代替皇帝發問：「但是或有人指認，太子將此物賜你時，言道日後事成，許你異姓王爵。」

許昌平驚詫萬分地望向堂上站立的定權，煌煌燈火下對方光潔的面龐卻沒有一絲波瀾，自然也不可見驚恐、憤怒、委屈與分辯的冀圖。

他們相知已整六載，他們擁有共同的血緣，這樣的示意已經足夠引起他的警覺。

罪人的目光開始閃爍，呼吸也開始粗重，沒有呼喊冤屈，甚至沒有搖頭反對。精明的指揮知道人犯的動搖和崩潰往往只在一瞬間，換言之，自己的功勳和業績也往往就成就在一瞬間。他示意，竹木再次逼迫式地收緊，而這一次，鮮血卻突然從罪人的齒縫中踴躍淌出。

刑者先於君主和長官意識到了什麼，連忙上前扳開了罪人緊咬的牙關，愕然回報道：「陛下，罪臣咬舌了……」

話音尚未落，適才一語不發的太子忽然厲聲喝命道：「李指揮，叫他們卸了刑具！速去傳太醫！」

皇帝挑了挑眉毛，冷笑道：「太子殿下，近來好壯的脾氣，這是朕的親軍，不是你的家奴！」

定權眉目間毫無怯意，針鋒相對冷笑道：「陛下，攻訐者連異姓王爵的無稽言語都說出了，臣還有什麼可畏懼的？此人若是死了，臣的嫌疑可就再也洗不脫了。」

出乎意料，皇帝居然沒有生氣，轉而對李指揮下旨道：「就照太子說的，救不回來這人，朕就把你交給太子處置。」

眾人匆忙奔走，將昏厥的許昌平架下。地面的冰水與血水也旋即被清理乾淨，一室之內，沒有遺留任何苛政的痕跡。皇帝招手，看著定權前行，道：「你覺得是無稽之談，可是用來解釋贈帶一事，倒是入情入理。況且他有則言之，無則不言，何必演這一場苦肉戲？所以你也休怪朕多心。今夜看來他是開不了口了，那不如你來回答朕，你們究竟要成什麼事？」

定權撩袍跪倒在皇帝足邊，道：「陛下，事已至此，臣不敢辯解，不可辯解。臣請陛下准許三司介入此案，待他清醒，臣願當世人面與此人對質。」他仰起頭來，認真地建議：「對了，還有趙王。唯此，臣或尚有一線生機。」

皇帝冷哼一聲道：「你若五年前就愚昧如此，今日在窮山惡水間的便不是你哥哥，該當是你。如你所言，國家多事，朕不想過分動搖國本，不如你私下裡告訴朕，是哪幾個衛，朕或可給你一線生機。朕說過，還是可以中旨處決了他結案。」

定權厭煩地回應道：「臣愚昧？陛下果然不及等他醒來，趁此地什麼都是現成的。臣斷無他這般意志，臣也說過，臣畏痛。」

皇帝道：「你不用過於著急，你堅持這副無賴嘴臉，不愁沒有用到它們的日子。只是今晚，朕還有別的事情要做。」

他轉過頭去吩咐：「拿上來。」

一路侍奉輿車的內臣之首聞言捧上一只漆匣，當著皇帝的面揭開，皇帝問道：「認得這是什麼東西嗎？」

定權只看了一眼，回答：「這是皇太子的金寶，還有臣的私印。」

皇帝道：「朕估計，上十二衛你大概還沒有本事染指，那麼有件事要勞煩你，可否用你的那筆獨技給二十四京衛的指揮各寫一封私信，朕這就遣人給他們送去。」

定權冷笑道：「陛下何必捨近謀遠，將二十四衛指揮盡數換新，豈不穩妥至極？」

皇帝道：「你又何必明知故問？你心裡清楚，於今這是代價最小的辦法。」

定權頷首，道：「陛下聖明。於今情勢果然有些為難，外患尚未平，朝中又多風波，陛下此前雖有疑惑，可真正認定我有逆行，就是在今日抄到玉帶之後。若於一、兩日內將京軍二十四衛的將軍盡數更換，這場風波大概不亞於天家弟訐兄、子逆父、臣欺君的齷齪官司。然而不及早剷除隱患，又要慮日久生變，畢竟臣現在已成困獸。不若如此，儘管丟些顏面，卻可保大局安穩無虞，然後尚可徐徐圖之。而且今夜必行，是因為明朝過後，或許走失了風聲，再作為也無用了。」

他恭謹的語氣因對天心洞若觀火的剖析而顯得不乏譏諷，皇帝卻不以為忤，看著他，緩緩點頭道：「你知道就好，果然無事，自然皆大歡喜。」

定權嘆氣道：「陛下，事雖未果，早是幾敗俱傷，還談什麼皆大歡喜，還有什麼皆大歡喜？臣固然自明清白，然而臣不願寫，臣也不會寫。臣再愚昧，也不是親手在給自己預備的甕下點火之人。或者臣寫了，結果不如陛下所願，嫌疑不還是落在臣的身上？此舉等於無益。」

皇帝道：「你果然不肯？」

定權道：「陛下若與臣商議，臣自然可以拒絕。陛下如下嚴旨，那麼說明臣早已失信於君父，失愛於君父，有罪無罪，臣只有一死。不過臣臨死前倒可為陛下再劃一策——所謂金錯刀，絕不是臣的獨技，譬如說，臣的五弟也會書寫，並且與臣手書別無二致。此事他既算始作俑者，似乎也該出些力氣。陛下何不召他過來，左右臣的印綬皆在此處，今晚盡著他動用就是了。」

皇帝忽覺面前斗室窄小，胸膺鬱積，無言半晌，重重嘆道：「朕怎麼就會養出你們一班孽畜！」

定權無動於衷，叩首道：「臣罪丘山。」

皇帝狐疑看了看他，略一沉吟，下命道：「那就依太子的話，召趙王即刻前來。」

趙王定楷踏著初更的報時鼓點進入控鶴衛，驚覺一室軍士皆披甲帶刀，而太子正如一座石像一般端正跪於皇帝足下，甚至沒有抬頭看自己一眼。

掌心的冷汗即刻再度冒出，以往或暗或明的是非爭鬥都已不再要緊，一步步鋪陳，一步步設計，計算得再精準，也無法預料，真正撕破面孔正面交鋒，是大悲大喜大怨大惡都經歷後的，一個如此平常的時刻，彼此擁有如此平常的表情。

不是沒有懷疑，也不是沒有恐懼，但是他無法拒絕君父的要求，一如他無法拒絕自己。這或許是他最大的機會，如同一盤博弈，他必須權衡利弊，維護他之前辛苦經營的大局。這博弈讓他不安的同時，也讓他興奮到了極點，和他的嫡親兄長不同，他只要安分守己，其實是可以一個富貴親王的身分安度一生的。

二十四封語義曖昧的祕箋完成，筆跡與皇太子手書無二，再一一加蓋了皇太子的金寶和私印，和月前給付顧逢恩的書信同式同樣，再一一經由皇帝過目，由皇帝親信的內臣一一攜入夜色。

普天之下，皇土之上，就是有人臣偏偏不肯安分守己，而他偏偏就是這種人臣，他不知這是幸抑或不幸。或徹底成就或徹底毀滅，或直上天宮或直墮泥犁，這種人就是不願意走第三條平坦大道。何況他父親成功的先例此刻就在這堂上昭彰，何況聽說曾經就是這堂上，是他的父親擊潰自己手足與最大敵人的戰場。這即便不能成為對他的勉勵，亦至少不會成為對他的警示。

由二更到三更，再到四更天際矇矇發灰，二十四京衛內無一衛指揮在接書後稍有片刻的遲疑、猶豫或曾經與儲君暗通款曲的痕跡，其人或驚愕或憤怒或如大禍臨頭，有十衛指揮甚至扣留了皇帝的使者，親自將手書夤夜投回了宮門，再由宮中的使者一一送交控鶴衛堂上的皇帝手中。

沒有經由皇帝的許可，整夜保持著正直跪姿的皇太子扶案踉蹌起身，帶著一臉的鄙視和譏諷，從毫無血色的嘴脣中輕蔑地咬出兩個字來：「兒戲。」

他探手取過皇帝面前的幾封書信，蹙眉隨意翻看，隨後當著君父的面，走到看來已露敗象的亂臣面前抖了抖，問道：「明明什麼都不缺，可是他們為什麼都不認？你知道是差在哪裡了嗎？」

年少親王緊抿雙脣，沒有答覆。

他得意地笑笑，長眉揚起，如同他書法中出鋒的一勒，不吝指點道：「你的字，少力道，少風度，少修養。既缺天分，亦缺身分，所謂拾人牙慧，所謂婢學夫人！」

面對這囂張的羞辱，年少的親王依舊隱忍無語，今夜表面或是他占據了上風，其實言塵埃落定為時尚早。

皇帝怒至極處，反而稍生興趣，無言注視著二子的對峙。然而皇太子沒有繼續不自重的忘形，他微微嘆了口氣，端正了臉色：「不過你知道自己最大的敗筆是在何處？畫道也好，書道也好，一切文藝皆不當為陰謀所用，一旦沾染，精神全無，骨氣全無。你和我都做不到這一點，所以你我都只是匠人，貽笑大方，而終難成大家，難成正果。」

不理會趙王神色，他轉向座上天子，平靜請求道：「陛下恕罪，臣實在累了，臣告退。」

皇帝揮了揮手道：「朕叫人送你回宮。」

他扶了扶依舊僵硬的膝頭，轉身欲行，身後的皇帝忽然遲疑道：「朕已經叫典藥局的人過去了，不過你也最好去看看。朕知道你不喜歡他，可是他出什麼事，畢竟於你也無好處。」

定權無所謂地一笑道：「此事真的就會終結於這樣一個兒戲嗎？臣若得罪，那他的身分便是罪臣孽子了。罪臣孽子的下場，臣是真不願意去看的。」

第六十七章

卑勢卑身

皇太子回宮時已經四更，他既說自己疲憊不堪，按常理推斷他也應疲憊不堪，然而廿一日五更集會的常朝，他還是疲憊不堪地按時出席了。趙王同樣也按時抵達，並和皇太子一樣換好了朝服，不知是回府後更換還是著人直接送到控鶴衛衙門的。

他們畢竟還年輕，折騰了一整夜，沒有掛出太多幌子。皇帝陪他們一道折騰了整夜，精神卻已大不濟，滿身倦態掩飾不住，引得群臣不斷偷偷注目，企望能從皇帝的失態中看出某些端倪。

然而不必他們再過度地揣摩、度量、計算、體察，一人在眾人開口之前，直接跳過了無謂的端倪，將今次時事的發展推上了高潮。

皇太子走到廷中，放下手中牙笏，從袖中抽出一卷公文，平靜開口道：「陛下，臣蕭定權有事啟奏。」

皇帝警覺地蹙眉，然尚未示意陳謹離席接納，定權已向一側站立的定楷微笑道：「趙王，卿來替本宮擎住。」

兄弟對視，皇太子血紅的雙眼不知是因疲倦，還是恨意。定楷終於默默把住卷軸一端，長長宗卷拖開，按照本朝公文的標準格式，端莊正字書寫的連篇累牘，治喪的白練一般橫亙了整個淚跡猶新的朝堂。

定權抬頭直視天顏，清了清因疲敝而暗啞的嗓音：「臣參劾趙王蕭定楷謀大逆，請陛下明察細審嚴辦慎刑。」

皇帝顯然沒有意料他突然如此舉動，一時僵坐在御座上。滿朝一片死寂，定楷握住奏章一端的手微微顫抖，手中白練般的檔，其上一策一捺毫無敷衍的精緻工筆，如果不是和陰謀有關，當是多麼高標的藝術。他的嘴角慢慢泛出了一絲冷淡譏諷笑意。

定權目中無人，繼續說道：「以奏本過冗，種種色色，恭資陛下詳參。臣先行提綱挈領——臣參劾趙王身為宗室，有五大罪。欺君罔上一。迫害國母一。誣陷儲君一。交通朝臣一。陰謀奪嫡一。」

因驚愕而沉默的臣子逐漸因更加驚愕而譁然，譁然如風起波蕩泛過人群。能束帶捧笏站立在此處的人，皆是風波惡浪中的弄潮者，皆是沒有被風波惡浪捲走的倖免者，自然明白最基本的一個生存規則。為官為人，處事立身，最忌諱的，便是撕破面孔。

這朝堂上，這官場中，這人世間，即使對面站著的是不共戴天的仇讎，可以帶著笑拔劍張弩，卻不可紅著眼洗甲銷兵。只要不撕破面孔，萬事尚有回環的餘地，有回環的餘地，才有繼續生存的機會，也才有繼續進攻的機會，才可能最終帶著笑從敵人屍身上拔下染血的刀劍，然後再踏著死者的鮮血繼續攀升，繼續戰鬥。是以對於他們而言，「孤注一擲」這個詞，永遠不應當擲在這種事上。皇太子自出生起便浸淫其間，也一直是其間的佼佼者，他為何做此態？即使用玉石俱焚來解釋，也是無人稍能理解的。

皇帝開了口，不言此事，卻問道：「朕放你回去，這一個時辰你就做了這些？」

皇太子點頭，毫不否認，並且重新扳回話題道：「是。臣此時再不作為，無可作為之日；此處再不言論，無可訴說之地——十餘日前控鶴衛密逮了詹事府主簿許昌平，是因為趙王陰遣人投書密訟，言許某祕密交通京衛將軍，與臣意圖謀反。陛下，許某是臣詹府首領官，臣平素與他自然或有公務往來。靖寧二年廣川郡王謀大逆時，臣居宗府，親驗人心變幻，世情涼薄，獨他一人不忘君臣之義，甘冒大不韙前往探視。是年年底，臣贈一白玉帶於他，是為酬謝勉勵之。然趙王狡惡，竟陰譖此物為臣授之憑證，許之信物，昨夜陛下夜審臣工，臣心實不能服，願昭之天下，乞陛下為臣一洒[21]之。」

他說的這些宮闈祕辛，非但群臣，連帶皇帝身後站立的眾宦官皆尚不知情，且因不知情而瞠目結舌，瞠目結舌後更加不解太子心智何至於昏聵到如此地步。皇帝所以不將案情公之於眾，實在也有為太子留幾分餘地的目的在其間。太子非但要和趙王撕破面孔，現在這樣做，更是與皇帝撕破了面孔。何況他的言語中，能坐實在對方身上的罪證皆虛無縹緲，無稽可考，然環節枝葉，皆足以自毀至萬劫不復。

21 古同「洗」，洗滌之意。

一旁的定楷點點頭，代表好奇心及正義心都突然登頂的群臣咬牙重複道：「玉帶。」

定權一笑道：「不錯，玉帶。卿何必驚詫，此事不也是卿派人密報陛下的嗎？就選在昨日，是因為孝端皇后神主安置，卿覺得陛下能夠騰出手來辦理這樁欽案了吧？」

定楷直了直身體，針鋒相對道：「臣死罪，不知何以得罪於殿下，竟使殿下憂勞疑惑至此？然如殿下對陛下自陳清白，臣亦願對殿下自陳清白。請殿下明察慎審。」

攻訐至此，朝上幾個烏臺官員似乎按捺不住，互相目示後一人躍躍欲出，卻被身後一同僚扯住了衣袖。

定權草草掃了他們一眼，接著回頭說道：「照卿這麼說，是我錯怪了卿。那如果找出了這個大逆不道的譖人，卿言應該如何處置？」

定楷一偏頭哼道：「果能執之，投畀豺虎。」

定權搖頭笑道：「卿慎言，本朝非殷周，今上非桀紂，沒有率獸食人之政。不過康寧殿的黃門默行，我看倒是可以同下控鶴衛，細細審問，看他昨日和陛下說的什麼玉帶王爵一類言語，到底是誰的教唆。」

御座下的趙王突然望向了皇太子，御座後的陳謹突然望向了垂垂老矣的王慎，而後者甚至懶得朝他抬抬多皺的眼皮。

皇太子的道行似乎不如年老的宦官深，倒不吝回報給了面色煞白的趙王淺淡一笑。「不過我還是想請教卿，贈帶是我的私情，是東宮的私事，卿又是從何處得知的？」

定楷一字一頓地重申：「臣說過，殿下冤枉臣了。然天子現在主，殿下未來主，臣既引天子及東朝不懌，誠死罪也。臣願當朝免冠釋服，俯身控鶴堂下，求三木加體，請陛下與殿下欽審賜罰。」

定權笑容諷刺，道：「釋服免冠，卿何必再拾人牙慧，難道竟毫無創建？」

定楷亦笑道：「殿下開創者，臣高山仰止，心嚮往之。」

御座上的天子憂鬱地望著足下二子，驚覺視野前忽然血色迷離。是兩頭養虎成患的幼獸，在國家明堂上，在千百熱忱看客中，全神貫注地奮力廝殺，口口都咬在對方最致命的部位，如此投入，如此興奮，以致他不能分辨這是誰的喉管中尚未流出的即將流出的鮮血，提前模糊了他的眼睛。

血腥味瀰漫，鹹、腥、酸、澀，氣味裡就可以感覺到潮溼、沉重與熾熱，沒有什麼能夠比熟悉的氣味更容易引逗一個人的回憶，所以三十載太平天子自然記起來了。曾經的明堂上，自己尚是一隻剛長成的幼獸，在一口咬斷同胞的喉管時，那血的腥膻和熾灼讓他多麼興奮；代表著生命的血管的韌，在他的爪牙下撕裂，那觸感讓他多麼興奮；其中噴薄而出的熱血，灌溉遍他即將擁有的土地，於其上催發出血色的似錦繁花來，征馬踏過，紅塵飛揚，那想像讓他多麼興奮。

繁華紅塵中，美人如玉，碧血如虹，最終屹立的是頂天立地的英雄。他們用生命和熱血追逐的永遠不只是一個君主的寶座，更是一個英雄夢。

既然如此，年老夢醒的英雄還有什麼辦法能夠阻止眼下的這一場註定輪迴的戰爭？

他已沒有辦法阻止，他已沒有能力阻止，即使身為萬乘之尊的帝王，也只能悲哀地突然覺醒，他的帝王術用過了頭，這一次，他註定要失去其中一個兒子了。是誰已無緊要，是誰已無意義，不可避免地失去本身，已經提醒他，有一種深刻的無力感，源於宇，源於宙，無計可消除。

不管是誰未流出的將流出的血，濫觴是他的血。他麻木不仁地想，所謂虎毒不食子，是否其實因為，牠們不願於其中最終品嘗出自己血肉的味道？

風起波湧，風湧波動，細流最終匯聚成巨浪。群臣中的譁然終於爆發，烏臺官員、司法官員、閣部文臣、翰林官員終於一個一個、一對一對地脫班出列，其中不乏衣紫腰金的部臺首長，即使是保家衛國的對外戰爭，意見亦無如此空前的統一。大半個朝廷以摧眉折腰的形式，建議天子，請求天子，脅迫天子下旨令三司與控鶴衛共審贈帶一案。

新任的中書令和他的卿貳們，新任的刑部尚書和他的卿貳們尷尬地站立，居廟堂之高，只可獨善其身，難於兼濟天下。

定楷鬆開了手，白練委地，變作了皇太子一人不祥的手持。

定權環顧，在俯首屈膝的四面楚歌中，鄭重跪地道：「臣亦請三司介入徹查，以求公平。」

也許從皇太子今日開口始，大勢已不可挽回。或許自天子起了廢立之心始，大勢已不可挽回。或許自他戀慕上同胞手足戀慕的人開始……

皇帝起身，擺擺手道：「介入好，都介入，散了吧。」

定權叩首，托了托手中章奏，道：「臣謝陛下。」

皇帝搖頭道：「不用了，你要說什麼，朕全都知道。」

皇太子沉著面孔轉向中書令杜蘅，道：「杜相，那麼煩你備案，備複本，備陛下未來參考諮詢。」

杜蘅的額頭上沁出一層細密的冷汗，看了看已經遠去的天子，躬身答道：「臣謹遵殿下令旨。」

自太子還宮，趙王還府，兩人便分別為皇帝軟禁。同時按照當朝的議論，三法司協商後也各擬定官員名單上報天子，天子無異議，都察院和大理寺裹挾著刑部，終於或得償所願，或隨波逐流地侵入控鶴衛。然而其後數日案情並無新的進展，一來審案官員陡然變得複雜不便合作，而且作為欽案來說事事上要受制於天子，更重要的原因是人犯許昌平一直昏迷未醒。他不能參與，三司官員只能重新調查他的身世、科舉、宦跡、行狀，只能重新調查主要證物玉帶的來源與流轉，而這些又都是控鶴衛早就徹查清楚的事情。

當時積極如此，此刻自然面上無光，自然或開始抱怨控鶴衛無視國法濫用酷刑，或抱怨控鶴衛徒有虛名外強中乾。但是不管如何，此案中的某些細節隱情卻也逐漸為三司甚或朝廷所瞭解。

說是軟禁，然而趙王身居宮外，行動畢竟比天視天聽下的皇太子要便宜許多，是以每日朝廷的動向仍舊能夠通過主管長和之耳目到達府中。

案情膠著，長和最早和定楷議論的是今度太子不合情理的行為：「人多說東朝此次已明知不能倖免，所以定要將殿下拖下馬一道殉葬。」

他抬眼小心翼翼地窺測了一下主君的面色，生怕其中許多未經潤色的詞彙觸犯到對方的忌諱，或者說加重他幽禁中的憂慮。

定楷沒有忌諱，也沒有憂慮，笑了笑，反問道：「他們怎麼知道東朝此次便不能倖免？」

長和答道：「因為議論最多的還是那條玉帶，那是東朝怎麼都避諱不了的東西——什麼君臣情意，連愚夫都不信的託詞，陛下又怎麼會相信？」

定楷搖搖頭，笑道：「他們不懂我這哥哥，他太愛乾淨，敗就敗，死就死，不會做這種街頭無賴在泥潭裡扭打的事情。」

長和疑道：「如此說，殿下另有見解？」

定楷愣了片刻，道：「他或許是想利用我的那些人，光明正大地逼迫陛下，在我和他中間選擇一個。」

長和皺眉想了想，方想開言，定楷已繼續說道：「果真這樣還好。我擔心如虎卑勢，如狸卑身，這其間尚有什麼我未料及的隱情。譬如說刑部如今是陛下的刑部，他為何定要將刑部也牽扯進去？又譬如說那條帶子，現在想來，她究竟為何要告訴我？」

長和道：「刑部易主，此次本抱定主意不打擾陛下，然而牽扯進刑部不也正如殿下心願？至於那人，一面是老母幼弟，一面是殺父仇讎，況且不是先從許某處抄出了玉帶，這才上報天子的嗎？」

定楷闔上了眼睛，微笑道：「是啊，人事已盡，靜觀待變吧。」

長和帶回的所謂變動的資訊是又三日後，聽說此時衛中許昌平已經清醒，不過令長和欣喜若狂的已經不再是這個緣故。

彼時清晨，定楷正在後園對著一本芍藥寫生，長和興匆匆闖入，沒有來得及行禮，沒有來得及斥退從人，甚至沒有來得及壓低聲音：「臣為殿下賀，東朝此次必死無疑。」

定楷在瓣尖分染朱砂的筆陡然停頓，抬頭問道：「怎麼說？京衛中果有謀逆事？」

長和壓抑不住滿心的興奮，聲音竟激動得有些哆嗦，道：「京衛倒沒聽說有動靜，只是殿下可知那個詹府的主簿許昌平究竟是何人？他竟是東朝的嫡親堂兄——也就是殿下的堂兄。」

定楷手指一鬆，畫筆直直垂落在黃絹上。他呆呆地看著手下朱砂捽出的血漬，半晌亦哆嗦著嘴唇道：「不對，恭懷太子無子——」

長和因得意而滔滔不絕，道：「與恭懷太子無關，他是廢肅王的遺腹子，聽說是肅王的姬妾所出。還有，聽說此姬竟然是太子生母孝敬皇后待字時的侍婢。這樣便全都說得通了，太子賜帶給他，許的不是異姓王爵，而是同姓王爵。他母與太子母系舊交，他助太子謀反登頂，太子助他歸宗復位。殿下，此事果真，那便是驚天巨案，東朝與前朝餘孽勾連篡權，固是不赦死罪；此事即便非真，他亦是濯盡黃河水，難洗一身汙名，何況還事發在這個關節上。不論怎麼說，這都是殿下的齊天之福。」

定楷的面色如白日見鬼一樣雪白如紙，表情滯澀沒有任何回應，似乎對方嘵嘵的盡是他無法理解的言語，直至長和察覺怪異，停止了手足舞蹈，疑惑地詢問了幾遍時，他才勉強開口問道：「這話是你從何處聽來的？」

長和道：「朝中已經傳遍。」

定楷道：「朝中又是從何處聽來的？」

長和道：「朝中突然傳遍，倒不知道濫觴何處。」

定楷道：「傳遍，這麼說，陛下也是知道的。」

長和點頭道：「這是自然。」

定楷亦點點頭，看了看毀於一旦的即將完成的作品，拾起汙染了畫絹的畫筆，默默地將它折成了兩段。

長和大驚失色道：「殿下，這是……」

定楷仰頭向天，長長舒了口氣，方平靜一笑道：「原來如此，原來如此。此事若假，我或有一路生意；此事若真，我便劫數難逃了。」

他拋下了手中的斷筆，眼望著西邊最後一抹即將掩去的水墨色，東方淡白的曙光，以及那些風枝露葉，所有這一切美不勝收的仲春景色，微笑著感嘆道：「已經用不著了。」

第六十八章

覺有八征

在軟禁中的趙王定楷問及長和關於今日流言天子是否知情時，按照長和的想法，往正大處說，聖天子光明燭照，明察秋毫之末，當然不可能不知道這樣要緊的事；往細小處說，這麼要緊的事，康寧殿的黃門押班陳謹也不會隱瞞不報，是以很篤定地言道「自然」。

皇帝確實已經聽聞了此事，只是時間並沒有長和想像的久，就是在頭日的深夜，且並非陳謹上報，而是由控鶴衛的正指揮備文書夤夜投遞入宮門。

皇帝的反應亦並非外人可知，他接書讀過先是呆坐了半晌，突然咳出一口血，陳謹連忙催湯催藥上前扶持，皇帝一把推開他，紅著眼睛問道：「這事你聽說了！」

陳謹怔住，猶豫半晌，方搖頭答道：「臣沒有。」

皇帝向他砸出剛剛接過的藥盞，暴怒道：「說實話！」

陳謹不敢迴避，被褐色的湯藥潑了一身，不顧滿地碎瓷跪地泣道：「臣不敢聽說，臣等皆不敢聽說。」

皇帝環顧身邊已經少了一大半的內臣，最終依舊對陳謹冷笑道：「偌大天下，只剩下這康寧殿是朕自己的地方，朕把它交給你，你就是這麼給朕看的家？」

陳謹伏地不敢抬首，低聲道：「臣知罪，臣也沒有想到，太……王常侍在此間安放耳目已非一日二日事。臣失察失職，臣死罪。」

皇帝微微闔上了眼，點頭道：「王慎這兩日在做什麼？傳他來，朕有話要問他。」

一小內侍在陳謹的示意下連滾帶爬出殿攜旨去傳喚王慎，兩、三刻時辰方連滾帶爬隻身回來，未待皇帝或陳謹發作，已經面色慘白語不成音地回報道：「陛下，陛下，王常侍在處所內自縊了。」

皇帝驀然站起身，眼前一黑，踉蹌兩步上前，喝問道：「什麼！」

小內侍哭訴道：「王常侍自縊了，還是臣去宣旨，頭一個發覺的。找人放下來的時候，已經涼了，已經直了……」

皇帝愣了片刻，額上青筋暴疊，雙頰騰蛇紋升起，雷霆震怒道：「亂臣！賊子！」

眾人不知他所指為誰，滿殿驚怖伏地謝罪，他卻又突然平靜了下來，下令道：「立即開宮門，命人傳旨李指揮，言朕要私訪控鶴衛。」

陳謹連忙起身張羅，皇帝看了他一眼，道：「你不必跟著，派人去東宮，看看太子。」

輕乘簡行的御駕大約在二更天抵達控鶴衛，迎鑾的只有正指揮等數人，皇帝屏退宮內從人，由正指揮服侍隨從，逕直親抵犯官許昌平所處的囚室。

夜已深沉，許昌平卻也並未入睡，見天子駕臨似有些不知所措，尚未及行禮，皇帝已不耐煩地制止道：「叫他算了，把燈挑明。」

幾名隨行衛士旋即在囚室內燃起數十支蠟燭，一室黑暗驅散，灼灼光明如畫，數日前和太子同審時便令皇帝刻意留意過的面孔，毫無掩飾地暴露在聖天子敕令炮製出的朗朗乾坤之中。

如此雷同的境遇，如此雷同的容顏。他可曾想過掩飾？他可有辦法掩飾？時間或許是可以倒流的，時間或許是可以靜止的，他仍舊是他，這麼多年，衰老了的虛弱了的或許只有自己。再無須過多的審視，第二次的親鞫中，九五至尊只看了年輕的罪人一眼，閉目點了點頭。

片刻後，光明中神色黯然的皇帝開天音，只問了一句話：「你的母親姓什麼？」

這是最忠誠於天子的衛所，即便外界沸反盈野，轉日回天，幽隔於其中的罪人亦不可能得知分毫。

是句尋常問話，無所知的罪人瞳孔卻驀然收縮，指揮敏銳地發覺，這是他涉案以來第二次徹骨的驚怖、張皇和猶豫，還有一回，便是他咬舌之前。皇帝向衛士擺手，命他們留給罪人驚怖、張皇、猶豫和思考權衡的時間。在漫長的沉默之後，或因口齒不便，或因不便開口的人犯，終於用尚未折斷的食指在羑里地面上畫出了一個「宋」字。

皇帝似乎回憶起了什麼，蹙眉凝思，在頓悟的瞬間呆若木雞，良久再次頷首，沉沉嘆息道：「原來如此——報應！」
許昌平緩緩仰首，那過於熟悉亦過於生疏的容顏再次呈現於聖天子雙眼中，為他適才的嘆息加上了圓滿的注疏。
皇帝轉身離去前吩咐：「看住他，善待他。」
御駕還宮時東方尚未明，這是二月廿四日，天子搶在群臣聚集前無緣無故地取消了常朝。
返宮後的皇帝在沉思良久後，忽然詢問陳謹：「你還記得皇后私放出宮的那個宮人姓什麼嗎？她以為朕不知道。」
陳謹回想了半日，才搖頭回覆道：「陛下恕罪，臣不記得娘娘放過哪個宮人出宮。」
皇帝淡淡一笑道：「你有你的娘娘，他有他的娘娘。朕說的是孝敬皇后，要是王慎，不會答錯。」
陳謹的嘴角抖了抖，垂首無言以對。聞皇帝接著問道：「東宮在做什麼？」
陳謹道：「太子殿下一直安睡，並無異情。倒是順帶聽說皇孫一直風寒發熱，不太見好——陛下下旨禁東宮出入，致使太醫行動不便，只有典藥局郎伺候。」
皇帝冷笑道：「人無遠慮，必有近憂。他倒是高枕無憂。你去告訴太子妃，東宮門禁即日取消，阿元那裡要什麼，讓她直接問朕要。還有，順便讓太子過來，朕要見他。」

謠諑盈野，天下人眼中皇太子當已萬劫不復，陳謹亦不例外，連忙吩咐：「臣這就去傳太子。」

皇帝看了他一眼，糾正道：「稱殿下，不是傳，是去請。」

陳謹驚愕萬分，改口道：「是，臣去請太子殿下。」

因為本日取消了朝會，太子並未具服，接旨後櫛沐更衣，拖延了有半刻才抵達皇帝寢宮，向皇帝行禮，隨後自行起身。或許果如陳謹所言，他睡得安穩，此刻看上去面色已經好了許多，精神也好了許多。

皇帝沒有責備太子的無禮，神情語氣平靜如話家常：「王慎死了，你知道嗎？」

定權點頭道：「臣是剛剛聽說的。」

皇帝問道：「你想得通嗎，他為何要自裁？」

定權搖頭道：「臣不知緣故，請陛下賜教。」

皇帝望著微明天色中太子絲毫不現哀惡喜樂的面孔，忽然覺得從未認識過這個兒子，良久方冷笑道：「從前有人對朕說，你毫無心肝，朕不相信。」

定權抬頭微笑道：「那些人應當還和陛下說過，臣專權，臣預政，臣不孝不友，臣陰險詭譎，望之不似人君。陛下說過的，這些話如果全聽，就什麼事都不要做了——臣聽說陛下下旨取消了常朝，是為了一早召臣來，同臣談論心肝的事情？」

皇帝不以為忤，亦不理會他的申述，道：「朕指教給你，你的阿公，在朕身邊插放你的人，是因為覺得對不起你；他自裁，是因為聽了這傳言，覺得對不起朕，和你的母親。」

定權沉默有時，開口道：「他不曾對不起孝敬皇后，對不起臣母的，別有亂臣賊子。」

皇帝道：「這麼說，你也已經都聽說了？」

定權道：「好事不出門，惡事行千里。陛下知道，這群人辦正經事不熱心，遇到這些事倒唯恐落後於人，這樣的事情，恐怕朝中已經無人不知。臣自然也聽說了。」

皇帝撫額道：「好，無人不知，和那年的中秋一樣。」

定權答道：「是，天下本無新鮮事。」

皇帝一嘆道：「你都聽到了什麼？」

定權道：「有些話，臣不齒言；有些話，臣不忍言；有些話，臣不敢言。除去了這些，臣無話可說。」

皇帝點頭道：「依你看此事該當如何處置？」

定權道：「臣以為，既然朝野皆聞，或應明旨徹查臣贈帶事，徹查許氏母，徹查許氏族人，徹查顧玉山滿門舊家人，徹查當時宮內所有舊宮人，實在無果也可傳召知會顧思林此事。」

皇帝笑亦非笑：「怎麼，你還嫌此事鬧得不夠大，不夠亂，不夠下作，尚不足以遺臭萬年？」

定權道：「臣不敢。然臣縱粉身碎骨，亦願清算此中委屈，更不敢使先帝、陛下及臣母令名稍染瑕，還乞陛下玉成。」

皇帝擺手道：「這些倒都不必了，朕適才又去衛中看過那人。他的相貌，朕一眼就認出來了。」

定權仰首問道：「那麼陛下的看法是？」

皇帝閉目良久，搖頭道：「他不是。」

定權嘆了口氣，道：「陛下睿聖明哲。有陛下英明獨斷，不使事態擴張惡化，便再好不過。不然徹查之後，如其果為前朝餘孽，臣與之交經年而不察，固萬死不能贖其罪，而宗廟威嚴，先帝、陛下及孝敬皇后聖名一旦受損，此巨害則人力不可補救。若不是，便又是一場天大的兒戲，天大的笑話，言遺笑百世亦非危言聳聽。何況是與不是，前線與敵惡耗，國中再與己惡耗，稍微不審，遷延過長，牽連過廣，後事難堪一想，臣適才愚見，實在輕浮草率。」

皇帝道：「輕浮草率，這實在不像是你現在的作風。」

定權無視他語中譏誚，問道：「既如此，陛下打算如何處置此人？」

皇帝道：「朕叫你過來，就是想聽聽你怎麼想。」

定權道：「臣以為，此事既然於他無涉，不宜再關押刑訊。宜早澄清，早開釋，放其歸鄉，免更招物議。」

皇帝道：「看來你早就胸有成竹了。」

定權正色道：「臣不敢不打算周全。陛下，萬一此人瘐死[22]獄中，萬一有人要他瘐死獄中，陛下和臣要怎樣才能向全天下釋疑？而且，非但他不能死獄中，更不能死途中，否則陛下和臣又怎樣才能向全天下釋疑？為求萬無一失，臣想派臣的東宮衛直接護送他返鄉。臣想要天下人看到，他以庶民的身分，得享天年。這樣，謠諑不破而破，天家威嚴不復而復，縱史筆直書，亦無遺臭之患。」

皇帝笑道：「這樣，你的嫌疑亦不清而清。」

定權撩袍跪倒，謝道：「陛下聖明。此外，還望陛下徹查此次傳謠之人，應以謀大逆罪嚴懲之，以封天下嘵嘵眾口。」

皇帝平淡回應道：「你既說到這裡，朕不妨告訴你，其實有人也和朕說，這次流言的濫觴是你的延祚宮。」

---

22 指囚犯在獄中因飢寒而死，後來也泛指在獄中病死。也作「瘐斃」。

定權一笑道：「他們想必還對陛下說過，臣毫無心肝——陛下，無論本次與五年前如何相像，有件事絕不會一樣，前事不遠，臣不會再像五年前，把謀反罪臣的罪孽往自己頭上兜攬。」

皇帝亦笑道：「朕告訴你就是要你不要多心，空穴來風便不叫流言了。那麼你知道這喪心病狂的大逆罪人究竟是何人？」

定權道：「臣前次奏表，就收在杜相手中，上有詳述，陛下或可向他調查，以備參考。」

皇帝道：「你以為是你的兄弟？」

定權沉默有時，反問道：「陛下以為是誰？」

皇帝的目光久久膠著在他的臉上，試圖從這副他同樣無比熟悉也無比陌生的面容上，看清楚一睫一髮、一靜一動中隱含的情緒；看清楚從前從不相信的因緣果報如何活生生地在自己身上演繹；看清楚天道公正，神鬼可畏，報應不爽。

皇帝凝望他，終於開口道：「前日朝會被你那麼一鬧，天下都捲進了這案子，天下都知道本案是因五郎而起，那條帶子是五郎的告發，那麼此事順理成章，也應當是他所為。」

定權輕嘆了口氣，叩首再次頌揚道：「陛下聖明。」

皇帝忽然聞到了他衣袍上浮沉浸染的貴重熏香，那微酸微腥的氣息使他一時反胃，他竭力按壓，搖頭道：「朕不夠聖明。自己兒子有這樣手段朕不能察覺，自己兒子落到這樣境地朕不能援手，尚談何聖明？」

定權無言半晌，方毫無誠意地敷衍勸解道：「他弒母欺君，這樣罪過太過聳人聽聞，縱陛下能恕，國法不能；國法能恕，天亦不能。他本已無可救藥，陛下亦不必為這樣人憂鬱過度。」

皇帝垂下眼簾，似乎沒有聽見他的回話，許久後沒來由地突然道：「你還記得你妹妹有個姓宋的保母嗎？你妹妹那時候很喜歡她。」

定權答道：「太久了，臣不記得了。」

皇帝又問道：「你知道你妹妹是怎麼歿的嗎？」

定權搖頭道：「臣也不記得了——陛下緣何突然問起此事？」

皇帝輕輕一嘆道：「這次的流言，讓朕想起了一些過去的事。其實不過是一層窗紙，無奈身在山中，當局者迷。過去朕只是有些疑心，直到今日才——大概朕真的老了，你安枕不虞的時候，朕一夜未眠，因為只要一闔眼，就看到你母親，你妹妹，和那些不在了的人。」

定權點點頭，未接話，似乎也並未動容。

一夜未眠的皇帝疲憊地問道：「那麼你呢，在你的東宮，你都夢到了些什麼？」

定權答道：「臣，正夢、噩夢、思夢、寤夢、懼夢，獨無喜夢。」

皇帝笑了笑，似乎微感興趣地接著發問：「那麼夢醒呢？」

定權抬起了頭，直視天顏，回答：「醒時有故、有為、有得、有喪、有哀、有生、有死，獨沒有樂。」

皇帝微笑道：「無樂？」

和趙王府中同樣的淡白曉色，也公平無私地透過了康寧殿的花窗簾櫳，投在皇太子蒼白的面容上。從頭至尾心如止水八風不動的皇太子，鳳目中忽有冰冷淚光閃爍，他單薄的嘴角慢慢勾起，冷笑反問道：「陛下應該記得臣當日就說過，事至此無論何果，早是幾敗俱傷。難道陛下以為臣可以獨樂？」

第六十九章

拂簾墜茵

在沒有朝會，沒有商議，沒有鞫讞，沒有旁證，甚至沒有幾人知曉的情況下，廿五日當日，天子以雷霆萬鈞的態勢獨斷專權，避開中書省下達中旨，言查證趙王蕭定楷詰陷儲君，在朝宣謠，詆毀先帝及孝敬皇后顧氏，當以謀大逆罪論死。雖國喪大赦，因屬十惡重罪，按國朝制度，為常赦所不原[23]。然因趙王身為皇子，既在議親之列又在議貴之列，故減等，褫奪一切封爵，即下控鶴衛，命杖八十，流放嶺南。

因為事出過於突然，無幾人知曉，所以也無人玩味其中的最可玩味處，便是同時下達的，是令皇太子代替聖躬，親赴控鶴衛監刑的旨意。

控鶴衛士將已經身為庶人的罪人蕭定楷從趙王府中解遞至本衛時，皇太子已在衛中等候，手中把玩著的正是本案中最關鍵的物證，那條醉弗林紋方團銙白玉帶。侍立在他身後的控鶴衛正指揮正有些為難。「臣提出來，殿下看是可以看，只是這是要緊證物，若要取回需得陛下旨意。」

定權瞥了入室的定楷一眼，笑對指揮道：「李指揮，本案已經由陛下欽定了結，罪人已經站在了指揮的衙門裡，還說什麼物證不物證？還有什麼證物不證物？這帶子是本宮的心愛之物，否則本宮也不會賜給親愛之臣。既然結案，本宮自然是要取回的，便是報給陛下，陛下當也無異議，指揮又何必太過謹小慎

23 刑律制度，性質特別嚴重不在一般赦免範圍內的犯罪。

微？指揮果若擔心，具結案文移給陛下時，就直言是本宮拿回去了。若有什麼不妥處，本宮住得可比指揮住得離陛下近多了，陛下難道會捨近求遠，再來怪罪指揮？」

李指揮尷尬一笑道：「臣不敢，只是殿下……」定權卻不再和他多言，逕自解脫了腰間金帶，朝定楷一笑，當他面將玉帶束縛在了腰上。

他此舉或是示威，堂下站立的科頭跣足的罪人，也向堂上站立的紫袍玉帶的君王微微一笑。

定權詢問道：「旨意已經宣讀給罪人了？」

前往解拿的衛士答道：「回殿下，已經宣示了。」

定權轉向指揮道：「如此，李指揮按照聖旨辦差即可，本宮可是什麼都不懂的。」

李指揮點點頭，以示遵旨，繼而吩咐：「聖旨，杖八十，預備下吧。」

不驚、不懼、不羞、不怒的有罪庶人蕭定楷，忽然開口道：「殿下，臣有一事請求。」

定權長眉一挑：「你說。」

站立在散發著淡淡血腥氣味的陰暗廳堂之中的定楷，回頭望了望廳堂之外的人間，問道：「殿下可否將刑臺安排在室外？」

定權順著他的目光看去，頷首。

暗黑色的沉重刑凳鋪陳於京師仲春與暮春之交的青天白日下。天空是微微泛粉的淡青色，這是多少爐火純青的匠者調和仿製，千窯燒破後，想永久留在一具瓷器上的顏色。院內一株杏樹，蒼幹虬枝上半樹胭脂色妖嬈的未放的花，半樹冰雪色素潔的盛開的花，這是多少筆精墨妙的畫者洗黑池水、磨穿鐵硯後，想永久留在一方黃絹上的風光。青天上有流雲容容，青天外有和風翦翦，風中片片冰雪色的落花依依脈脈，曖曖翩翩，這是多少五車腹笥的學者嘔心瀝血、千錘百煉後，想永久留在數十個文字中的意象。

這江山的一個角落，一個斷章，一個碎片，已足夠令普天下英傑為之百折不撓，九死無悔。

他要如何去責備眼前的罪人，他不過和他一樣愛這江山，只是用了不同的方法。

他眼看著年輕的罪人，自覺地俯身刑具之上，將失敗者恥辱的姿態，成全得泰然自若，無怨無尤。

在刑杖落下之前，他突然舉手制止道：「李指揮，我們兄弟還有幾句話要說，不知壞不壞你這裡的規矩？」

需回宮覆旨的是皇太子，不幸牽扯入天家內鬥的指揮於此並無意見：「殿下請便。」

他走到刑凳前，緩緩蹲下身來，伸出手去，摸了摸年輕罪人眉角的傷痕，語意中不乏歉意：「五弟，看來今生我給你的傷痕，要不止這一點了。」

定楷笑了笑，語意中亦不乏誠意：「何妨。」

監刑者兩根文士的修長手指，摘下了他衣領上的一枚落花，拿到他面前給他看，道：「你我的先人將家安在此地，多好。」

定楷附和道：「是啊，日朗天清，惠風和暢，何需觴詠？何事不可怡情？」

定權道：「聽說嶺南霧潦炎熱，瘴癘蠻荒，和這裡大不相同。」他低頭看看定楷，輕聲道：「不過你不用擔心，你不必去那裡，你哪裡都不必去了。」

定楷的神色仍然平和如常，道：「西山總還會有我的一席之地吧？那裡就很好了。」

定權舒了口氣道：「你明白就好——陛下的意思，八十杖是個有深意的數位，可以活人也可以殺人。陛下叫我來，實際是把你的生死交到了我的手裡。或者我們可以再僭越些說，八十杖，可生也可死，這是陛下不想留你，因為你現在於家於國不但無益無用，反而有害有患。但他既不願擔這殺子的惡名，也想再捏我一重把柄。你知道，此案一結，他要廢儲，是不能再用京衛做藉口了。」

定楷微微一笑，道：「父親為君，重術輕道，我逃脫不了，你也逃脫不了。」

定權並無否認之意，點頭道：「我明白。」

定楷的目光久久停留在他腰間精巧絕倫的白玉帶上，慨嘆道：「殿下，你這次這手棋，實在走得過險了。」

定權笑道：「不如此你何以甘心入彀？是了，我想問問你，顧娘子家還有什麼人？」

定楷道：「她有個同胞兄弟，她在這世上只剩這個親人了。」

定權道：「這麼講，她這一趟差事換回一個弟弟，我不算太虧待了她。」

定楷一笑道：「她根本沒有和我提起此事，她若和我提及，大概我會疑心。當時我就是一念之差，以為她這兄弟總該是她最要緊的人了，她敢安心留放在我身邊，至少應當不會是你投下的餌。」

定權神情一滯，蹙眉無語。

定楷嘆氣道：「不過我最大的錯誤不在此，我最大的錯，是當初以為她聰明伶俐，又讀過書，我對她算有些恩，她和你也算有點家仇，居然就把她送到了你的身邊，如今看來，當真是救蛇，當真是資敵。」

定權搖頭道：「你最大的錯，是中和節後沒有成婚離京。你當時肯走，我就不會為難你。」

定楷探手，拈過定權手中的花片，托在指腹上細看，珍愛如看整個世界，良久方開口道：「中和節那天，落下了多少花，有直上青雲，有飛入簾櫳，有流落溝渠。殿下，你還記得宋先生講過的落茵墜溷的典故嗎？同一棵樹上的花逐風而落，殿下，你是落在茵席上的。我不走，是因為我不甘心。」

定權啞然失笑道：「你以為我落在了茵席上？」

定楷點頭道：「殿下覺得好笑，是殿下並不自知。譬如五年前，你為何不肯放手讓顧思林去作為？其實你的路一向比我的寬，也比大哥寬，只是你偏偏不肯走。天與不取，非要留給別人覬覦的機會，非要留給別人覬覦的希望，這是你的過錯，不是我和大哥的。」

定權道：「你不懂。」

定楷嘆氣道：「如果朝中還有人懂，大概也只有我一人了，我就是太懂你了，才敢做出這些事來。不過，今日過後，連這一人也沒有了——慢待，或者她呢，你和她說起過國家事嗎？」

定權道：「不曾。」

定楷道：「我的同道盈篋塞路，前仆後繼，你卻何其孤單。」

他吹開了因兩人共同的體溫已經開始萎敗的花片，問道：「殿下，我還是不明白，這次的事，你究竟為何要如此犯險。蘭艾同焚，固然祓除了我，可是你在陛下面前，還有退路？」

定權道：「你不用替我擔心，你有你的覺悟，我自然也有我的覺悟。」

定楷笑道：「我不是擔心，我只是好奇。譬如說殺我如同自殺，你明知道會授天以柄，為何還甘為驅馳？」

定權按著他的肩，俯下頭去，將嘴唇湊近他的耳邊，低聲道：「不錯，這次換我甘心入彀，甘做逐兔走狗。你說你懂我，那你應該知道，這次我擔心的，不光是許昌平的事，更是長州的事。國事到了這個地步，戰事到了這個地步，你和李帥的關係，實令我寢食難安。你一旦朝事失利，會和他謀劃出什麼事來，我想想就毛骨悚然——但是我沒有任何證據，用陛下的話說，我是權臣，他從來就不信任我。我也沒有你的膽子，敢憑空詰告陛下掌兵的心腹重臣。所以只好委屈你了，我不管你和他是什麼關係，只要你不在了，這層關係自然也不在了。」

他離開他，稍稍提升了聲音，繼續補充道：「再者，你手下的那群文人確實有點磨人，我沒那個精力和他們糾纏消耗，你若活著，不管在天涯海角，他們必定還會借題發揮，你不在了，他們鬧幾次沒有意思大約也就會修身養性了，想必天心也是這個打算。你要知道，外侮如此，都中再內戰不息，若使戰事失利，國家的元氣再過幾十年也養不回來。」

定楷嘆道：「我知道，我知道你這麼看重這江山。可是殿下，你這樣行事，是得不到這江山的。」

定權搖頭道：「我縱然得不到，也不會讓你得到。非我戀勢，非我貪功，我只是不放心江山落到你這樣人手中。此事發端時我就打定了主意，這次必須殺你——你害死了你的母親。不擇手段，不設底線，天下交給你，何事不敢為，何惡不可做？我實在不能夠放心。」

定楷的嘴角牽動了一下，似是一個無力完成的笑容：「母親……哥哥離開已經讓她生不如死。我只不過想，不如讓她在最後，還能懷抱著一個希望。倘若真親眼看到我兄弟都為你驅逐，一世不能與她再見，對於她來說，那是比死亡還要慘痛千百倍的死亡。」

定權咬牙道：「我真不知道，你對她說出口的那一刻，心裡究竟在想些什麼。」

定楷平淡一哂，道：「我也是人。殿下，你難道忘了當年，自己到盧先生府上去哭訴時的心情？」

定權愕然不能答，良久方問道：「你還有什麼想說的？」

定楷道：「殿下贈我的兩幅晉帖，我好好收在府上，就留給六哥兒吧，聽說他的字是殿下親自督導的，他日後定可修成正果。」

定權應道：「好。如果有來世，你我還做兄弟的話，我會把我這手字，也好好教給你。」

定楷笑道：「那我先謝過了。但是哥哥，如果真有來世，如果來世仍像今世這樣不公，我還是要像今世這樣鬥爭，這是我的無間，也是你的。」

他久不聞定權說話，閉目笑言：「動手吧，這副樣子，我也累了。」

定權站起身來，走近李指揮，吩咐：「聖意你是明白的，我對虐殺沒有興趣，請給他一個痛快。」

李氏略一遲疑，朝手下軍士揮了揮手。

沉重的刑杖重重落下，精準地擊打在了罪人的脊柱上，是杏花花枝折斷的聲音。零落入塵埃的鮮血，那與觀者同源的鮮血，星星點點，一樣也是滋養這江山的泥土，為這江山增色的落花。

這江山，為愛它之人永不枯竭的鮮血滋養得如此欣欣向榮，如此光彩煥發，如此美豔動人。

皇太子入宮覆旨已經是午後，陳謹早在康寧殿外守候，見了他訕笑了兩聲，無話尋話道：「陛下就在殿內，殿下快請進。殿下，臣今早剛剛親至太醫院，請張院判和趙太醫赴東宮，二者都是小方脈科國手，臣——」定權冷冷打斷他道：「替去。」陳謹面色煞白難看，硬著頭皮道：「殿下，可是此二人……」定權止住腳步，一雙清冷鳳目的目光轉移到他面上，一字一頓道：「陳總管，本宮說了要換人，你是要抗旨嗎？」陳謹連聲應道：「臣萬萬不敢，臣謹遵殿下旨意。」定權不再理會他，逕自入殿。

皇帝已經用過了午膳，看樣子是正準備小憩，見到他只問道：「事情了結了？」定權跪地頓首道：「臣有罪。」皇帝道：「他怎麼樣了？」定權道：「控鶴的刑罰過於酷烈，他……又羸弱了些，沒能夠挺過來。」皇帝默然，半晌方道：「朕知道了——給他定下的媳婦，叫張家自行另適吧，不要平白耽誤了別人家女孩兒一世。」定權叩首道：「是。」

皇帝道：「那個姓許的官員，兩日後朝會，朕自然會有旨意。」定權應道：「是。」皇帝嘆了口氣，又道：「近來多事，阿元的病你不上報，你媳婦不敢越過你上報，朕也有些疏忽了。總這樣拖著不是辦法，靠你東宮的典藥局看來也不成，朕讓陳謹叫了太醫院的張如璧他們過去，你也過去看看。」定權答道：「臣代臣子謝陛下恩典，他不過是著風有些發熱，陛下亦不必憂心過度。」

皇帝點點頭，揮手道：「去吧，朕累了，想歇歇了。」

定權回自己的寢宮更過衣，再行出殿時，適逢定梁從太子妃閣中出來，不知是因皇孫事還是趙王事，對定權也不再如往日般嘻皮笑臉，畢恭畢敬向他行過禮，見他即刻要走，終於忍不住問道：「殿下不去看看阿元嗎？他剛剛睡著了。」定權停住腳步，沉著臉道：「我擇定了吏部尚書朱緣做你的開蒙老師，你回去仔細準備，三日後出閣拜師，日後也不要總是往這裡亂走。」定梁不敢多言，只得低頭答道：「臣遵旨。」

定權逕至後宮，依舊未令通報，信步進了顧才人的閣子。去冬宮人多病，她閣中的兩個病者經周循上報，定權親允直接遣出宮後，也一直顧不上添補新人，此刻內外皆是一番寥落景象。

阿寶並未在閣內，據稱是心情抑鬱，帶了兩、三宮人到東宮後苑散心。定權亦不遣人催促，令所有宮人離開，隻身在閣中靜待她歸來。窮極無聊時，不免背手來回走動，見她閣外懸掛的那幅觀自在像似乎有些歪斜，一時又找不到叉竿，忍不住踏著椅子伸手想將它牽平。

畫軸不算沉重，但或許是手一滑，寶相落地。他自地上拾起了卷軸，拂了拂裱背沾染的灰塵，神情忽然怔忡。

待阿寶攜宮人回還時，定權一手正無賴地合上她案上一只文具匣，寶相已經重新掛好如前，他自然也沒有向她提及這樁小事。他靜待她行過禮，聲色平靜地通告：「我來告訴妳，他已經歿了。」

阿寶面色一白，繼而淡淡一笑道：「恭喜殿下得償所願。」

定權道：「也恭喜妳。」

阿寶微笑道：「妾尚有何喜？」

定權道：「我會替妳找到妳的兄弟的。」

阿寶垂首沉默片刻後，搖頭道：「謝殿下厚意——但是不必了，他一個罪餘之人，於王土上苟且偷生，在殿下手中也好，在他人手中也好，又能有什麼分別？」

定權走近一步，伸過手，似乎是想握住她的手。「這和我們開始說好的不一樣，妳為什麼要這麼做？」

無論他想做什麼，都被她避開了，她乏力地笑笑道：「你不會明白的。」

事到如今，他似乎也不想再明白什麼，他看著她，正了臉色，點點頭道：「我不過是來知會妳此事。妳知道了，我這就走了。」

她亦不挽留，屈膝施禮：「恭送皇太子殿下。」

沒有按照禮法，沒有按照慣例，這一次她沒有再目視他離去的背影。她同時轉過了身，朝著與他相背的方向，靜默地走入那被窗外的春光遺棄的、庭院深深的一隅。

第七十章

金谷送客

靖寧七年春二月廿七日，常朝。自本月廿五至本日的三日中，皇帝已又下旨抄了趙庶人的府邸，而趙王突然獲罪，為太子杖殺一事，亦早已無人不知。

抄家的敕旨經由中書省發放，罪人雖是未經司法，由控鶴衛按中旨祕密處置，而具體結案的卷宗卻要由刑部和控鶴衛共同結具。然而中書令杜蘅過去既親東宮，新任刑部尚書又全然對天子俯首貼耳，所以敕也罷，卷宗也罷，在都察院、大理寺的司法衙門及御史臺的清流言官反應過來之前，都得以順利下行，沒有受到任何阻礙。

其實不必中書省和刑部如此用心，司法衙門和清流言官面對這一事態，也已徹底懵懂。十五日朝會後，非但三法司，可謂全朝都被皇太子脅迫著參與了此案，人證物證俱在，皆知本次皇太子涉嫌謀反一案發難自趙庶人。照常理推論，趙庶人與太子公然決裂後，為求速戰成功，立即散布出如此駭人聽聞的謠言，也並非不可能。總之，前前後後諸事坐落在最終這個結果上，絲絲入扣，似乎並沒有什麼過分可疑的地方。而趙庶人固然死於皇太子之手，太子卻是光明正大地奉旨辦事，無論朝臣們有多少憤恨，多少不滿，亦只可攻訐皇太子謀私報復，而不可涉及其他。

對此事存疑的人並非沒有，亦並非少數，然事情牽涉過巨，天心又如此明朗，加之死者不能復生，是以疑者固然多，而公開質疑者卻暫時無人。

廿七日朝會上，百官就位，皇帝命刑部首先向諸臣宣布的，便是本案的處理結果。雖是初次公布，其實於眾人而言已不是新聞：趙王定楷以謀大逆定罪，廢為庶人，原擬流放，因受刑時斃命，按庶人身分葬京郊西山。未察其有朋黨，故趙王府除內侍長和等數人論死外，餘人一律流配。

這是群臣早已料到的，和五年前一樣，沒有牽連，沒有波及。由大亂入大治，只是一夕間事。不同的是，現在孝端皇后已薨，廣川郡王已放，趙庶人已卒，看來趙氏因婚姻而短暫融入天家的那縷血脈，已經徹底為天家剔除。

群臣沒有料想到的是，皇帝繼而的詔令，卻與本次看來已經完勝的皇太子相關。第二旨意言詹事府主簿許昌平雖查明清白，然因素日不加檢點，行事輕浮，與皇太子逾矩私交，私相授受，方使宵小有可圖之機，致險釀巨變。本應嚴懲，以國喪大赦，勒令剝奪功名，卸職返鄉，終身不得出仕。而詹事府及兩春坊上下一干所有官員，輔佐皇太子不力，以失職罪，無論本職兼職，一概革除，同樣敕令返鄉。

詹府和左右春坊官員中，不乏本職為尚書侍郎寺卿一類的高位，不乏有數十年宦齡的幾朝舊臣。一般處罰，不過移除兼職，甚或本職降級，像如此不問青紅皂白一律革職，是國朝百年從未有過的先例。何況兩春坊與此事本無干涉，完全是受了池魚之殃。

三省早已無力與六部抗衡，天子而今的詔令，已經無人能夠違拗駁回。

處分東宮班貳，與直接處分皇太子無異，如此牽連廣泛，則比直接處分皇太子還要嚴重得多。按照道理來說，皇太子必須當廷謝罪，自請處罰。而在面色鐵青的皇太子行動之前，一個面色比他還要難看數倍的人，首先口吐白沫，咕咚一聲栽倒在了朝堂之上。

定權無可奈何地看了一眼已經二度昏厥的禮部侍郎、詹府詹事傅光時，代皇帝下令道：「扶他下去。」

衛士將眾人看來毫無格調毫無出息的傅光時拖出，皇帝舉手制止了欲圖出班的皇太子。「不急。」

陳謹接著宣布了第三道詔令，言因邊事不寧，國家不安，抱未雨綢繆之念，為保都中穩定無虞，令樞部與吏部商議章程，於即日起整頓上直十二衛及二十四京衛。

聖意也再清楚不過，雖然處決了趙庶人，但天子對皇太子的戒心和疑心並未卸載，甚或加劇。

革除東宮班貳和整頓京衛的聖旨連珠同下，中無間隙，看來事小，皇太子卻尷尬異常。不謝罪固屬不臣之舉，謝罪無疑是昭示眾人此二事自己皆脫不了關係。他略微遲疑，終選擇仰首倨傲，無所表示。

皇太子為皇帝猜忌至此，仍做出這種無禮挑釁的舉動，終使滿朝的正人君子忍無可忍。衣紅腰金的都御史出列道：「陛下，皇太子無視陛下親親厚意，承旨挾私，濫刑追比致宗室死亡，實在有汙天子寬和聖名，臣請陛下以忤旨處分，以為天下為臣子者戒。」

一石激起千層浪，數年來早已看皇太子不順眼之至的道德鴻儒們，因有人牽頭，突然群情激蕩。或言皇太子不安本位，依靠天子信任預權涉政；或言皇太子不修德行，舉止輕率，贈帶一事即無趙庶人攻訐之情，亦非儲君當作當為的正當行徑；或言前月天子發敕長州，聽聞皇太子居然同具書信，有干涉大政之嫌；或言皇太子居上不寬，為禮不敬，臨喪不哀，實難為天下臣子楷模。

朝會的本意是宣召趙庶人的罪行，而形勢居然全然反轉，似乎被謗訕被詰告的儲君才是真正的十惡罪人。

實際上早已淪為祕書郎的尚書令杜蘅站立無一語，天子直隸的吏樞刑禮戶工官員站立無一語，與無一語回護之意的皇帝一道，默默注視著眾矢之的的皇太子。

皇太子不驚、不懼、不羞、不怒，站立無一語，似早有此準備，早有此覺悟。

遍殿攻訐聲中，一站列班末的綠袍小臣忽然行至中廷，高聲反駁道：「五年來殿下宵衣旰食，嘔心瀝血，為一斤二斤錢糧食不甘味、夜不安枕之時，爾等嘵嘵吠月之口，又在何處！」

眾人因詫異而暫住口，言者不過是戶部度支司一個五品司務，看來年紀尚輕。

片刻靜默後，一翰林冷笑開言道：「在其位謀其政，臣等不在其位，自然不敢染指置喙。自古至今，儲副以養德為最重，庶政雜務，豈可涉及干預，甚乃至於嘔心瀝血，宵衣旰食？如此，則置國法人倫於何地位？置聖天子與眾臣工於何地位？日後臣等修史，當為直筆，當為曲筆？難道竟要以此為本朝遺澤，為萬世楷模？」

青銅鑄史，鐵筆如椽，書寫青史的正是他們。當刀筆刻入殺青的竹簡，當他的理想、他的努力、他的堅持被一筆一畫謀殺，當他活生生的人生占據半面雕版，為最終的白紙黑字替代，流傳為永垂不朽、萬世不易的字據，從那字與字裡，行與行間，還有誰會在意，還有誰能在意，那些他愛過的、恨過的，他擁有的、失去的，他追求的、掙脫的，他苦苦追求而不得的，他奮力掙脫而不得的，所有他生而為人的這一切？

皇太子微微一笑，索性閉目，掩去了這場生前的鬧劇。

天子忽而起身，怒道：「如鯁在喉，不吐不快，回去具本。明堂上如此吵嚷，成何體統！」

他拂袖而去，眾人悻悻住口。

皇孫蕭澤自跟隨付陵安厝孝端皇后皇堂，返宮後一直發熱咳嗽，貪眠拒食，遷延不愈，算來大約已有一旬。他自去冬起斷斷續續便受過些風寒，也斷斷續續好過幾回，是以本次從人並未過分重視，何況東宮局勢一時風雨飄搖，幾有覆巢之虞，人心惶惶，也不免疏忽。

雖皇太子妃謝氏一直憂疑去冬無雪，今春或將易染時疫，然皇帝既下旨禁東宮出入，太子原本無暇關心也好，即關心為避嫌疑並不敢上報延請太醫也好，此一旬內便一直由東宮典藥局診辨服侍，看來病情未更好也未更壞。直至結案後取消東宮門禁，亦一直未見皇帝派遣太醫，而至廿八日午後皇孫於睡夢中忽然氣促高熱，嘔吐不止，太子妃方大驚大急。

數日內長沙郡王本一步不離地守著皇孫，陪他講笑，許他病癒後種種遊樂，此時見狀，跑出閣外，直至太子閣中詢問，閣內宮人方告知太子已經具輿離宮，然方出走未久。定梁未待他說完，便向延祚宮門方向飛奔而去，終於在永安門處追到了皇太子及隨從人等。

他十分焦急，不待行禮，上前一把握住了定權袍襬，喘息未定道：「殿下，快回去看看阿元，他好像不好了。」定權神情一滯，繼而蹙眉斥道：「放肆！還不退下！」定梁抓住他衣裾不肯撒手，流淚問道：「殿下哪裡去？比阿元還要緊嗎？」定權問道：「你明日就要出閣，預備好了嗎？」見他泣涕不語，又怒道：「我不是已經說過，不許你再往東宮去的嗎？你記不下，需不需我叫人寫張旨意給你？」

定梁雙膝跪地道：「臣知罪——可殿下不去，臣這便去見陛下。」定權看著他，忽然舉手，重重一掌摑在他臉上，聲色俱厲道：「你怎會如此愚蠢短視，如此釐纏不清！」定梁被他的神色舉動嚇壞了，不由鬆了手，只聞定權邊走邊冷冷吩咐：「皇孫那裡，叫太子妃逕去向陛下請旨。派人送長沙郡王回去，管好了他，日後除了筵講，不許他再隨意外出一步。」

太子妃未及等候定梁歸來，也未及等到太子近臣帶回太子教令，更未及更衣妝沐命令輿輦，便由延祚宮徒步奔走至康寧殿，請求面聖。恰逢皇帝午休，被陳謹匆匆叫起，聞言也大驚失色道：「朕幾日前就叫太醫院去了，怎麼突然會到這個地步？」太子妃零淚如雨，搖頭泣道：「妾與皇孫深感君恩如天，然妾不敢欺君，自始至終，並未曾見聖使。」

皇帝疑惑地轉向一旁已經面白如紙的陳謹，問道：「怎麼回事？」陳謹撲通一聲跪地，頓首不止道：「臣死罪，臣已按陛下敕令傳達，是殿下……殿下下旨替去的……」皇帝怒道：「他下旨替去？那替去之人呢？你沒有傳達！」陳謹叩頭至流血道：「臣死罪。」皇帝咬牙怒道：「你確是死罪，皇孫有閃失，朕必拿你生殉！」

不再理會惶恐幾欲暈厥的陳謹，皇帝另下旨道：「速去太醫院，在的人全部先叫去，張如璧、趙養正若不當班也立刻傳進宮。」轉而忽又問道：「太子人呢？」太子妃一怔道：「是殿下遣臣妾來的。」皇帝冷笑道：「妳現在知道護著他，他不會承妳的情。他是不是不在宮中？」太子妃不敢回答，兩道淚水直直垂落。

看著眾人離開，皇帝在殿內煩躁不堪地踱了幾步，忽然問道：「他獨子已經成了這樣，他還有什麼要緊事定要親自往外頭跑？」

起先殿內人等並未敢多言，直到一內臣為陳謹目示，良久方垂頭低聲道：「今日開釋詹府主簿，有聖旨命即日離京。」

皇帝一聲冷笑，對陳謹重申道：「狗奴才，你再攬和朕的家事，朕活剮了你。」

控鶴衛確在本日開釋詹事府前主簿許昌平，也確在出京必經的京郊南山將許昌平移交給了東宮衛。他刑傷未癒，行走尚十分不便。移交既過，控鶴衛返回覆旨，東宮衛行將上路，忽聞身後馬蹄聲動，春明城外，金谷道中，一騎已踏著遍地蒙茸青草，繽紛落英漸馳漸近。這是直隸東宮衛的主人，他們自然早於許昌平認清緩帶輕袍的來人，紛紛於道旁施禮道：「殿下！」

定權勒馬，吩咐：「你等且退，我有幾句話要和他說。」東宮衛一百戶長隨即揮了揮手，十數軍士頃刻退避得無影無蹤。

許昌平似未過分詫異，艱難地向定權拱了拱為白布裹紮，仍然滲血的雙手，謝罪道：「臣足傷未癒，先不向殿下行大禮了。」定權一笑，直言道：「我來送君。」

他身上春衫單薄，是廣袖的白襴袍，腰間卻繫著一條毫不相配的白玉帶，他自然看到了這一點不協調，慨嘆道：「殿下這次的棋，走得實在太險。」定權笑道：「果然是血脈相通，他也是這麼說的。」許昌平垂頭無語，半晌方道：「臣謝殿下。」定權擺手道：「我這麼做並不是為了你。我不過擔心他們按圖索驥，終有事發之時，倒不如先聲制人，尚可占得先機。況我原本預計，陛下尚要查訪一度，不想天子聖明至此，也少讓主簿吃了許多苦。」他看著許昌平，沉吟片刻，方繼續道：「所以主簿不必太過自責，也不必太過多情。」許昌平道：「臣明白。殿下不是為臣，殿下也不止為此，殿下苦心孤詣，是為最小損傷大局。殿下所欲者大，臣管窺蠡測，豈能盡覽盡察。」

他嘆息：「我很慚愧，最終還是不能用君子的方式，堂堂正正地擊敗小人。」

他回答：「這是時代的過錯，不是一人的。」

桂棟蘭橑，彤庭玉砌外是平原晴翠，古道遠芳；平原古道外是靉靆輕嵐，如黛青山；青山外是翠色氤氳的無垠青天。仲春與暮春的交際，金谷送客的王孫默默無語，背手靜立，目與雲齊。

許昌平順著他目光一同看去，良久方嘆氣道：「臣今晨方離墩鎖，不知朝事已經如何。」定權正色道：「朝事無論如何，主簿既已離朝，便已與主簿沒有半分干涉。我此來特意囑咐，主簿回歸，留岳州也罷，返郴州也罷，讀書煮酒也罷，采樵鋤豆也罷，望今生安樂，千萬珍重。主簿的家人已經在等候，這些年我雖不曾慢待他們，然則也請主簿代我致歉。」

許昌平無言半晌，方釋然笑道：「殿下可知道，五年前的端五，殿下告訴臣安軍書一事時，臣便有預感，殿下固是明君，而臣之事大約不諧矣。」定權笑道：「那時回頭，尚可上岸，主簿又何必一意孤行呢？」許昌平笑道：「依殿下行事，我若回頭，只怕也是苦海無邊。前後既都是苦海，臣又何必背上背主的惡名？」定權笑道：「原來主簿無法轉舵，是因為已錯上了賊船。」許昌平笑道：「正是。」定權搖頭大笑道：「主簿慎言，不要忘記了，我今日仍舊是太子。」許昌平的目光停留在了山外青天，笑道：「我也是因為，我們明知道，最終都是會死的，可是之前不也要先活著嗎？」

定權轉向他，遞出手中金鞭，道：「時候不早，主簿行動不便，願早動身。此雖駑馬，或可助主簿足力，青春作伴早日還鄉。」

許昌平拱手謝恩，見定權似欲召回東宮衛，忽又遲疑道：「殿下，今日一別，詎相見期。當日約定，尚有一事，臣……」

定權平靜一笑，阻止道：「不必多說了，我大概已經知道了。」

許昌平面色忽變，道：「殿下！」

定權搖首笑道：「主簿可還記得那年雨中在我書房內烹茶，主簿言令堂神主奉於梵宮某處，我隨即遣人查訪，方查知中有一比丘尼眼角生朱砂痣，俗家姓宋，廿載前便皈依三寶。她其實便是主簿生母吧。如此便可解釋，五年前中秋，我被禁後主簿為何告假隻身返鄉，以致誤班半日。主簿是諮詢舊事，以為參謀的吧？」

許昌平無言以對，浩浩春光中忽驚覺冷汗如雨，定權亦注意到了，上前為他整了整衣領，笑道：「主簿母與孝敬皇后既屬舊日至交，主簿卻為何定要向我隱瞞萱堂尚在之事？我想，大約只有一個緣故，咸寧公主夭折或與令堂有關。我問過宮中舊人，印證揣測，不敢確定——當年冒主簿姨母之名，入宮侍奉公主的當為主簿生母，孝敬皇后理應心知。事後所以隱瞞，所以逆天命立主放她出宮，大概也是因為知道主簿尚在人間吧？大概也是想保護主簿不致牽連暴露吧？我身為人子，為尊者諱，不敢詆詬父母，此事不敢深想，也不敢再深究。」

許昌平終於膝頭一軟，跌跪在了地上，稽首至塵埃，垂淚道：「臣有萬死之罪。臣父既殤，臣母不堪苦痛，怨懟無門，嗔恚為蟲心魔作祟，不得自拔，以致重躋天宮戕害舊主。雖得舊主無限慈悲提拔，幡然省悟，然大錯已經鑄成，雖死無可補救，唯歸正釋門，二十年日夜為舊主禱祝，以贖罪愆。臣首次見殿下時，所言其實本心。臣所以登堂入室，實非為未曾謀面之臣父，不過願肝腦塗地以報臣母恩人，以贖臣母罪業。有成功一日，真相昭白，臣雖盤水加劍，受王法顯戮，臣母或可得安樂涅槃，或可免下無間地獄，輪迴永不得解放。」

定權淡淡一笑道：「我早該想到，孝敬皇后就是那之後沉屙的。」

許昌平泣血道：「臣罪丘山，萬死莫贖。然今時今事，不敢殞命以害殿下大業。望殿下早下決斷，時至而行，殿下踐祚之日，即臣以死報殿下大恩之時。」

定權搖頭道：「我剛才說過什麼？我望主簿忘卻紛爭，此生安度。你為我已做得太多了，那些都是前人的紛紜恩怨，你本無罪，如我本無罪。」

許昌平抬起為血淚模糊的雙眼，良久方笑嘆道：「殿下待人，有時候實在太過仁慈。」

定權微笑問道：「假如這份仁慈是給主簿的，主簿還會這麼說麼？主簿還是不需要嗎？」

許昌平舉手加額，向他艱難行大禮，道：「臣需要，且臣感激。」

定權背手望著他，一笑道：「哥哥，保重。」

第七十一章

青眼白雲

皇太子還宮正趕在宮門下鑰之前，一入延祚宮便見有內臣迎上，報道：「太子妃請殿下到閣中。殿下，皇孫的病怕是險了。」定權一愣問道：「不是說前幾日尚安嗎？」內臣答道：「正是今日午後轉急的，殿下不在宮內，太子妃娘娘親去請了陛下旨意。」定權沉默片刻，問道：「太醫到了嗎？」內臣答道：「都已到了。」定權點點頭，道：「那就好。」說罷轉身入閣，那內臣硬著頭皮追問道：「殿下不去……」見他面上雖無表情，卻也嚇得半句話不敢再出口。

如此內臣所言，太醫院在值的醫官皆已齊聚，然而不巧的是，精於小方脈科院判張如璧及太醫趙養正本日卻皆未坐班，宮使按照皇帝的旨意出宮尋找，也直到傍晚才將兩人召回。而此之前，其餘醫官已經會診守候了半日，見他們入宮門，連忙迎上前，附耳悄聲道：「攜寒風邪，化熱犯肺。之前症狀不顯，誤了。」

張如璧大吃一驚，問道：「現下情形如何？」太醫道：「脈數，高熱，氣促，痰黃稠，又伴驚厥抽搐。」張如璧連忙問道：「可伴嘔吐？」太醫道：「吃過常方，嘔吐不止。還請張太醫速往診判，或得回天。」張如璧蹙眉搖頭道：「皇孫年幼，素又柔弱，果如你言已經逆變，如此險急，尚何談回天？」那太醫沉默了片刻，道：「張太醫通達於此，尚請張太醫親自告知陛下及殿下，這可不與……太醫院相干。」張如璧聞言，重重嘆了一口氣，道：「先看過了再打算吧。」

張如璧與隨後即到的趙養正先後仔細診判過，雖已明知無濟於事，仍舊重新寫了一紙常方交由典藥局前往熬製。兩人至太子妃閣外廊下交頭接耳道：「若早兩三日，或可轉圜。」趙養正搖頭道：「年幼羸弱，正氣不足，衛不禦外，逆變過急過凶，便早兩三日，也難定論。」張如璧道：「若一早便仔細調理，不致遷延過久以失治，或不至此。而今……只能看能否過得今夜了。」

忽聞身後一人泣道：「二位先生，我兒可還有救？」兩人詫異回頭，卻見太子妃淚痕闌干立於閣門外，大吃一驚，連忙回答：「殿下勿憂過早，臣等今夜會徹夜守候。」太子妃點點頭，轉身似欲回閣，忽向兩人拜倒道：「我兒性命全靠二位先生相救，妾生生世世不敢忘二位先生恩德。」孝端皇后既薨，內命婦中已數她身分最為貴重，二太醫不料此態，連忙跪地叩首道：「臣等定當竭力。」

皇孫自午後便已昏迷，張趙兩人的藥方雖已煎好，卻無法送服，由張如璧施針開啟牙關後，雖餵了幾口，又盡數吐了出來。眾人雖無限焦慮，卻只有束手，直到戌時，皇孫卻突然醒轉，喊了一聲：「娘。」

一直守在一旁的太子妃連忙握住他的手，喊道：「阿元，好孩子，嚇壞娘了。」摸摸他的額頭，卻仍是熱得燙手，連忙吩咐湯藥。張趙兩人明知迴光返照，藥石已無用，見太子妃情態卻不忍明言，命人將涼好的湯藥用小金盞奉上。

皇孫虛弱地搖搖頭，道：「娘，我喘不上氣來，吃不下。」太子妃勉強笑道：「好孩子，娘吃一口，阿元吃一口，娘和阿元一起吃，好不好？」說罷自己先吃了一匙，接著才餵給皇孫，皇孫微微遲疑後張口吃下，不出片刻卻又都順著嘴角吐出，神色痛苦不堪。太子妃終於忍不住，大哭道：「好孩子，娘求你，吃了藥才能好。」一面回首無助地望向二太醫，見兩人皆默默搖頭，良久終抹了一把眼淚，柔聲道：「好了，好了，阿元不吃藥了。」

皇孫露出了一個滿足不已的笑容，忽又一陣急促咳嗽，直咳得喘不過氣來，良久稍稍平定方問道：「娘，六叔呢？」太子妃撫摸著他的額髮，道：「六叔睡了，阿元也好好睡吧，明天起來，就可以和六叔一起玩了。」皇孫面上是對母親信任不疑的神情，點了點頭。

太子妃哽咽問道：「爹爹回來了，阿元想不想看看爹爹？」皇孫想了想，低聲道：「爹爹在忙國事，吵了爹爹，爹爹不疼我了。」他伸出一隻小手，輕輕摸了摸太子妃烏青的眼圈，邊咳邊安慰道：「娘怎麼哭了？阿元明天就好了，娘去睡吧，看眼睛都黑了。」太子妃點點頭，將他的手捧在兩掌心，道：「娘想看著阿元睡著。」

太子妃目不轉睛地看著皇孫通紅的小臉，伴隨著愈見急促的呼吸聲，再度陷入昏睡之中，呆了半晌，霍地站起身來，提起裙襬奔出閣外，哭問道：「殿下，殿下呢？」

太子正在顧才人閣中。王事已盬，阿寶未料他仍會來此，定權亦不言來意，兩人對面呆坐了近一個時辰，默默並無半語交談。他既始終神思恍惚，阿寶終於站起身來，也不理會他，逕自淨手拈香，爇於暖閣外觀自在寶相之前，禱祝虔誠。定權靜觀她舉動，不言嘉許，不言反對，不問緣由。

閣外侍立一宮人忽入內報道：「殿下，太子妃娘娘求見。」定權始蹙眉開口道：「怎麼追到這裡來了？妳說我已歇下，去請她暫回，有事我明日自會前往她閣中。」阿寶站立一旁，看他良久，起身冷笑開言道：「太子妃此時來，無非為皇孫事。殿下大丈夫，固不惜一孽子，但何妨直言，且看天下誰敢哂笑，誰敢怨懟！奈何遁於婦人裙釵之後，這名聲殿下要得，我要不得！」回過頭對宮人沉聲下令道：「傳殿下鈞旨，請太子妃入閣。」

定權勃然變色，一把擰住她的手腕，咬牙厲聲道：「妳放肆過了，我看妳是真不想活了！」阿寶只覺雙臂痛入骨髓，奮全力掙扎踢打，想脫離他的控制，局面混亂時，太子妃已經自行入室。

適才一番糾纏，兩人皆已鬢散衣亂，淚痕闌干的太子妃靜立靜看了片刻，前行兩步，忽而揚手一掌狠狠批在了阿寶面頰上，高聲怒斥道：「賤婢！皇孫事不但是殿下家事，更是天家事、天下事，妳怎敢於國喪間狐媚惑主，阻礙主君行動判斷，累主君落下上不孝下不慈之惡名？」太子妃為人一向溫柔婉順，待人寬和，從未有高聲大語的時候，定權一時不由愣住，皺眉看著五指紅痕從阿寶白皙的面頰上漸漸浮起。閣中諸人靜默良久，謝氏方咬牙忍淚道：「妳記下，我為皇太子妃，與皇太子夫妻敵體。皇太子可稱殿下，我亦可稱殿下。皇太子不教訓妳，我來教訓也是一樣。」

她沒有再看兩人，也沒有再說什麼，就此轉身離去。閣中時空彷彿凝滯，良久阿寶的脣邊方浮上了一抹淡淡笑意，道：「妾得罪殿下了，亦請殿下移玉。」

定權回過神來，冷笑道：「這是我的東宮，我想去哪裡，不想去哪裡，我想恩幸誰，不想恩幸誰，尚輪不到妳一個賤婢來指點。」阿寶並不介意他刻意的惡意，點點頭笑道：「倒也是恩，倒也是幸，只是到頭來，何以都全變成了報應？」定權再次捉住了她的臂膊，狠狠將她推在榻上，帷幄扯落，枕屏打翻，金釵玉簪相撞，叮咚有聲，欲墮未墮。

她摔在枕屏上，頭暈眼花，卻沒有反抗，兩人在錦繡戰場的廢墟間相對相視，一方低語道：「妳是真不想活了——為什麼一個個，定要把心裡話都說出來？」她半晌平定了喘息，失力地笑笑。「我記得很多年以前，有人說過，只想聽人家心裡話。」他嘆息道：「早不同了。」

孝端皇后國喪尚未過，他與妃嬪同寢，被朝廷知道，是可以引發廢立的大罪。但是他還是拉下了她肩頭的衣衫，低頭吻了下去，他的雙脣如烙鐵，打在她身上，熾熱無垠，痛苦無垠，這折磨使她遍體鱗傷。她睜大雙眼定定地望住他，眉梢眼角，脣邊指端，他的傷心，他的苦難，被他如此潦草如此輕浮地掩藏。所以她沒有反抗，並非單單是因為無力和疲憊。

她的目光尚冰冷，他的呼吸卻漸漸沉重，這或者就是女子與男子根本的不同——她們必須情意，而他們並非必須。他突然抬起了頭，捧住她的臉，目光灼灼，如炙紅烙鐵的兩簇火焰。他像一個想起了什麼新鮮遊戲的孩童，興奮地與自己的玩伴商量：「給我生一個世子吧，長得就和我一模一樣。」

在此時，沒有什麼言語能夠比這一句更傷透她的心，沒有什麼言語更能彰顯他潦草苦難下的自私與涼薄。她依舊定定望住他，用掌心撫平他凌亂的鬢角，試探著詢問道：「殿下，難道殿下和他們說的一樣，真的毫無心肝？」

定權嘴角上翹，笑容得意，修長的手指珍愛地撫觸過她的雙眼。她的雙目通紅，他記得書上面說，愛人之目是青色，而紅色，是恨的顏色。他另一隻手按在了她赤裸的胸口，適才他嘴脣盤桓的溫柔地方，他的聲色一樣溫柔如水：「阿寶啊，他們誰都可以這麼說，唯獨妳沒有資格。一個自己也沒有心肝的人有什麼資格來評斷我？」

話說出口，他驚異地發現她早已血絲滿布的眼中竟然第一次有淚水，當著他的面不斷順著眼角踴躍而出。與此同時，她眼中的紅色的恨意莫名消逝於一瞬。這發現先是使他振奮，其後使他沮喪、張皇、手足無措。

他一雙青色的眼睛，呆呆望著她一雙青色的眼睛。那不過是他自己的眼淚，直直跌入了她的眼中。他就這樣眼睜睜地看著自己的淚水，從她的一雙眼中流出。

他如此手足無措，如一個謊話被揭穿，怕遭懲罰的孩童。也沒有一個神情能更傷透她的心，阿寶閉上了眼睛，屬於他的眼淚盡數流空。

她再睜開眼時，他已經離去。

夜半，有宮人急匆匆回報道：「娘子，皇孫薨了。」

阿寶問道：「殿下在不在太子妃閣中？」

宮人回答：「聽說殿下回去後一直在正寢，哪裡都沒有去過。」

皇太子於次日，在太子妃的陪同下，首次蹈足了良娣吳氏的閣子。原本抱著一只紅木匣子倚榻而坐的吳氏見他們入室，搖晃著掙扎起身。太子妃以為她要行禮，尚未阻止，她已經走上前兩步，捉住了太子的一隻手。

她枯槁的形容似乎因此突然有了熠熠的神采，殷切地發問道：「為什麼？」她不似悲傷過分的樣子，太子妃亦不明緣由，在一旁勸解道：「殿下看妳來了，妳先好好躺著……」吳氏恍若不聞，接著問道：「為什麼？」太子妃拉開她的手，忍慟勸道：「富貴生死各有天命，事至如今，悲傷也是徒然。妳聽我話，還是先好生保養……」吳氏狠狠甩開她的手，突然大哭道：「為什麼！那晚閣中明明有兩個人，為什麼偏偏選中我！」

太子妃愕然，看看太子的神情，方想令人勸阻，吳氏已經一手指著太子撕心裂肺地哭喊起來：「我再卑賤也是人，我也長著人心。你不告訴我，我死不能夠瞑目，我好恨……」

定權漠然站立原地，面上波瀾不興。他知道有多少人恨他，他父親對他的恨隱藏在君王的威嚴中；他妻子對他的恨隱藏在以鄰為壑的責難中；他臣子對他的恨隱藏在端方正義的道德面孔中；那人對他的恨隱藏在尖利的指甲和眼內的紅意中；唯獨眼前，他兒子的母親，這個幾乎陌生的女子，卻不懼於將她的恨意毫無掩飾地坦陳於他面前。單就這點來說，他不能不對她感到敬佩。

恨海難填，精衛且無力，何況凡人？他忽覺了無意趣，看著一群婦人哭鬧成一團，獨自轉身離去。

而在同樣傷心不已的太子妃的勸說和宮人們的拉扯爭執中，那只匣子被撞落在地，跌出的是一塊早已經枯乾的獅仙糖。

第七十二章

夢斷藍橋

靖寧七年三月初一日晨，皇太子獨子蕭澤急病夭。

皇帝雖然素來對他寵愛有加，然而他尚年幼尚無爵，宮中人不敢以此打擾已經安寢的皇帝，直到次日清晨方才告知。

皇帝正由內臣服侍對鏡櫛髮，聞語並無反應。只是執起鏡臺上的梳子，將齒間落髮取下，放在手中仔細查看。他取下一根，一根，仍是一根，他舉手攏過鬢髮，將指間落髮取下，一根，一根，仍是一根。

兩道濁淚忽然從皇帝眼中滾落，濡溼了掌心中的白髮，如同晨露打溼衰草。

初一日，長沙郡王出閣讀書，業師為吏部尚書朱緣。同日，朱緣按照皇帝詔令，以六部領袖的身分，遣吏部協同樞部共同開始整頓京營二十四衛。

兩坊和詹府的官員中，前詹府主簿許昌平已於昨日離京，餘人中，也有不甚戀棧者開始整理公私事務，預備去國。

裁撤過多，尚未及定人接班，雖有旨意正官去以佐官暫兼，佐官去以正官暫兼，然而也無異於一紙空文，因為坊府官員幾乎盡出禮部，此役畢，禮部幾乎空巢。

一般人以為，太子與趙王鬥爭，一慘勝一慘敗，清理坊府固然是天子對於皇太子的嚴厲懲罰和示警。卻也有極少數有識者如中書令杜蘅等以為，天子深意其實遠非於此。而今三省幾成虛設，吏樞刑戶工也皆為天子親信臣執掌，唯餘原禮部，因坊府關係，尚與東宮及中書省有著無可避免的絲連，趁此機會，全盤更替，從今以後，主大政主庶政的六部則全入天子掌握中。

看來徹底裁汰三省不必等候下任君主，今上皇帝有生之年完全可望實現。杜蘅在自己的府邸中嘆息，思慮良久後，於書窗下寫下了告病求去的奏章。

有識也好，無識也好，這些已是早已定好的公開事。匪夷所思的是，在沒有任何預兆下，本日皇帝新下一詔黃紙，命即日更換東宮衛的統率和百戶長，替以控鶴衛一千戶長、六百戶長。

這則是老成謀國如杜蘅者都不解之舉，歷來突然更換皇太子執掌的軍隊，只有一個緣故，即懷疑太子意圖謀反。而此舉的後果也無非兩種，太子被廢或者太子被迫謀反。這皆非杜蘅希望看到的情況，固然因為他與皇太子的利害關係遠比旁人密切，更是因為戰事尚未平定，強將權臣與皇太子又有如此親密的關聯，國家如有此巨變，後果不堪想像。

是以中書令在告老的辭表上，同時也寫下了心中的憂慮，中有如此語句：「網開三面，成湯王道，使欲左者左，欲右者右，不用命者乃入羅織。已殺者皆犯其命，未傷者全其天真。」

表面而言，他仍是丞相，直接聯繫天子與朝廷。倚此近水樓臺，他的辭表被直接送到了天子手中。

本日夜，皇帝於康寧殿寢宮召見皇太子，向他出示了中書令的辭呈，同時為皇太子看到的，是一個朱批的「可」字。

定權將奏本送回御案，淡淡一笑道：「如此也好。」

皇帝道：「他說的話沒有錯。但是朕換衛的緣故，換衛的苦衷，他未必能夠瞭解。朕想問問你，他不能夠，你能否？」

定權疲憊地點點頭。

皇帝把弄著案上朱筆道：「如今你兩個兄弟都已經不在了，已經沒有人可以威脅你了。朕還是從前那句話，上十二衛你應該沒有本事染指，那麼二十四京衛中，究竟是哪幾個，你們約定了如何聯繫？你這裡實話告訴朕，朕仍可以按他的說法，網開一面。」

定權望著案上銀釭跳動的燭火，似是眩暈，舉手伸掌，抵住了自己的額頭，良久方道：「京衛，陛下不是已經在著手整頓更換了嗎？率土之濱莫非王臣，欲左欲右皆可網羅，何必還在意這些無用書生妄語？」

皇帝面色陰鬱，搖頭道：「你是在逼迫朕暴殄天物？」

定權重複道：「臣，逼迫陛下？」

皇帝凝視他，終於撿起了另一份公文，似是直奏軍報，道：「這是今晨送來的，你也看看吧。」

定權上前接過，抖著手略一翻動，黯淡雙目忽然光彩波動。雖於御前，雖已至此形勢，卻不禁忘情以至於泣下，含淚展頤道：「百年事業，不想完成於當代。則我國家雖忍痛至此，雖犧牲至此，復又何憾？此陛下齊天洪福，宗廟社稷之幸，天下蒼生之幸。」

二十餘載，皇帝從未自他臉上見過如此單純的喜悅，餘光瞥見杜蘅奏章上「全其天真」一語，忽而稍感後悔。嘴脣動了動，似是有話想說，卻終究沒有開口，只是默默眼看他接著往下誦讀。

托舉著畢其功於一役的大捷軍報的皇太子，面色剎那煞白，他抬頭，不可思議地茫然望著皇帝，還沒來得及說什麼，一口鮮血突然噴湧而出，灑得公文上斑斑點點，盡是赤痕。

寫就捷報的千萬人的殷殷碧血，於是如此這般，又添加上了微不足道的一筆。

他反應如此激烈，皇帝慢慢蹙起了眉頭，敕令道：「叫太醫過來。」

定權慢慢引袖，拭掉了脣邊血痕，舉手向殿外厲聲阻止道：「不必，都退下！今晨，陛下就知道了。」

皇帝點頭道：「不錯。」

定權冷笑道：「今晨，陛下替去了東宮衛。」

皇帝望著他，默坐不言。

定權只覺胸臆間侷促憋悶到了極點，試著喘了兩口氣，似是想笑，最終卻端正了面色，舉手加額道：「臣謹為陛下賀，外無將無相，內無妻無子，千秋萬歲，獨上天宮。」

皇帝冷眼相對，置之漠然，皇太子似乎也逐漸平靜了下來。殿內靜得可以聽得見皇帝呼吸時胸臆間的氣促聲。

對峙良久，皇帝終於再度開口，卻不再言國事：「阿元的後事，也該打算著辦了。朕還是想追贈他郡王爵位，讓他入東山陵。」

定權答道：「臣代他謝恩，可是陛下，禮部如今已經沒有人了，追贈也好，喪儀也好，要讓誰去辦呢？」

皇帝無語有時，皺眉問道：「他的事，你到底怎麼想？」

定權微笑道：「陛下，無爵宗室葬儀臣不清楚，或請陛下明日詢問朝中的大儒。陛下今晚就要聽的話，臣只知道皇太子的葬儀[24]，陛下可願意參考——我朝制度，皇太子薨，天子以日易月，服齊衰十二日。京師文武即日於公署齋宿，翌日素服入東宮，給衰麻服。京師停止大小祭祀事及樂，停嫁娶六十日，皇太子葬東山陵園，神主入太廟。」

他抬起頭來，眼下是兩抹蕭索的鬱青色。「但是這僅僅針對在位時薨逝的皇太子。陛下知道，廢太子是葬在西山陵園的。」

---

24 皇太子喪儀從《明會典》。

他直立，靜視，聲色寡淡，問道：「父親，兒若今日死，父親將我葬何地？又會不會為我服齊衰呢？」

他的放肆早已超越了君臣的界限，亦超越了父子的界限，皇帝點了點頭，目光瞥過他腰間束縛的白玉帶，一隻手突然捂住了心口，咬牙道：「我知道，你這麼對待他，是為了報復我。」

定權忽然厭煩至極地嘆了口氣，冷笑道：「我用我的親生兒子，來報復我的父親！那麼我蕭家，和漢衡山之禽獸一族[25]還有何分別？父親，也請你慎言行！」

倉啷一聲巨響，是皇帝向太子擲出了手邊一只價值連城的醬色釉梅瓶。

太子雖然疲憊，依舊年輕，他輕易地避開了年老天子的震怒，讓天子價值連城的震怒在幽靜暗夜中碎裂得驚天動地。

太子疲憊的面孔上，神情裡，目光中，是無可掩飾也倦於掩飾的厭煩，他抬起一副大不敬的面容，向座上自己的君主，忍無可忍地低聲規勸道：「陛下，宜自重。」

他沒有行禮，沒有告退，踐踏著君王遍地的憤怒轉身出殿，他的背影和他

---

25 漢時淮南王劉安與子衡山王劉賜約定謀反，但其子女與繼妻之間因矛盾而告發此事，致劉賜自殺。

的眼神一樣充滿了倦意。

皇帝半起身，抬手指點著那背影，手臂哆嗦了半天，直到他的影子完全消失於視線之中，良久，突然重重地跌坐了下去，仰頭大笑起來：「報應！卿卿，這就是妳留下給朕的報應是不是！」

他聲嘶力竭，一直守在殿外的陳謹被嚇得呆若木雞，直到此刻才如夢方醒，看皇帝的情形，生怕他就要一口氣提不出來，連忙搶入殿上前攙扶。皇帝一把嫌惡地甩開了他的手，用手肘倚著書案吃力地站起身來，踉蹌著向內室走去。

陳謹和眾內臣跟了上去，皇帝突然暴怒：「都給朕滾出去！再近一步，以抗旨論死！」

眾臣的頭低了下去，在以目光徵求陳謹的同意後，無聲無息地退得一乾二淨。

皇帝冷笑道：「如今朕身上還有什麼要你刺探的消息？你也滾，明日讓朕再看見你，你知道你自己的下場。」

陳謹焦灼的表情凝滯在臉上，抽搐半晌，躬身離去。

皇帝進入內室，反手關好了閣門，摸索著從枕函中取出了一把已經生鏽的銅鑰匙，趔趄著踏上腳杌，搬開數匣書籍，才打開了書架頂端的一個暗格。從其中捧出的細長紅木錮匣，因為長年未曾移動，滿是暗塵。

皇帝懷抱著錮匣，回到書案前，仔細用袖子將浮塵輕輕抹去。細弱的灰塵在燈下飛揚如煙，往事在燈下飛揚如煙。

皇帝在往事前塵中打開了錮匣，哆嗦著手指將其中立軸捧出，解開軸頭香色綬帶的一瞬，和畫卷一同封存的記憶如決堤洪水一般，滔天湧出，淹得皇帝一時透不過氣來。

他耐心地等待洪水消退，足足等了有一刻時辰，才從天杆處展開卷軸，鵝黃色鸞綾的隔水露出了，皇帝又將卷軸重新捲起；再待片刻，重新打開，湖水藍色鸞綾的天頭露出了，皇帝再次猶豫地將它捲起；驚燕帶露出了；黑色鸞綾的錦牙露出了[26]；畫心的留白露出了；題跋印璽露出了；畫中人的雲鬟露出了……無數次的收收放放中，已現蒼老的手指始終在遏制不住地顫抖。

皇帝突然大叫了一聲，將不知第幾次捲起的畫軸一展至底。

畫心中嫻雅青春的美人正靜靜地向他張望，向跌坐至地儀態盡失的年老天子含笑張望。雲鬢金釵，綠衣黃裳，螓首蛾眉，丹脣鳳目，妙筆丹青下一肌一容，盡態極妍。

皇帝的淚水順腮滾落。「卿卿，妳終究不肯原諒朕是不是？所以妳給朕留下

---

26 宋內府裱畫風格。

來了這樣的報應？當年朕並不知道妳對他……要是朕知道的話……」

美人無言地凝視他，眉間和兩靨翠鈿上的精緻描金於案上跳躍的燈燭中明滅，於皇帝波動的淚眼中明滅，笑意不改。

這帶著淚印的笑意提醒著皇帝，屬於他們的一生，一切過往，那些欣喜的、悲傷的，歡愉的、痛苦的，圓滿的、遺憾的，得償所願的、求之不得的，那些生老病死、憎相會以及愛別離。

皇帝拭了一把眼角，突然改換了聲氣：「要是朕知道的話，朕還是會娶妳，朕絕不會把妳讓給任何人。」

美人繼續無聲地凝望，眼波凝，眉峰聚，眉眼盈盈，無限嫵媚，無限端莊。

皇帝越說越興奮：「卿卿，朕不會把妳讓給任何人。今生已過矣，來生亦不會，即使來生同今生，不，比今生還要不堪，我還是會尋到妳。卿卿，妳不會離開我，我也不會離開妳。」

美人含笑，不言贊成，不言反對。

這態度終於讓皇帝滿意，他的淚水已在眼中凝乾，如同案上的筆墨在硯臺中凝乾。

皇帝拾起了畫卷，溫聲說道：「那麼妳和我，就這麼說好了。妳留給我的報應，我會再給他一個機會。」

皇帝輕輕揚手，帶倒了案上銀釭，看著燈油潑灑，綾絹惹火，火勢漸高。

美人的雲鬢、春衫、紅顏、笑靨逐漸被高燒情火吞噬接納，留今生二十年因緣的餘燼，蝴蝶一樣在斗室中翩飛，沾袖，化灰，成塵。

最後化蝶的是作畫者的朱璽和兩首題畫詩：

翠靨自蹙眉自青，天與娉婷畫不成。
惱道春山亦閣筆，怪伊底事學卿卿。

乞漿何用訪藍橋，眼底筆下即瓊瑤。
蕭郎應堪裴郎妒，丹青不滅意不消。

第七十三章

臨江折軸

當普天同慶國朝軍事大捷，息爭罷兵的同時，長州都督樞部尚書鎮遠大將軍武德侯顧思林捐生殉國的消息亦為天下人共知。在最終的決戰中，顧氏父子分軍合擊時，武德侯一路為側後兩翼敵軍所困，突圍中膝上舊傷突發，墜馬後為數支流矢擊中。此後副將顧逢恩獨自指揮鏖戰，直至五日後方破陣尋回將軍遺體。

李明安書寫給天子的軍報中，關於大捷描述頗為具體，各種資料翔實，然對名將星隕卻一筆帶過。顧逢恩亦不曾詳說，或是不忍之意。然而這並不損國人因感奮、悲慟、景仰而導致的熱忱想像。不日內，京中閭里巷間流傳的，乃至勾欄瓦肆說唱的，便都是武德侯纓鋒蹈刃一以當百，最終功成身滅、壯烈殉國的悲壯事業。風起雲湧，人怨天怒，刀鳴馬嘶，淚流血灑之種種細節栩栩生動，說者聞者皆如親見。

相對起黎庶赤子一般單純的愛和憎，懷恩和懷仇，歡愉和痛苦，朝廷的情緒便要複雜得多。隨著捷報與喪報同時傳來，日前的朝勢如撥雲霧見青天。天子在明知儲君已喪後援靠山的情況下，文易坊府，武削宮衛，看來至尊父子數十年的計較，數十年的對峙，數十年的積怨終於此刻盡數宣洩爆發。儲副猶如秋風落葉，岌岌可危的宿命前景，也已不再是之前尚模稜兩可的揣測。

因三月三日上祀節，例行休沐停朝一日，故直達天聽，抑或預備在六日朝會上當面彈劾儲君種種不臣行為的奏章與腹稿，也都在喜慶的氛圍中開始有條不紊地預備。

他得罪他們實在已經太久太深。在他們看來，廿載家國不寧，爭執紛紜，需要有人負責——由他支持的外戚和外戚支持的他。對外作戰消耗國家幾十載積累，至國困民乏，遷延至今日方成功，需要有人負責——由他支持的外戚和外戚支持的他。更不要說臣欺君，子逆父，兄殺弟，功高震主種種不可挽救的移風敗俗，禮崩樂壞。天子有撥亂反正之意，懷抱著致君堯舜、且清風俗的目的入仕的他們，不能不鼎力支持。

還有，還有，這不是落井下石，也不是順水推舟。戰爭結束，這個國家實在需要休養生息，看樣子天子與儲副已經為水為火，成炭成冰，如此放縱他們再任情任性，風煙雖靖而不靖，憂患似平而未平。他們權衡利弊，必須支持一方，揚棄一方。

得道多助，多助之至，天下順之。失道寡助，寡助之至，親戚叛之。聖人所言，從來未非。

然而他們自以為頭頭是道，計算精準，卻終究不敵天算。他們沒有想到，初六日的朝會上，他們不會見到皇太子。他們也沒有想到，東宮後宮一個年輕的婦人女子，早於所有人得到了近日來僅次於戰捷的重要音訊。

早在二日夜，皇太子獨行入顧才人閣中，不再虛與委蛇，不再盤纏清算，他明白地告訴她：「我明日一早就走了。」

她不問他要去何處，因為知道他的事業、他的人生已與自己無關，所以他自行補充：「是長州，陛下要我前往迎柩。」

即使早已與她不相干，她似乎還是略吃了一驚，繼而回答：「恭喜殿下——殿下說過，想去那裡。」

他點點頭，道：「不錯。」

長久的靜默之後，他接著娓娓而談：「妳知道，貴上攻訐，說我與京衛有染。昨日一早，喪報便到。昨日一早，陛下便收回了東宮衛。我不知道這是兵事息偃，將軍故世，他擔心我從此再無顧忌；還是兵事息偃，將軍故世，他從此再無顧忌。或許，兩者都有。他讓我出京，不知是害怕我留京會鋌而走險，不能留給他徹底整頓的時間；還是憂慮我留京會鋌而走險，不能留給他徹底整頓的時間。或許，兩者都有。我表兄如今執邊，他派我去，是要提防我干預軍政，還是要引誘我干預軍政……」

他喃喃如同自語：「我不知道他是愛我，還是害我，是護我，還是殺我。」

她敷衍的回應裡有輕微諷刺的味道：「那麼殿下如果留京，會不會當真走險？」

他如實回答：「我不知道。」

不管他的表情和聲色多麼輕描淡寫，這都是石破天驚的暗室密語，她若出首告發，他絕無一線生途。但她臉上掛的是事不關己的神態，口中說的也是事不關己的話語：「這是國家大事，和妾有何關係？」

他笑笑：「我知道，妳就當我是太過無聊。」

她看得出來，他不是無聊，只是孤單。他的故人皆已離他遠去，屈指一算，自己竟然已經算得上他的深交。

他看著她，道：「我走後，妳也走吧。」

此語一出，她始感詫異，問道：「我去何處？」

他道：「我和周循說過了，現下亂成這樣，無人會顧及後宮，更無人會在乎妳。我走後，讓他悄悄送妳出宮。妳的兄弟，我已經派人查詢，眼下雖無結果，然年深日久，地厚天高，若有緣今生終可懷抱相見之念。五年前，妳已誤了一次機會，望勿一誤再誤。」

她突然呆立，無言以對。

他站起身，伸手拍了拍她的肩頭，微笑道：「那麼，各自珍重，就此別過。」

上巳日晨，皇太子蕭定權奉聖旨，在數百控鶴衛士的擁護下，赴長州處理善後事，並迎武德侯靈柩返京。

到六日常朝上公開下達旨意時，皇太子已經啟程三日，已出都城數百里，躍躍欲試的眾臣工一拳放空，無力回天。

但是有人還是提出了這樣的抗議：「自古儲貳不預軍政，何況本朝儲君本已深泥其中，正冠提履，應加百倍小心。更兼戰事初平，兵民未安，儲副千乘之軀，輕入虎狼之地，萬一變生不測，則家國兩誤，悔之不及。」

抗議者未發的言論，皇帝自然也聽懂了。雖天子以鐵腕強權鎮壓了趙庶人，卻同時於京整理軍務，皇太子謀反的嫌疑終究未徹底洗刷。長州方面尚駐十萬大軍，太子經年管理給養事務，與將領也好，甚或與駐軍也好，其瓜葛絲牽遠非旁人所能想像。武德侯卒，掌長州軍事政事者為太子表兄副將顧逢恩，他是太子至親，太子當時既能以一封家信盡數遙控，何況耳提面命？即有李明安與之分庭抗衡，而天子臨淵驅魚、旁林縱虎的嫌棄是怎樣都避諱不了的。

而抗議者的目的，皇帝也清楚無疑。終無此事則為苦心孤詣未雨綢繆，終有此事則為深思熟慮高瞻遠矚。普天下總有人，是一件賠本買賣都不願做的。可惜滿朝束帶者，皆是精明生意人，這朝堂，早如市集。

皇帝在心中嘆了口氣，回頭想吩咐陳謹宣示退朝，卻發覺陳謹的面孔已經不在身後。他忽然愣住，前朝已經沒有太子，後宮已經沒有皇后，邊城已經沒有故友，膝下已經沒有孫兒。放眼望去，難道這群精明的生意人，便是自己日後最親近之人？

皇帝抬起頭，看見殿門外，他服朱袍，著烏舄，執桓圭，他穿過買賣交易、待價而沽、討價還價的吵嚷人群，他唇角上揚，似是嘲諷，似是得意，竟又似十足真誠，他舉手加額。「臣謹為陛下賀……」

皇帝闔目，掩去了這不快幻象，既不願和群臣共處一堂，亦不願還宮獨居一室。兩害相權，於是三月初六日的朝會，在沒有任何議事的情況下，卻足足往後拖了一個多時辰。

在他們為孤家寡人的天子拖累之時，朝會應有的主角，皇太子蕭定權，已經在指揮李氏親點的數百控鶴衛士的護送下，驅馳於離京去國，北上邊陲的路途上。

在他們為孤家寡人的天子拖累之時，皇太子勒馬回首，來時的九重宮闕、七寶樓臺已為重重煙樹浩浩雲山阻礙。

星沉月落，天際一線有了矇矇的微亮，有了淡淡的朝霞，有了青天白日的光明。三月暮春中的萬里山河，毫無保留地呈現於生於長於幽深宮闕的皇太子充滿愛意的青眼之前。

他和追隨他、保護他、押解他的所有軍士一道策馬馳騁。不同的是，他們全副重甲，他儒帶青衫。春夜尚未逝的寒意與春日尚未盛的暖意交織出的春晨的風，於他向天際展目之一瞬，灌滿了他襴袍廣闊的袖口，使廣袖飄舉如浮雲。那種不潤不燥的觸感，他浸淫其中，感受到從未有過的清朗和輕鬆。

於青天白日之下，他看見了江川澄碧，如帶如練，江上漁舟點點，江畔蒹葭翩翩。江岸薄嵐中的青山尚未及閃金耀綠，成為未設色的稿本。驅馬馳騁中，一幅水墨氤氳的千里江山圖卷自動於他眼前無止無盡，徐徐鋪陳，以日月為印鑑，雲雨作題跋，天與水成了它湖水青色的裱配裝幀。

那些有色彩的、無色彩的，那些有香氣的、無香氣的，那些流動的、靜止的，那些天中飛的、山中開的，那些隨風飄逝的。山陰道中，目不暇接。

至寶必有瑕穢，他終於瞭解此語未真。面前這至寶，足下這至寶，他所身處這至寶，這座養育他的如畫江山，完美無瑕。太美好的東西總是讓人心痛，他此刻滿心作痛。

那些天生的、人造的，那些精巧的、拙樸的，那些微小的、宏大的，那些過往的、未來的，那些現在的。他不能瞭解，如此的美好，為何要對他和所有人如此慷慨。

他心痛得如此愜意，如此甘願。他想起了很久前有人說過的一句話：親眼看到了這樣的江山，不必登仙，一個人的胸懷也可以無比寬廣。

他不知道，那人是否和他一樣，已經離去，已經歸來。他不用再想像她會見到什麼，因為他已經見到；他也不必再羨慕她見到什麼，因為他已經見到。或有絲毫遺憾，即他不能與她同觀，這絲毫遺憾也如此美。美是美，滿是滿，完美者未必完滿。

說起未必完滿，在這古老而永恆青春的山河中，他想起了那個古老而永恆青春的故事，那隨著歲月流逝反覆上演永無休止的故事。故事中絕情的君王召回為他廢棄的流放太子，臨行時他的車軸折斷，他的人民涕泣：「吾王不返。」

然而他未引以為警惕，他未引以為擔心，他並未乘車，他走馬觀花，看到了，這如畫江山中他的人民，那些他永不可進入卻永遠要被他影響的人生。

帶長劍挾秦弓的武士們，簇擁著文士打扮的天下一人，策馬馳過公田官道，馳過野嶺荒郊，馳過紅塵市井，馳過古廟頹垣，馳過煙雨南國，馳過風霜塞北。

那些歸故里的、趕科場的，那些清醒的、沉醉的，那些已死去的、未出生的，那些有夢想的、被消磨的，那些仍不屈服的。

吾土，吾民。

第七十四章

槥車相望

皇太子一行在出京七日後抵達長州。邊城的消息自然遠不如京師流傳得快，連京師眾口都不能確定他究竟是被皇帝猜疑驅逐至此的，還是被皇帝庇護安放至此的，此間自然更加疑雲重重。但是不管如何，以最正大光明的角度來看，他是被皇帝以欽差的身分派遣至此的。是以協助督軍李明安及副將顧逢恩早一日便進離營進入內城，預備迎接這位身分出奇貴重的欽差。

當長州南面的城堙和女牆初出現於皇太子及眾控鶴衛士眼中時，一輪西沉的如血殘陽正重重壓在城樓的脊獸上，依稀可以分辨是一只踞獅，金紅色的輪廓清晰宛然。待馳抵城堙腳下，得見女牆上被西南疾風獵獵震動的李顧旗號，斜日已墮入簷角。李明安與顧逢恩並列站立於城堙門外，其所部一左一右，列陣以待南面來人。

一青衫文士從數百黑甲騎士中策馬而出，於二將面前勒馬。兩人連忙跪地行禮道：「臣等恭候皇太子殿下御駕。」定權在馬上笑道：「烏飛兔走，不想此間光陰流轉如此迅疾。」李明安起身笑答：「正是，臣調職離京，迄今近九載，不想今日在此荒野山林，竟得重瞻殿下玉容。」定權笑了笑，答道：「李帥的樣子倒是一向無太大變化，本宮不至見面不識，保全了臉面，也屬僥倖。」李明安笑道：「墜屨失簪，蒙殿下垂青如此，臣實在惶恐。」

定權和他本無甚熟悉，官話講完便無話可說，轉向顧逢恩，道：「顧將軍。」顧逢恩微笑道：「此地就是這樣，臣初來乍到時，見日隱月升略無過度，也常感慨光陰流轉，竟有具象。臣與李帥剛才還擔心，殿下日落前不能抵，城門關閉再開，便要大費周章。殿下來了，臣等就安心了。」說罷接過定權手中馬鞭，親自執起轡頭，緩步進入堙內城門。

他已封侯數年，顧思林卒後，尚無旨意，長軍的實際統率也是他，即非勢力絕倫，亦可謂專權意氣，然這樣執鞭墜鐙的雜役，在他做來，卻不無自然之感。李明安隨後，待來者俱入，巨大吊橋和厚重城門旋即在身後軋軋閉合，從四野八荒中隔離出了一座孤城。

安頓好護送鶴駕的控鶴衛士，是夜兩人於內城官邸設宴，為皇太子接風洗塵，隨邑控鶴軍士方取出皇帝敕旨，向兩人正式宣示。按照皇帝的意思，以皇太子為欽差，以示重視，親自迎還武德侯顧思林靈柩，另長州或有未定軍政事，許太子便宜處理。此外一句，是天子建議既然靈柩返京，顧逢恩應孝服與太子同歸，參與禮儀，軍務可暫移李明安代署，待喪儀過後再行返回。

養生喪死無憾，乃王道之始。這是天子的厚意體恤，顧逢恩伏首謝恩。因國家連有不幸，又多少都與太子相關，宴間氣氛並不和諧。何況太子面色蒼白，情態似頗疲乏。當著天子親衛面，又謹言慎行，既絕口不問戰後軍政諸事，也不談將軍殉國事，隨意喝了兩杯酒，推說疲倦，避席而去。

定權的離宮即設在顧思林從前的官邸內，他連日馳騁疲憊，倚榻閉目養神，不想便睡了過去。雖亂夢雜遝，並無一刻安寧，然直至譴刺一聲乍起，驚破淺夢，方才醒轉，發覺窗外夜已深沉，無月無星，室內燭火動亂，帷幄飄舉，土腥氣觸鼻，似有急雨將至。

他艱難支撐起身，反手用力推上為勁風洞開的窗櫺，忽於土腥氣中嗅到了另一種微甘微酸的腥，這是龍涎的氣味，和他自家衣袍上的如出一轍。他一驚，回首發現顧逢恩已經全副重甲，按劍立於自己身後。

因披甲帶戈，顧逢恩沒有屈膝行禮，只是朝他拱手一揖，走上前去，遞出了手中的一只影青瓷瓶，道：「這是金瘡藥。」

風中隱隱傳來邊城才會有的金柝聲，已經過了亥時，或許他正在執勤巡城，中途想起了自己。定權稍稍安心，勉強笑了笑，道：「河陽侯大不一樣了，我還是像從前那麼沒出息。」

自顧承恩戰死，逢恩代替，與太子不相見也已經整整十年。自他走後，無人再陪同他至南山攆犬逐兔，他的鞍馬荒廢，像這次這樣人不離鞍連日奔馳，雙股早已血肉模糊。他沒有向控鶴衛說起，控鶴衛亦漠不關心。

他接過了他手中的瓷瓶，忽然淚下。「儒哥哥，舅舅不在了。」

顧逢恩似乎無動於衷，只是點了點頭。

他問道：「到底是怎麼回事？」

顧逢恩簡單回答：「李帥和臣的奏呈已具，陛下不曾示意殿下嗎？」

定權頷首，忽然察覺他的改變非僅容顏，他已早非自己記憶中的那位親愛故人。

顧逢恩沉默了片刻，問道：「殿下，京內的形勢果已危若累卵了嗎？」

定權微生警覺，想了想答道：「軍不涉政，這不是河陽侯應當關心的事情。」

此語出口，他也忽然察覺了自己的改變，非僅容顏，也許在顧逢恩看來，自己也早非他記憶中的那位親愛故人。

燭影幢幢動搖中，兄弟兩人相對無言。至良久顧逢恩將手中兵戈放置案上，道：「臣為殿下上藥。」

定權搖頭，大概是不欲他看見自己狼狽醜態，拒絕道：「不敢勞煩河陽侯，叫我手下的人來即可。」

顧逢恩打量了他片刻，問道：「是殿下的人，還是陛下的人？」

定權笑笑，道：「至此間又有何分別？」

顧逢恩點頭走近道：「是已無分別——他們已經服侍不了殿下了，還是由臣越俎僭越吧。」

暗香幽浮。他曾得顧思林嚴旨，只在私服上熏香，定權忽記起了晚宴時他的衣香，因氣息與自己太近，反而容易忽略。

這麼說，他的鎧甲，是直接穿在晚宴時同一件私服外的。他連回營更衣的工夫都沒有。

一念至此，他凜然大驚，欺近兩步問道：「你是什麼意思？」

顧逢恩不變聲氣，平靜重複：「臣說，他們已經服侍不了殿下了。」

他察覺了，這並非單純的土腥氣，也並非摻雜入腥香的混合，他趨前數步，推開內室門，再趨前數步，推開外室門。

門外名為守夜侍奉，實為監察看管的十數控鶴衛士皆已倒於血泊之中。那些失去了血色的他尚未熟識的面孔，白如紙，白如雪，而血尚滴淌尚溫熱，黏稠殷暗如初研墨，蒸騰著銅鏽一樣的腥。

滿目雪白，滿目血紅。也許是平生未見過這麼多的血，他面色陡然煞白，連嘴唇都毫無顏色，他的額上冷汗涔涔直下，只覺頭暈目眩，方才飲的兩杯酒也開始適時發作，腸胃中翻江倒海只欲嘔吐，他扶著門框漸漸彎下了腰。

顧逢恩從後攙扶住了他，一手順著他的脊骨輕輕撫摸，如同年幼時他從父親那裡受了委屈，向他哭訴求解時的安慰一樣。他在他耳畔輕聲道：「我第一次看見血，從馬上墜下，伏在塵土間，連膽汁都快吐盡了。但是父親下馬後，只是給了我一記耳光，他下手那麼狠，我的耳朵有半日都沒有聽得見聲音，所以也沒聽清楚他是究竟罵了我什麼話。」

也許他只是礙於君臣的身分，面對自己這沒有出息的怯懦行為，才隱忍住沒有給出一記沉重的訓導的耳光。

定權壓制住了噁心，回過頭，突然勃然震怒道：「這是何意！殺天子親衛視同謀反……」他突然省悟——「你要謀反！」

他搖搖頭，否認道：「他們對殿下，殊無人臣之禮，臣不過兵諫，為清君側。」

未待定權發言，他又笑了笑，道：「天子一怒，伏屍百萬，血流漂櫓。這點血，尚不值殿下一作色。」

定權一雙鳳眼漸覃薄漸狹窄，其間冷冷的光打量著他。「清君側，還是要清君？你殺了他們，他們剩下的人，李明安……」

無須他繼續動怒，繼續憂心，仍著晚宴時私服的李明安大概是聽到了誰的通告，或是受到了誰的指引，急匆匆從外進入，一眼看見此間景況，震驚詫異不輸皇太子。

尚未及任何動作，他身後的兩頁門已經戛然合攏，從長州城中將這遍地血腥的館驛也隔離成了一座孤城。

李明安回神伸手欲摸佩劍，方意識到今夜因宴太子，隨身並未攜帶兵器，他的指下所能觸及的只有遍地控鶴衛士的屍體，他因怒致笑道：「顧逢恩，你這是要造反，證據昭彰，你還有什麼話說——」

語音未落，穿胸一劍已經刺過，鮮血噴湧如虹霓，連一旁站立的定權衣上都被濺染得斑斑點點。原來君王不怒，亦可以血流五步。

顧逢恩從李明安身上拔出劍，就在他的衣袍上拭了拭染血劍身，和太子如出一轍的鳳目單薄狹窄了一瞬，冷淡回應道：「李都督，下官和你說過多少次，原本下官便不會說話。」

室門霍然重開，門外站立的同統領和顧逢恩一樣重甲裝扮，一樣刃上帶血，毫不詫異橫倒軍士之間的重臣屍骸，他一樣拱手，簡明地報告道：「殿下，此處十二人，餘處二百四十八人，已經全部處置，不知是否尚有漏網之魚？」

此事千鈞一髮，發生得太過迅疾，定權心中尚無知覺，四肢卻早痠麻無力不能移動，半晌方喃喃如自語道：「二百六十人……無一漏網。」

顧逢恩向同統領點了點頭，下令道：「傳我軍令，即刻關閉大小南門、西門及北門。從即刻始，無論軍民，不許往城外走脫一人。」

同統領應道：「是！」

顧逢恩點了點頭，接著發令道：「速遣五千人，圍堵城東北承軍營。另遣五千人，分守大小東門，一樣不許往城外走脫一人。」

同統領答道：「承軍據守的大小東門相距過遠，恐有人遁水，不便防守。」

顧逢恩冷冷道：「可以用火阻攔，勿使之出營。我片刻後便來。」

定權如夢方醒，上前一步，聲嘶力竭地制止道：「我乃天子使，令同天子敕！爾等於王土邊關行叛亂事，天人可誅之！」

同統領遲疑地看了一眼顧逢恩，見他面色決絕不為所動，遂大聲領命而去，定權只聞他於室外高聲呼喝道：「爾等隨我，血洗承軍營，報老將軍及劉統帶不共戴天之仇！」

定權驚怖到了極點，反而稍稍定下神來，冷笑問道：「河陽侯，你這是要我也一道交投名狀？」

顧逢恩緩緩搖了搖頭，反問道：「殿下以為我是單等著殿下帶來的聖旨，方決定舉不舉事？」

定權道：「我不知道。你們一個一個究竟為何瘋狂至此，我也不想知道。」

顧逢恩平靜地望著他，問道：「殿下那條醉弗林紋的玉帶，現在何處？」

定權身子一晃，驚怒道：「什麼！」

顧逢恩道：「廣武、興武、天長、懷遠、崇仁、驍騎、長河，七枚方銙，七張虎符，殿下既腰圍了萬餘兵，為何遲遲不肯作為？是顧慮臣父，是顧慮臣，還是因為其他？」

室外突然驚雷動地，室內定權如遭雷擊頂，牙關抖動不能自已，半晌方開言問道：「你從何處知道？」

顧逢恩道：「詹府一個姓許的主簿，前日抵長，將前後諸事詳盡告知臣。殿下此番還京，必如臨江折軸，永無回還之日。臣受殿下恩重，不敢不忍不願見此發生成真。」

今夜可驚詫的事情實在已經過多，定權已無力再動怒作色，皺眉問道：「許昌平！他現在何處？叫他速來見我！」

顧逢恩道：「他刑傷過重，奔走過急，昨日已經失救。他的遺體現在就在臣的營中，殿下若不信任，可以前往查看。」

定權渾身的氣力如瞬間被抽空了一般，低垂下了雙眼瞼，深深一嘆道：「我不知道，你們一個一個，為何定要如此執著，如此痴嗔？」

顧逢恩搖頭道：「殿下五年前就誤過一次機會，望勿一誤再誤。」

定權忽然沉默，顧逢恩則轉向門外軍士高聲飭令：「爾等務必保殿下萬金之軀萬全無一失。逆賊血汙殿下衣，速為殿下更替！」

眾軍士雷鳴應聲，代替控鶴衛士，將定權圍堵在了孤城斗室之中。屍骸移去，鮮血拭淨，唯餘血腥氤氳，無計可驅逐。

人大約是可以習慣一切的，不過一、兩個時辰，他的鼻端便已經習慣了血的氣味，並可與之共處一室，互不相礙。不過一、兩個時辰，他也已經習慣了這種無上驚悸，無上惶恐，接受了今時自己或兵諫篡位或身敗名裂的命運。

不是沒有想過動用那些雕琢精美、不可複製的貴重兵符，不過是因為捷報傳來的次日，皇帝便調自己出京，這期間自己並無機宜。從那日起到今日已經整七天，他不知道，如果留京的話，他現在應當是黃袍加身，是苟延殘喘，還是已被典刑顯戮。

他不是沒有認真地考慮過，一如此刻他接受了這個現實之後，也同樣開始認真地考慮。長州承州屯二十萬軍，戰爭損耗，尚餘十萬奇，其中一大半是顧氏直隸嫡系，忠誠用命，勇武善鬥，遠非積弱京營可比。長州尚有軍馬萬餘，騎兵急行入京，步兵跟隨，不過七、八日，應當可以趕在各地勤王軍隊之前抵京。這七、八日加之離京的七、八日不過半月，二十四衛皇帝尚不可能全數整革，果然如此，內外交攻，兵諫未必沒有速戰成功的可能。還有，自己掌糧秣多年，比誰都清楚長州的糧儲，如果速戰成功，則補給應該足夠支持這場兵諫。

再往細處想，國家英雄甫喪，民心振奮激蕩之時，居廟堂之肉食者便開始圖謀烹狗藏弓，所以，連清君側的口實都是現成的。這不是聖人所言的天時地利人和，但這是他蕭定權自己的天時地利人和。

山雨尚未來，他已冷汗如雨下，然而遍體滿心涼透的同時，他的頭腦也從未有一刻像現時這樣清明，這樣冷靜。他想到的，他的表兄和堂兄也都想到的，他們精明如此，他們以為可行，那大概確實可行。

為了不滅權欲也好，為了不滅痴嗔也好，他們在為了自身謀劃的同時，切實也想拯救他。或者說只有拯救了他，他們的貪戀痴嗔才能滿足，才能平定。否則，那也是終身要在血管裡躁動的血液，他們將終身坐臥不寧。正如他現下一樣。

不錯，就在他獨居孤城、策劃圖謀的時候，他悚然發覺，雖明知天子差遣他前來的用意，他其實還是很興奮。或者從一開始，他內心的深處便隱隱意識到了這個機會，許昌平和顧逢恩的所作所為不過是向前推了他一把。明知或會喪權，或會喪生，他依舊不減興奮。如同長途奔馳一樣，雖然留給了他火灼般的傷痛，其實也使他興奮到了極點。

他也悚然發覺，無論他如何不能認同父親和手足的某些作為，他與他的父親和手足，其實果然血脈相通。總有那麼一刻，同源的貪功戀勢的血液會在他們的血管中燒沸。

他從來並非不慕權勢，在他所愛之人都遠離後，只有那些深沉暗夜夢迴間不可告人的電光石火，尚能瞬間照亮他灰暗孤單的人生，支撐他繼續艱難前行。他從來並非不解權勢的甘美，即便有人不戀華堂采色，西眉南臉[27]，即使有人不喜翻雲覆雨，一呼百順，卻從來沒有人能夠拒絕，有朝一日有望成真的那些夙願，那些夢，以及心中的那個烏托邦。

他其實和他們一樣貪嗔，一樣痴迷。作為離天最近，隨時可以一步登天的人，誰也不知他每每是怎麼樣奮力，才得使血管中危險的沸騰冷卻。然此時此刻，他對自己亦無能為力。

他抬起雙手，慘白得幾近透明的皮膚下，青色的血管蜿蜒暴起，他可以看見自己的血液正在其間多麼迅疾地奔騰宣洩，紅如烈火，豔如烈火，燃燒如同烈火。這一刻的燃燒，發生於他見過了如此壯麗自由的山河之後，他寧可轟轟

27 春秋時美女西施的眉和南威的臉。後泛指美麗的女子。

烈烈地身名俱裂，不堪再忍受緩緩默默凍死於深宮中寂寞的一隅。

大約對每個人來說，山河之美皆是催化，催化一個儒雅文士可以捉刀，可以殺戮，殺戮後還可以嗜血。他表兄的一生便是活生生的例證。

風滿樓，雨急下，剪除腥膻，他突然打了個寒噤，渾身冷汗息止。

第七十五章

護摩智火

大雨在次日黎明時轉弱，火卻整整燒了兩天兩夜。滿城烽煙兵凶當中，顧逢恩對皇太子保護也罷，軟禁也罷，兩日內把守宮驛的重兵皆未撤離，定權獨居斗室，寸步不得行。待得鎮壓得力，大勢將定，定權首次離開館驛，已經是顧逢恩下令閉城的第三日了。他在顧逢恩的陪同下，於傍晚時更衣，冒雨登上南城牆，沿著女牆上的雉堞一路走去。

定權從不知道，雨中的火勢也可以如此壯烈。是西南風，將火勢盡送到承軍駐守的東北角，而蕩滌濁穢的霧雨中，依然滿是土腥、血腥和肉身焦糊的惡息，這惡息附著在每滴雨點上，溼屨沾衣。登樓北眺，最遠處是長天的青墨色，再遠處是回雁山的虬龍黑影，遠處是滔天大火的暗紅色，風助火勢，煙塵沖天，點點火星於雨間騰空、飛旋、零落，明滅飄蕩，壯麗勝過西苑落櫻。

近處是短兵相交的兩軍，乘勝追擊的顧氏嫡系和負隅頑抗的李氏部下，然而他分辨不出來，因為殺者與被殺者，都穿著同樣的衣服，執同樣的武器，用同樣的言語相互詛咒。他只能看到，刀山火海之中，有罪者與無罪者皆於其間奮力攀爬，企圖逃出生天，手、足、臂、股、頭顱斷裂，跌入塵埃，點點殷紅鮮血於雨間騰空、飛旋、零落，豔麗勝過西苑落櫻。

血染紅了空中的雨水，繼而浸染了他們足下踩著的同一方土地，戰馬的黑影鬼魅一般似從地底竄起，從殘缺與完整的屍骸上踏過。他看不到，但是他知道，這片土地上，即將綿延不絕的，皆是血色腳印。

他無須親眼看到國朝與胡虜的殘酷戰爭，他看到了國朝與國朝的戰爭，人與人的戰爭，同樣酷烈。

顧逢恩無聲地站立到了他的身後，看著眼前紫袍玉帶的君王，看著眼前的修羅火海，反剪雙手，輕描淡寫：「凡求成就，必作護摩。」

皇太子不知他這位從小讀聖人書的表兄何時開始信佛，並且虔誠殷勤到發如此宏願大誓，興如此宏大法事，以千萬活人為供養，以焚為媒介，送入梵天饕餮之口。

女牆的雉堞上，箭矢如雨下，阻隔一切想在內亂平息之前出城的人，或者有承兵，或者有長兵，或者是駐城的商旅，或者是城中的百姓，或者，他們原本根本不想出城，只是為亂軍裹挾逼迫，身不由己一路亡佚至此，再被原本應當保護他們不受外族侵犯的厚重城牆阻攔，切斷了一切希望，切斷了僅有一次的人生。城牆不分親人敵人，如同刀劍，原本無眼耳心意情。

完整的屍骸在城牆下，在未來天子的腳下越積越高，有人為避身後追擊，慌不擇途，試圖踩著屍骸爬上女牆，無料前路亦是地獄，地獄以箭為使，將一活人頃刻度化為了下一活人攀爬入地獄門的踏腳石。後路是泥犁，前路是泥犁，他們除了前仆後繼，自願化身供養，尚有其他選擇否？

沒有哭號聲，或許在連年殺戮地，他們早習以為常——人可以習慣一切東西，包括殺戮，也包括被殺。

城牆下隱隱傳來女子悲憤的高呼：「為何殺生！」然而僅此一句，再無延續，再無附議。聞者聽來何其無理取鬧。

顧逢恩眺望東北火勢，對定權低聲道：「觀此勢，明晨長州可定，再無後顧之憂。我已吩咐整拔糧草，明日出城。」

他轉身離去，遺下了高處孤單的觀賞者。

夜漸深沉，視線被濃黑的夜色、淡紅的血雨越剪越短，直到觀賞者只可見踐踏於他雙足下的芸芸眾生。那些歸故里的，趕科場的；那些清醒的，沉醉的；那些已死去的，那些未出生的；那些有夢想的，被消磨的，那些仍不屈服的。最終都殊途同歸。

血流非但能夠漂櫓，血流可以載舟，可以覆舟，可以成城，可以傾城。

他方欲收回滿目血紅的視線，忽聞耳畔有細細的啼哭聲，數日來他首次聽到的天真的哭聲。他放眼望去，正在城下，一個大約三、四歲的孩童，衣冠潔淨，立於一地死者當中，在不知所措地哭泣。不知道他足邊橫躺的男男女女，是他的父母兄姊，還是與他毫無相干的路人。

他抬了抬手指，似是想召喚什麼人，吩咐什麼事。然而他手尚未舉起，口尚未開啟，一騎彷彿從地底竄起的鬼魅暗影，已經踏過了仍尚站立的幼小生者。

很難說是無意，還是成心，這是亂世，一切都沒有解釋，一切都無須解釋，一切都合理，一切都合情。也許無理取鬧的，只有那惶恐的、不甘的、依戀的、戛然而止的細細啼哭聲。

他望著城下適才啼泣的那一堆血肉白骨，伸手似想去牽引施救，卻驚覺救贖與被救贖之間，阻隔的不只是空間。

他突然撕心裂肺地喊了一聲：「蕭澤——阿元！」

尚在引弓的軍卒詫異萬分，發現他們為之捨生忘死，不惜屠戮同胞、殘殺手足的君王，已經頹然倚坐在了冰冷溼透的石牆上，君主應有的鎮靜、威嚴與儀表，在雨水中蕩然無存。那一瞬，他們何其破滅，何其失望。

他倚靠著冰冷的石牆，直到全身都被冰冷的血雨腥風浸透。連續兩日的雨不知何時停了，烏雲既散，眼前的城樓上，浮現出一輪巨大的血紅色的圓月，如暗青色的蒼穹睜開了一只因恨因怒而血紅的天目。

被他無心遺忘的歲月，重新被他記起。今日是十二，太陰即趨圓滿。他只是從未想過，他疑心一念想看到的，居然是這樣一輪散發著沉重銅鏽氣、慘白血紅的月亮。

他懶懶地想，最後自己還是誤了。至寶必有瑕穢，此語原來未非。這座江山並不完美，它的瑕穢，就來自這輪殘酷的紅月，以及肉食者的無恥，和它所養育的子民的深沉苦難。它並非從來慷慨，它的怒目的面孔也可如此猙獰。

他從來並非不明，有因方有果。若想收割，這就是自己必須要種下的種子，必須要灌溉的代價。這不是開始，也絕不是收煞，他要收割，必須不斷播種，不斷灌溉；他要維持，還是必須不斷播種，不斷灌溉。這不是開始，也絕不是收煞，它一樣也會隨著日月流逝，春種秋收，永無休止。如同被他殺害那人所言，這是他的無間地獄，他應當如何求解脫。

被他刻意忽略的景象，重新被他記起。一路走來，多少良田毀棄，生滿離離野草；多少村舍冷落，不見依依炊煙；多少他永不可進入卻永遠要被他影響的人生，為了他蕭氏一姓的大業而匱乏，而殘缺，而敢怒不敢言。

有因方有果，以鮮血灌溉出的權勢，最終會收穫什麼樣的結果？他自己的一生，就是活生生的例證。

透過那輪即將圓滿的紅月，他看見了他的人民，從長州到京師的一路上，扶老攜幼，站立於為鮮血滋榮的土地；他看見了他的人民，千秋萬世，輪迴轉生，站立於為鮮血摧殘的土地；他看見了他的人民，別無選擇，永不得解放地站立於為鮮血玷汙的土地。這是他們的無間地獄，他們當如何求解脫？他們的面目閃爍無定，不斷變幻，永恆不變的，是同樣一雙雙望向他的盈盈的淚眼：

「吾王不返。」

吾土。

吾民……

兵戈聲不知何時止息，眼前天空由墨轉灰繼而轉青，只有那輪血色圓月，卻始終堅定地倔強地占據著長天一隅，直到最終的最終，無可奈何，為東升的白日取代。

定權活動了一下已經冰冷僵直的身軀，一隻手在他面前伸出，他抬頭，避開了顧逢恩支援的手，自己倚地艱難起身。

失去了夜色的善意與惡意並存的掩蔽，他清晰地看到了腳下的修羅場。過往一切書本上、詩文中、經卷裡描摹殘酷，描摹苦難，描摹恐怖，描摹血腥的白紙黑字，此刻染盡濃墨重彩，活色生香於他眼前。當文字裡的一切警示都成真，他尚有回頭之路否？

他的雙手微微發抖，然而面色早已經回復平常。顧逢恩握住他一隻手，道：「殿下千秋大業，即發祥於此地今朝。」

他抽回了手，緩慢而堅決地搖頭：「收手吧，儒哥哥。」

顧逢恩不可思議地望向他，問道：「殿下說什麼？」

定權輕輕一笑：「我說就此收手吧。」

顧逢恩始明白他所謂的收手就是收手的意思，愣了片刻，冷冷問道：「你知道陛下叫你到這裡來，是什麼意思嗎？」

定權點點頭。「我若不清楚我父的心意，根本就活不到今日。」

顧逢恩突然作色道：「那麼事到如今，你才開始害怕了嗎？已經晚了，你早已沒有退路了！」

他搖搖頭。「回頭就是退路。」

顧逢恩上前兩步，兩手緊緊地壓在了他的雙肩上，忍無可忍地問道：「這是你最後的機會，只需這一次，只要試這一次就好！你到底在害怕些什麼！」

他回答：「我害怕試過了這一次，就會習慣，就會耽溺，就會喜愛，最後和你一樣，就會以為這是天經地義的事。我還害怕，當我覺得這是天經地義之後，我會成為陛下，而你會成為武德侯。」

顧逢恩愣了片刻，一手忽然握拳，狠狠地擊打在了他的下頷上。

軟弱的君王倒地，聽見了對方輕蔑而失望的聲音：「你這個懦夫！早知你如此軟弱，如此無能，如此滿腹婦人之仁，我父，我兄，我帳下萬萬將士，還有盧世瑜、張陸正，還有你的親堂兄，他們何苦為你戰鬥，為你浴血，為你犧牲！」

他的耳畔嗡嗡作響，疲乏到了極點，索性攤開手腳仰面躺在城垣馬道之上，睜眼靜靜地看著頭頂青天。雨過後，如此澄淨，如此明媚。

他的表兄多少年前沒有聽清的斥責，這回自己總算替他聽清了。

顧逢恩低頭望著他，突然丟下了腰間佩劍，卸下斗篷，也並排躺到了他的身邊。如同多年以前，他們都還年輕，都還天真地以為白是白，黑是黑，正是正，誤是誤；都還天真地信任著聖人書、父母言，信任著仁義終可戰勝詐詭，正直終可打敗邪惡。他們唯獨不肯相信的，就是他們生存的這個世上，其實更多的是失敗的王者，和成功的賊人。

那時候的他們，並排躺在京郊南山的茸茸青草上，一同望著頭頂的無垠藍天。他說：「臣輔佐殿下做萬世明君。」他所關心並非在此，繼而問：「那麼你不走？」他笑著許諾：「我不走。」

一剎那九百生滅，一瞬間萬千往生。十年歲月，多少剎那，多少瞬間，有多少生了，多少滅了，多少未能得往生？十年後躺在千里之外的兩人沉默無聲。顧逢恩忽然輕輕開口道：「你知不知道，我父被圍時，身邊跟隨的是承州舊部，他們最終皆毫髮無損。我五日後找到我父之時，他身上插滿了胡虜的箭矢，靠在一棵枯樹下。他的印綬被取走，佩劍被取走，頭髮也被胡虜割走。他散髮坐在一棵枯樹下，身上爬滿了蟲蟻，也像一段枯木。他是名將，死於疆場適得其所。他是英雄，不當如此悽慘死況。」

定權的眼角，湧落兩行淚水，沒有說話。

顧逢恩接著說：「我顧氏一族，非不慕繁榮清平；我顧氏帳下，誰人無妻子父母？拋家捨業於此北疆絕域，飲冰齧雪損臂折肢斷頭灑血所為何來？難道不是為見殿下有朝一日澄清宇內，使天下太平，文化昌榮，使老有養，幼有恃，父母慈子女孝，君王檢臣子恭，使我朝教化風行萬里，使我朝餘澤惠及百代？

殿下，有的理想，只有到了那個位置才能夠實現，在這之前，何妨先接受臣父、臣兄、臣將士的護衛？殿下什麼都不需做，只要接受臣的護衛即可。」

定權搖頭道：「不，你們本當護衛的人，已被你們親手殺害。以殺無辜來換理想，以亂天下來換理想，以悖逆理想來換理想，我害怕理想也不過是鏡花水月的色誘，是自欺欺人的藉口。」

顧逢恩冷笑道：「殿下親眼看見了，無辜有辜，他們都已經死了，其實他們五年前就該死了。殿下五年前柔仁，何嘗改變他們的命運？殿下今日再誤，五年後尚不知又會如何。」

定權一笑道：「我能夠讓他們多活五年，他們就沒有白白供養我二十五年。我今日一誤再誤，或有人因此能夠再活五年。哥哥，有的事，是我不為，有的事，是我不能。但是我今日才發覺，還有的事，確實是我不能為。我就是這樣的人，自己也沒有辦法。」

顧逢恩於冷笑中，一行淚亦沿著面頰上傷疤垂下，從而改變了走向。「殿下今日這麼做，難道陛下真會以為是對，天下真會以為是對？」

定權搖了搖頭。「你就當我宋襄之仁吧，你就當我軟弱無能吧，你就當我愚不可及吧。我自己以為是對，就足夠了——陛下為父或有不足，但他為君並未大過，我朝廿載亂源，確由大都耦國而起，是時候了結了。哥哥，說到底，這是我蕭家的天下，不是你顧家的天下。收手吧，就當是為陛下省些氣力，為朝廷省些甲兵，為天下省些生民。」

顧逢恩面色慘白，笑意中有自嘲與嘲人。「是，你蕭家——臣不會認為殿下愚昧，不過青史不會如臣。竊鉤竊國，成王成賊，這不是天的天道，卻是人的人道。你我生存其中，誰也不要妄想逃脫。」

定權面上泛過一瞬的遲疑，最終方嘆息道：「我不相信，青史盡數成灰。」

顧逢恩道：「你不會不懂，有時候，君王並非因為失去民心而失去天下，有時候，君王是因為失去天下而失去民心。你我可以拭目以待，看看你今日庇護的那些人，日後是怎樣對你不屑成為者俯首貼耳誠心膜拜；你今日救助的那些人，日後是怎樣嘲笑你唾棄你侮辱你；你今日放生的那些人，日後是怎樣教導他們的兒孫絕不可步你後塵——不，你我大概都看不到了，那就留待後世去評說吧。」

他摸到身邊佩劍，斜支起了身子，問道：「殿下果然不肯改變心意？」

定權閉目，點點頭。

顧逢恩冷笑道：「眼下長州鐵桶，盡數姓顧。殿下以一書生居虎狼叢中，手無寸鐵寸兵，便是不肯改變心意又能夠如何？」

定權將一隻手放在自己的心口，笑道：「哥哥，那你就用你手裡的劍，朝我這裡也刺下來吧。否則，你現在抗旨，就算你挾我還京，我還是不會放過你顧家滿門的。」

顧逢恩點了點頭，倉啷一聲拔劍出鞘。定權靜靜地等待，直到身邊轟然倒地聲響起後，幾點溫熱的猩紅，濺到了自己的臉邊脣邊。

他起立，走近雉堞，卸下腰間玉帶，揚手拋擲於城牆下。衝風旋起，激揚他失去了約束的富貴紫袍如同寬廣儒衫。

他放眼前望，城東北甫息的大火，與未靖的烽煙，喃喃自言：「哥哥，你們可知護摩真正義，是以智慧火，燒迷思薪？一切眾生，皆從業生。今燒除前業，即得解脫矣。」

……

一旬後，重開城門的長州迎來了新任欽差，跟隨而來的，依舊是數百控鶴衛士，以及天憲。「以謀反罪，廢皇太子蕭定權，即日解送還京。廢長州守備，另於其北擇地築城。」

第七十六章

孰若別時

普天下，最能夠洞勘天心的前尚書令已經還鄉，趙庶人已經伏法身亡，廢太子返京後則已經暫禁於宗正寺。所以還要再過一段歲月，待一切事蹟沉澱，一切後果昭彰，餘人才會逐漸省悟天子當時的良苦用心。他們會明白，當時朝中政事已平，天子已直掌六卿。餘下天子所大欲者，便是於戰後收回顧氏和李氏統領的兵柄。

以日暮途窮的皇太子使長州，是一舉數得的事情，既避免了他留京作困獸鬥，此外設若敕令順利，天子可藉治喪之名錙銖不費地調離小顧，解析兵將；設若邊城滋事，天子則可趁勢名正言順地將下放幾十載的軍權一舉收歸。他們最終還會明白，他不得不這麼做，否則家國永無安寧日。

至於天子有無令皇太子暫避人言可畏的京城是非地的本意，若長州太平無事，天子得全大欲後最終會不會設法保全皇太子，因為覆水難收，木已成舟，勘透者亦無法再行假設。

世人所知道的是，廢太子於欽差長州時圖謀篡位，殺天子親衛，煽動叛亂至軍民死傷不算，這是有目共睹，切切實實，連天子都不能回護的謀反重罪。是以皇帝下詔廢儲，並無幾人反對。何況自還京後，廢太子自己亦不作一語辯解。他拒飲食，也拒絕了為皇帝允許的一切人的探望。無論是太子妃，還是長沙郡王。在世人看來，這不過也是一種自暴自棄、羞見故人的行為，成者的意氣、理想、堅持是意氣、理想、堅持，敗者的意氣、理想、堅持不過是不自量力的笑柄。

長州叛亂事，人證物證，固然昭顯，雖有些少疑惑，譬如顧逢恩在優勢之時為何畏罪自剄，為何顧逢恩卒後，廢太子逗留長州一旬間還躬親統計整理了亂後兵民戶口等，但是這些於大局畢竟無礙，鞫讞中廢太子不再參加亦無妨。然而他消極如此，亦非久長之計，所以數日後皇帝還是向宗正寺派出了另一名御使。

依舊是熟悉的宮院，熟悉的路徑，暮春將盡，斑駁牆面中一樣顯示出水氣滋榮，欣欣草木一樣顯示出生意盎然。寂寂無聲的庭院，只現安靜，不現敗跡。同樣安靜的是他的態度，春衫單薄，他背對著院門，獨坐於無人看管的春庭。無人可見處，他的坐姿依舊優雅端正，這或許是因為他與生俱來的貴重身分和自幼所受的嚴格教養。牆角四處探生的，開淡紫色小花的諸葛菜和開淡紅色小花的野薔薇，引來了兩隻誤入歧途的蝴蝶，是他唯一的觀眾。他定然是聽見了門聲，卻沒有回頭，沒有起身，毫無驚訝地道：「妳來了。」

她回答：「我來了。」

他笑道：「妳沒有走？」

她亦微笑：「我沒有走。」

他不問緣由，點了點頭，道：「吳寺卿，我想和夫人單獨說兩句話，可否煩你先行迴避？」

他言語客氣，她挾旨而來，吳寵德猶豫了片刻，終於退出了院門。

阿寶走到他的面前，在他面前跪坐了下來，溫馴地將一側面頰貼在了他膝頭的青衫上，她的裙襬壓彎了淡紫色的柔弱野花。定權伸過手去，輕輕撫摸著她蓬鬆的鬢雲，問道：「是陛下讓妳來的？」她回答：「是我求陛下讓我來的，但是這件東西，是我自己敬獻給殿下的。」

她從他的手中抬起了頭，摸下了髮髻下一支小小的金色花釵，釵身堅硬如銅鐵，仙鶴狀的釵首，一羽一爪，極巧窮工。

定權用指腹試探著琢磨得尖利如匕首的短短釵尾，驀一收手，指尖已有鮮血滴落，落英一樣飛散入她寬大羅裙襬的湖水青色，他微笑著讚嘆：「這才真正叫作水磨工夫，虧妳有這份耐心。」

阿寶平靜笑談，如話家常：「殿下知道，四年是一段很長的時間。況且殿下總是不來看我，我是那麼無聊。」

定權將金釵隨手闕入髮髻，笑道：「多謝妳了，只是不免又奪人所愛，心中慚愧。這回吳寺卿沒有為難妳了吧？」

阿寶搖頭道：「沒有了。」

定權道：「我想也是，如今我在與不在，對於誰來說都不要緊了。沒有君王的宮殿和沒有將軍的城池一樣，是不需要設防的。」

阿寶伏在他的膝頭，一手撥弄著裙邊野花，娓娓訴說：「陛下有句話，說殿下既肯見我，要我帶給殿下。」

定權道：「妳說。」

阿寶眼望著他，正色道：「陛下要我告知殿下，殿下的母親，孝敬皇后殿下，確於定新六年端五日因疾病薨。宮中民間，端五日皆難禁饗宴酒樂，陛下不忍以為皇后忌日，方遷延至端七。他要我告訴殿下，今生今世，休再為此事怨望。」

他失神良久，最後終於自嘲般釋然一笑，緩緩點了點頭，道：「事到如今，我也沒有什麼怨恨。只是……」

她不語倚靠著他，等待他看著自己的臉，平靜說完：「遺憾。」

她低下頭，繼續說道：「陛下還要我勸勸殿下，陛下要殿下暫於此處修身養性，好好安養，還要殿下放寬心，不要擔心將來的事情，他會為殿下安排好的。」

定權微笑道：「陛下是太不瞭解妳了，竟敢讓妳來做說客，這不是開門揖盜、引狼入室又是何說？」

阿寶也笑了，將手中野花揉碎，擲在定權肩頭，道：「陛下也太不瞭解殿下了，不然我是狼是盜又有何用？」

定權捉住她被花汁染紅的素手，道：「不要緊，有妳瞭解，就足夠了。」

阿寶偏過頭，道：「陛下的話說過了，殿下可有什麼要向陛下說？」
定權從石桌上拿起了一封早預備好的信函，道：「煩妳轉呈陛下。」
阿寶收入懷中，輕輕問道：「陛下的話說過了，給陛下的話也妥貼了。現在我不是欽差了，我就是我了，殿下還有什麼話要對我說嗎？」
定權點頭道：「有的。」
她等候著，看見他微笑，在一切都過去之後，他純粹的溫和的笑容即便在這天下最美好的江山中，在這江山最美好的暮春時節裡，依舊是最美好的一道風景。太美好的東西總是會讓人心痛，她此刻滿心作痛。他的手攏著她的手，他言語鄭重：「今日別後，願與君生生世世，永不再晤。」
阿寶仰起頭，看著他，這或許是他能夠給她的最真誠的歉意，和最真誠的誓言。那麼她對他的歉意，她對他的誓言，還有他們的那些遺憾，該如何去補償，該如何去宣示？來世固然不可期待，且把今生緣分寫盡吧。
曖曖春暉之下，他精美如畫的五官之上，神情沖淡平和，秋水般無喜悅，春水般無哀傷。唯有被全世間遺棄，自己亦遺棄全世間的人，才會有如此安靜如水的表情。
但是她不得不擾亂這一池靜水了，她輕輕訴說：「很久以前，有人說過，到最後的時候，想讓我告訴他，我究竟是誰。」
他笑笑。「很久以前，那人也說過，早已經不重要了。」

阿寶一根根撫摸過他文人的纖長的手指，他的手指在春恩下，溫暖如天生，他不會知道這種溫度讓她多麼的欣慰。她笑道：「我姓顧，回首之顧，乳名叫作寶，珠玉之寶。這是因為我的父母，都將我當作捧在手心中的珍寶。」

她牽引他的手，讓他將右手的手心平放在自己的小腹上。他一怔，平靜的態度突然被打破，神色從最初時的不可思議、驚惶無措終於轉為欣喜莫名，他的手指顫抖，如在觸摸世間最珍貴也最脆弱的珍寶，無數次失落卻終又重得的珍寶，蒼天最終何厚於他。他喑啞了嗓音問道：「多久了？」

阿寶站起身來，將他的頭顱攬到自己的小腹前，道：「還有六個月。」

他今世最後的淚水終於淌下，道：「多謝妳。將來請妳告訴這孩子，他的父親是一個軟弱的君主，一個不稱職的父親。但是除了對他，了無遺憾。除了對他，了無歉疚。」

她微笑點頭。「我也會告訴他，他的父親，是個軟弱的君主，但是一個清潔、正直、剛強的人，一個小怯而有大勇的人。這樣的人，不會是不稱職的父親。」

他抬起頭來，首次看到春暉下，她眉宇間有寶光流轉，她美目中有淚水降落，晶瑩剔透，光華熠熠，這最初和最終為他而淌落的淚水，讓他心生虔誠感恩，也使他明白，一個女子流淚，可以與悲傷與否無干，與感懷與否無干，與堅強與否亦無干。

他起身，對她說了一句什麼話，轉身行入陰暗的室內，那春光不能及、春風不能度的所在。一切恩怨既從此處開始，一切恩怨亦從此處了結，本已是大圓滿，何況還有她眼淚的救贖，使他可以期待下一個更加光明的輪迴。

那麼還有什麼，可遺憾的呢？

她在室外向他行大禮，亦轉身，向著背對他的方向，漸漸遠離今生今世，生生世世，這世間存在著他的所在。

她和他之間，她等候了這麼久的收煞，好奇了這麼久的收煞，原來如此。

她回宮回閣，盤桓換去了為他鮮血沾染的衣裙，方前往覆旨，再度站立於天子面前。皇帝望著這位幾乎陌生卻又似十分熟識的兒婦，記不起她究竟神似哪位故人，他問：「我的話都帶到了嗎？」她回答：「帶去了。」皇帝問：「他怎麼說？」她沉吟道：「殿下都聽進去了。」皇帝點頭道：「那就好，再過數日，妳可再去看看他，告訴他，等過了這段日子，朕也會去看他。」她輕輕搖搖頭，道：「妾不會再去了，陛下也不必再去了。」皇帝疑惑道：「這是何意？他仍舊是……」她取出了那封信，默默無言，雙手奉上。

無須她再多做解釋，片刻後緊隨她入殿之人向皇帝無上惶恐地回報，宗正寺卿吳龐德已經急得死而復甦幾次。而廢太子蕭定權，在禁所內，用一支不知何處所得的磨利的金簪，挑斷了自己左手的血脈。待人發現時，他正閉目端坐在室內，姿態優雅如生前，面色安詳如生前，卻已經失救。他足邊地面與青衫袍襬上，鬱積著一汪尚未乾涸的鮮血。染血金簪垂落其間，簪頭仙鶴振翅之勢，似欲於碧血中飛入長天。

皇帝頹然栽倒在御座上，右手無意地拂過自己的鬢角，低頭呆望掌心，無言半晌後，方指著仍然靜立一側的阿寶問道：「是妳？」她毫無否認的意圖，頷首道：「是妾。關於今日，妾與殿下早有過約定。」皇帝愣了片刻，喃喃道：「早有約定……妳究竟何人？不知謀害皇子，是死罪否？」

她平靜地回答：「妾姓陸，名文昔，家父華亭陸英，定新年曾任職御史臺。非但本次向廢太子傳遞利刃，前事中向趙庶人傳遞玉帶消息者，亦是妾身。妾自知罪不可赦，但求陛下緩刑。」皇帝蹙眉道：「緩刑？」她點點頭。「求陛下緩刑半載，待妾生產。」皇帝黯淡眼眸微微一亮，上下打量她良久，方問道：「既然這樣，妳為什麼……還要？」她微微一笑，語氣溫柔，語意卻頗為無禮：「焚琴煮鶴餵黃犬，陛下難道覺得，這是妾的錯？」

待日斜人靜，待宮燈點明，孤坐深宮的皇帝遲疑良久，終於開啟了信函。那是一張玉版箋，紙上五行墨書，毫不藏鋒，毫不收斂，毫不掩飾，毫不含蓄，一筆一畫，如嵌入金銀絲的青銅匕首，刃的鋒芒，刺痛了皇帝的雙眼。

鑄錯麗水，碎玉昆山。皇帝想起了朝中對這種書法的評斷。不摧不折不毀滅，怎能求得極致之美？錯否？無錯否？

垂垂老矣的皇帝將玉版湊近了搖曳燈燭，黯然嘆息：「可惜了這一筆好字。」

逐漸化盡的是廢太子蕭定權錄庾稚恭的字帖，略有兩字改動：「已向季春，感慕兼傷。情不自任，奈何奈何。溫和。陛下何如，吾哀勞。何賴，愛護時否？陛下傾氣力，孰若別時？」

皇帝呆呆望著翰墨成灰，紅燭垂淚，忽然回首下旨道：「武德侯追贈上柱國，定國公爵位。以公爵之禮厚葬，命鴻儒代朕作祭文，勒石刻碑，昭其功績。百官素服出城哭送，朕要親臨祭奠。」

他停頓了片刻，咬牙切齒補充完了獨斷專行的敕令：「廢太子葬西園，不附廟，不設祭，百官不素服，天下不禁嫁娶。」

第七十七章

澧浦遺佩

長沙郡王蕭定梁輕輕地走入閣中，看見那人正將一本青色冊頁的內頁拆下，一頁頁輕輕放入不適合這節令的一只銅炭盆中，無法分辨那究竟是什麼檔。那隻靠近紅爐火的纖細的素手，戴一只金鑲白玉手釧，白皙得幾近透明。那人也看見了他，未感驚訝，向他溫和笑道：「小將軍，你來了。」

定梁一時間不知道該說些什麼，該怎樣才能夠安慰她，只好泛泛而言：「臣來看看娘子。」

她的神情安定平和，似乎也並不需要別人的安慰，只是笑道：「多謝小將軍。」

定梁慢慢走上前去，好奇地看看她已經微微隆起的小腹，輕聲問道：「裡面是小郡王還是小郡主？」

她笑道：「小將軍是喜歡姪兒還是喜歡姪女？」

定梁想了想，老實答道：「我喜歡姪兒，他可以和我一起玩。姪女不好，要避男女大防。」

她被他逗得輕輕一笑，道：「不管是姪兒還是姪女，都請小將軍好好照顧他，可以嗎？」

定梁篤定地點點頭，道：「請娘子放心，臣一定竭全力保護他的。」

她微微頷首，道：「有小將軍這句話，妾就安心了。」

定梁抬頭道：「娘子有什麼放心不下的，娘子可以時時看著我和他啊，我要有做得不到的地方，請娘子儘管責罰。」

她搖頭。「不用了，我知道小將軍信近於義，言出必行。我沒有什麼不放心。只是……」

她笑了笑，平靜說完：「遺憾。」

定梁隨著她一道望向神龕的方向，覺得她的精神不佳，有些擔心，問道：「娘子可是玉體不適？既如此，臣便不再打擾，先告退了。」

她疲憊地笑道：「小將軍先請回吧。」

定梁向她行禮，剛要退出，終於又忍不住道：「這些日子下面人看臣看得緊，娘子生產之前，臣不知還能不能來向娘子請安，請娘子千萬恕罪。娘子安心休養，待小姪兒出世，臣再謹具賀儀，前來致禧。」

她又搖搖頭，笑道：「到時候再說吧。只是小將軍不便再來，妾還有一語，請小將軍折節附耳。」

定梁忙跑回她床前，點頭道：「娘子請吩咐，臣但無不從。」

她伸過手去，憐愛地摸了摸他的額髮，低下頭，嘴脣湊近了他的耳畔：「你哥哥說過，這孩子不論兒女，乳名都叫作……」

她的手掌是那樣溫暖，一如她輕輕吹入耳中的氣息，定梁在隱隱欣喜的同時，也感到了隱隱的不安，和不明所因、莫名其妙的傷感，這些情緒混雜在一處，使他滿心作痛。

不知為何，他突然想哭，為了掩飾，他匆匆告辭：「臣告退。」

她看著他轉身跑開，笑著嘆了口氣。

一切終於都結束了，現在她終於可以靜下心來，好好想想自己最早與那人相見時的情景了。那一年，她剛滿十六歲，那樣的好年華。

她看見李侍長攏著衣物離去，悄悄轉身，快走幾步來到了中庭，她不知道能不能見到他，她不過要去試一試，不成功她還有退路。庭中雲淨天高，苔綠楓紅，蛩音不響，嫋嫋秋風不興，亭臺寂寞，金綠小池塘平靜無波。

一個戴白玉蓮花冠，穿玉帶白色廣袖襴袍的少年，一手捲起他闊大的衣袖，露出半截臂膊，側著身子向池內擲出了一枚殘破的琉璃瓦片。那時的西苑，到處都撿得到這種殘磚敗瓦。瓦片擊打在水面上，復又躍起，一下，兩下，三下，四下，五下。少年抬起了頭來，他如畫的面容正如往日大家所議論，卻又不屬於任何一個人的形容。他發現她也正在觀看自己的傑作，用那樣的容顏，向她露出了一個明媚如春光的、得意而友善的笑容。她的心突然往下一沉，像琉璃落入靜水，錚錚有聲。

秋水橫隔在他們之間，此時秋風乍起，一池水皺，他的廣袖開始迎風飄舉，半空中有蕭蕭木葉下，他適才擲下的琉璃瓦就如他遺入水中的玦，他清朗潔淨的態度，就像上古詩文中稱為君的水神。

他們隔著秋水互相張望，直到片刻後他的侍臣們急匆匆趕到，其中有一個宮裝的麗人，並立至他身後，如同一對璧人。

她想起了自己的任務，於是轉身跑開。她已經不記得自己究竟是在玩弄欲擒故縱的把戲，還是真正起了臨陣脫逃之心。

結果是一樣的，她被帶到了他的面前，聽他的侍臣們狐假虎威地喝問，她不答一字，只是發現他已經冠帶濟楚地端坐，臉上也換上了君主應該有的端莊和不該有的傲慢。

那個麗人後來對她說：「他那時候的神情就像真的一樣，我的心咯登往下沉了一下，就明白自己的心意變了。」

她中正正直的家教，以及她的立場，她的處境，讓她比那麗人遲鈍了許多，所以直到今天她才明白過來，原來心動是真的有重量，也真的有聲音。她的心動，非如她所想是在書窗下看見他的天真驕矜時，也非是在囹圄中看見他的痛楚眼淚時。她的心動，遠早於她的心知。她的心，是在一見他時便動了。

摩訶薩觀南閻浮提，眾生舉心動念，無不是罪。其實她的敗績是一開始就註定的，而且註定一敗塗地，萬劫不復。那麼為什麼非得徒勞無功地糾纏這麼多年，掙扎這麼多年？為什麼不從一開始就放手，就聽命，還偏偏明知不可能而為之？

那是因為，她和他一樣，原本都是這樣的人，他們自己也沒有辦法。

我們都知道，人終將會死，不也要先活著嗎？

當顧才人的妊娠已經足十月之時，她的行動也越發不便宜。長日無聊，她有的是時間耐心地等待，等待閣中各色人等都不在的機會，等著可以一無牽掛孤身出門的機會。

當這樣的機會終於到來，她穿上外衣，悄悄地走出閣去，她拖著已經沉重而笨拙的身軀，機警地躲避著東宮的各處防衛。其實沒必要躲避了，舊主已去，新主未來，東宮空曠得如同一座冷宮，是他說的，沒有了君主的宮殿，和沒有將軍的城池一樣，無須設防。

她按著記憶中的路線，走過了後殿，走過了後殿的廣場，穿過了玉石闌欄，在裸土界面的一棵細小而筆直的側柏下停駐。她拔下頭上的玉簪，將樹下的浮土層掘開，掘起，掘深，直到她認定為可以隱藏一個祕密的深度。

她從袖中取出了一只白色生絲的花形符袋，束口處的五色絲條已經褪色，袋上兩個墨字湮沒，但是尚可分辨一筆一畫，錚錚風骨，鑿金碎玉。她將符袋放進了地下，用手推土一層層隱蔽，最終確認這除了她誰也不會在意的情愫被紅塵徹底掩埋，如同除了他誰也不會在意的風度、堅守和理想被青史徹底掩埋。

於是這情愫永只屬於她，如這風度、這堅守、這理想永只屬於他。

那麼還有什麼，可遺憾的呢？

顧才人緩緩站起身來，腹部一陣突如其來的劇痛向她襲來，她在暈迷前扶住那株側柏，向天空伸出了手去。是靖寧七年七月，初秋的天空，惠風暢暢，流雲容容。天色溫潤可愛，如同粉青色的瓷釉。在釉藥薄處，微露出了灰白色的香灰胎來。

她伸出手就觸得到天際了。

……

第七十八章

鶴唳華亭

當十五歲的清秀少年再踏進這座宮苑的時候，這座宮苑已經屬於他的統轄範圍，所以他沒有遭受到任何阻礙。

暮春的午後東風泛過，伊人已經遠去，花樣年華也早都凋殘。無主的池館閒花蔓草叢生，是如此沉靜的喧鬧，與寂寞的繁華。

他從草木叢中開闢出一條可供行走的道路，他著舄的雙足踏著他和她都曾經走過的芳徑，和多年前一樣，在無人引領中自行入室。

暗牖懸絲，雕梁棲燕，翠鈿委地，寶鏡生塵。他和她的已經完結的故事，他和她的從未開始的故事，水銀瀉地一樣，散落在這座冷清宮苑的每個角落。

少年的目光掠過了散落滿桌的黑白棋子，記起了許多年前的一次對弈；掠過了地上跌得粉碎的祕色瓷瓶，記起了許多年前的一場交談；掠過了榻上已變成暗黃色的象牙柄團扇，記起了它曾經掩蔽過多麼美麗的一副平靜笑顏。

他不知道自己即將迎娶的妻子會不會美麗、聰慧、優雅、端莊；他只知道，誰都不是她。

他的目光最終落在了閣外懸掛的一幅觀音寶相上，畫中的摩訶薩如他記憶中，溫和不改，慈悲不改。他想了想，搬過一張椅子，爬到案上，親手摘下了這幅寶相。

他試著將它捲起帶回，卻因這個無意的舉動而發現了一個掩蔽多年的祕辛——

畫卷的背面還裱著一幅畫心，青綠山水，工筆翎毛。翠色氤氳的高山大川前，兩隻白鶴，一顧一望，正一同振翅飛上青色的廣闊長天。

如此靜好，如此自由。

畫無落款，只有二字——世人以為失傳的、鏤雲裁月、屈鐵斷金的金錯刀：可待。

多年前未落的眼淚終於在這一刻墜落，他已永不可探察這到底是怎樣的一個故事，但是他明白這是屬於他們的故事，隔著時空，自己永遠無法參與，無法觸及，甚至連想像的資格也沒有。

十五歲的少年首次領悟到，即使一個人可以成為帝王，君臨天下，有一種無力感，源於宇，源於宙，無計可消除。

少年的感傷被一個聲音打斷：「太子殿下，地方還沒收拾出來，裡頭站久了不好。」

他迅速擦乾了眼淚，正在變聲中的嗓音有些惱怒：「誰許你們進來的？」

那個聲音有些猶豫：「臣本不敢打擾殿下，只是小郡王許久不見了殿下，正吵鬧著要找殿下，臣等勸不住。」

他將畫卷收起，捧在手中：「我知道了。」

走出閣去，春光下，他的神色已經恢復如常，望著階下一個焦慮而委屈的錦衣孩童笑道：「阿琛，怎麼了？」

五官精美如畫的孩童牽起了他的右手。「六叔，這裡不好，阿琛害怕。」

少年點了點頭，和聲說：「六叔帶你走，我們到翁翁那裡去。」

旁邊的一個內臣笑道：「殿下今天是怎麼了？軸子都捲反了，哪有菩薩朝外的道理？臣來替殿下拿著吧。」

少年一笑。「要你管。」

他牽著可以證明這個故事發生過的唯一證據，沿來時路返回。經過某處，他忽然再度想起，這個位置，大概曾經種過一叢胡枝子。那是一種以風度取勝的婀娜秋花，有著柔弱的枝條、嫻靜的花朵和隱藏的堅貞的刺。有一次自己無意從這裡經過，曾經為它所牽扯，也曾經為它所誤傷。

（全文完）

【附錄一】年表

※括號內數字為該年號使用年限；文中人物年齡皆以虛歲計算。

年份	大事件	皇帝	定權	定楷	許昌平	顧皇后／許母	許姨母
竟顯七年（1–7）	恭懷太子蕭鉉薨	18				16	10
皇初元年（1–11）	寧王迎娶王妃	19				17	11
皇初四年	元月　寧王妃孕 四月　拘禁肅王蕭鐸 五月　寧王妃密會肅王，小產 七月　賜肅王死，寧王納側妃趙氏 十二月　許昌平生	22			1	20	14
皇初五年	齊王定棠生	23			2	21	15

年份	大事件	皇帝	定權	定楷	許昌平	顧皇后／許母	許姨母
皇初七年	九月九日 定權生	25	1		4	23	17
皇初十年	立寧王蕭鑑為皇太子	28	4		7	26	20
皇初十一年	先帝崩，寧王繼位，立顧氏為皇后 趙王定楷生	29	5	1	8	27	21
定新（1–6）元年	立定權為皇太子	30	6	2	9	28	22
定新三年	咸寧公主生	32	8	4	11	30	24
定新四年	咸寧公主卒	33	9	5	12	31	25
定新六年	孝敬皇后顧氏薨	35	11	7	14	33	
壽昌（1–7）元年	改元	36	12	8	15		
壽昌二年	立趙氏為皇后 張陸正升遷，與陸英齟齬	37	13	9	16		

壽昌五年	定權冠禮	40	16	12	19		
壽昌六年	許昌平中進士	41	17	13	20		
壽昌七年	九月　中書丞李柏舟案 十二月　夷李柏舟三族，抄陸家	42	18	14	21		
靖寧（1-7）元年	五月　阿寶入西府 九月　阿寶入報本宮 十二月　換詹事府職	43	19	15	22		
靖寧二年	三月　會晤許昌平 五月五日　端午出行，皇帝病發 五月七日　夜尋許昌平 七月初　顧思林返京 八月初　顧思林返長州受阻 八月十三　聽到歌謠，會晤許昌平 八月十五　中秋宴 八月二十七　朝會，削顧思林職，禁太子	44	20	16	23		

年份	大事件	皇帝	定權	定楷	許昌平	顧皇后／許母	許姨母
靖寧二年	九月九日　定權二十歲生日，許昌平拜謁 九月十五日　皇帝探定權 九月十七日　張陸正翻供 九月二十四日　朝會 十月初六　朝會，移宮 十月中旬　吳內人孕 十月底　齊王之藩 十一月初七　萬壽節，並探阿寶 十二月底　會晤許昌平，族張陸正，知吳內人孕，囚禁阿寶	44	20	16	23		
靖寧三年	春　李明安入長州 五月　蕭澤生	45	21	17	24		
靖寧四年	謝氏妊娠，遷太子妃，後流產	46	22	18	25		
靖寧五年	顧逢恩封河陽侯 定梁封長沙郡王	47	23	19	26		

靖寧六年	十月　與阿寶會晤，捷報，京察 十二月　告急軍報入京	48	24	20	27		
靖寧七年	一月　顧逢恩出關，杜蘅左遷中書令 二月初二　趙皇后薨 二月二十日　夜審 二月二十一日　朝會上兄弟對峙 二月二十五日　趙王定楷卒 二月二十七日　早朝，削坊府 二月二十八日　許昌平歸鄉 三月初一　蕭澤夭，捷報至，削東宮衛 三月初三　定權離京 三月十日　抵達長州 三月十三日　顧逢恩卒 三月二十二日　廢皇太子，長州城廢棄 三月底　定權卒 七月　阿琛生	49	25	21	28		

【附錄二】

章節名出處

第一章 **靡不有初**

蕩蕩上帝，下民之辟（音避，君王）。疾威上帝，其命多辟（音避，邪僻）。天生烝（音蒸，眾人）民，其命匪諶（音臣，誠信）。靡不有初，鮮克有終。

——《詩經．大雅．蕩》

解釋：靡不有初，鮮克有終，意為凡事都有開頭，卻很少能堅持到最後。

第二章 **念吾一身**

隴頭流水，流離山下。念吾一身，飄然曠野。

——北朝民歌《隴頭歌辭》（其一）

第三章 **歲暮陰陽**

歲暮陰陽催短景，天涯霜雪霽寒宵。

五更鼓角聲悲壯，三峽星河影動搖。
野哭幾家聞戰伐，夷歌數處起漁樵。
臥龍躍馬終黃土，人事音書漫寂寥。
——杜甫《閣夜》

第四章 孽子墜心

或有孤臣危涕，孽子墜心。遷客海上，流戍隴陰。
——江淹《恨賦》

解釋：因不被重視，孤臣流下眼淚，庶子心中恐懼。有如蘇武般被貶到北海牧羊，或者流放到偏遠的隴陰戍邊。

第五章 已向季春

已向季春，感慕兼傷。情不自任，奈何奈何。溫和，足下何如，吾哀勞。何賴，愛護時否？足下傾氣力，孰若別時？
——庚翼《已向季春帖》

解釋：今年的春天又要結束了，心中難免有些感傷。沒有辦法控制這種情緒，如何是好？我是這樣的感覺，那麼您呢？我還能夠期待什麼？無非是您的關愛而已。您也一樣辛苦了，傾盡了您的努力。既然如此，那麼就此告別吧。

第六章 慘綠少年

潘孟陽初為戶部侍郎，太夫人憂惕，謂曰：「以爾人才而在丞郎之位，吾懼禍之必至也。」戶部解喻再三，乃曰：「不然，試會爾同列，吾觀之。」因遍招深熟者。客至，夫人垂簾視之，既罷會，喜曰：「皆爾之儔也，不足憂矣，末座慘綠少年何人也？」答曰：「補闕杜黃裳。」夫人曰：「此人全別，必是有名卿相。」

——張固《幽閒鼓吹》

解釋：慘綠少年原指穿綠衣服的年輕男子，後引申為風度翩翩的青年男子。

第七章 金甌流光

【前腔】〔淨〕把夜宴且收把夜宴且收。來朝進酒。〔內打鼓介〕聽譙樓幾點傳更漏。〔旦〕大王。新旋來的酒。再吃一杯。〔淨〕美人。新旋來的。我吃不得了。〔旦〕大王。再請一杯。〔淨〕美人。不要吃罷。愛清宵景幽。愛清宵景幽。〔旦〕大王。再請一杯。〔淨〕美人。你看。〔看杯介〕碧月照金甌。銀河燦珠斗。〔合前〕且開懷飲酒。且開懷飲酒歡娛良久。不覺玉山頹後。

——沈采《千金記・夜宴》

第八章 所剩沾衣

高閣客竟去，小園花亂飛。
參差連曲陌，迢遞送斜暉。
腸斷未忍掃，眼穿仍欲歸。
芳心向春盡，所得是沾衣。

——李商隱《落花》

第九章 白璧瑕瓋

尺之木必有節目，寸之玉必有瑕瓋（音替，瑕疵）。先王知物之不可全也，故擇務而貴取一也。

——《呂氏春秋・舉難》

第十章 桃李不言

余睹李將軍悛悛（音圈，忠厚）如鄙人，口不能道辭。及死之日，天下知與不知，皆為盡哀。彼其忠實心誠信於士大夫也？諺曰：「桃李不言，下自成蹊。」此言雖小，可以諭大也。

——司馬遷《史記・李將軍列傳》

第十一章 白龍魚服

白龍改常服,偶被豫且制。
誰使爾為魚,徒勞訴天帝。
作書報鯨鯢,勿恃風濤勢。
濤落歸泥沙,翻遭螻蟻噬。
萬乘慎出入,柏人以為識。

——李白《枯魚過河泣》

解釋:白龍魚服。白龍化為魚在淵中游,卻被漁翁豫且傷了,白龍向天帝告狀,天帝卻答誰叫你要變魚?比喻帝王或貴人隱藏身分,微服出行,恐有不測。

第十二章 胡為不歸

式微,式微!胡不歸?微君之故,胡為乎中露?

——《詩經・邶風・式微》

第十三章 微君之故

同第十二章

第十四章 逆風執炬

愛欲之人，猶如執炬，逆風而行，必有燒手之患。

——《四十二章經》第二十三章

第十五章 千峰翠色

九秋風露越窯開，奪得千峰翠色來。

好向中宵盛沆瀣，共嵇中散斗遺杯。

——陸龜蒙《祕色越器》

第十六章 碧碗敲冰

譙樓夜促蓮花漏，樹蔭搖月蛟螭走。

蟠拏對月吸深杯，月府清虛玉兔吼。

翠盤擘脯胭脂香，碧碗敲冰分蔗漿。

十載番思舊時事，好懷不似當年狂。

夜合花香開小院，坐愛涼風吹醉面。

酒中彈劍發清歌，白髮年來為愁變。

——唐彥謙《敘別》

第十七章　將軍白髮

塞下秋來風景異，衡陽雁去無留意。四面邊聲連角起，千嶂裡，長煙落日孤城閉。

濁酒一杯家萬里，燕然未勒歸無計。羌管悠悠霜滿地，人不寐，將軍白髮征夫淚。

——范仲淹《漁家傲·秋思》

第十八章　悲風汨起

或有孤臣危涕，孽子墜心，遷客海上，流戍隴陰。此人但聞悲風汨起，血下沾衿，亦復含酸茹嘆，銷落湮沉。

——江淹《恨賦》

續第四章章名解釋：這樣的人聽見迅疾的風聲，血淚就會流下沾衣，只能含辛茹苦，嘆息著湮沒於世間。

第十九章 玄鐵既融

玄鐵既融，鳳鳥出。金鈴懸頂，銅鏡鑄。佳人回首，顧不顧？

第二十章 繩直規圓

龍竹養根凡幾年，工人截之為長鞭，
一節一目皆天然。珠重重，星連連。
繞指柔，純金堅。繩不直，規不圓。
把向空中捎一聲，良馬有心日馳千。

——高適《詠馬鞭》

第二十一章 天淚人淚

內外諸臣盡紫袍，何人肯與朕分勞？
玉杯飲盡千家血，銀燭燒盡百姓膏。
天淚落時人淚落，歌聲高處哭聲高。
平時漫說君恩重，辜負君恩是爾曹。

——嘉慶皇帝御詩

第二十二章 棠棣之華

棠棣之華，鄂不韡韡（音委，鮮明）。凡今之人，莫如兄弟。

——《詩經・小雅・棠棣》

解釋：棠棣的花，燦爛盛放。天下人很多，但還是兄弟最親近。

第二十三章 孤臣危泣

溪路千里曲，哀猿何處鳴。
孤臣淚已盡，虛作斷腸聲。

——柳宗元《入黃溪聞猿》

第二十四章 舍內青州

（後魏）太傅李延實者，莊帝舅也。永安年中，除青州刺史，將行奉辭。帝謂實曰：「懷磚之俗，世號難治；舅宜好用心，副朝廷所委。」實答曰：「臣年近桑榆，氣同朝露，人間稍遠，日近松丘。臣已久乞閒退，陛下渭陽興念，寵及老臣，使夜行非人，裁錦萬里，謹奉明敕，不敢失墮。」

時黃門侍郎楊寬在帝側，不曉懷磚之義，私問舍人溫子升。子升曰：「吾聞至尊兄彭城王作青州刺史，聞其賓客從至青州者云：齊土之民，風俗淺薄，虛論高談，專在榮利。」

太守初欲入境，百姓皆懷磚叩首，以美其意；及其代下還家，以磚擊之，言其向背速於反掌。是以京師謠語曰：「獄中無繫囚，舍內無青州。假令家道惡，腸中不懷愁。懷磚之義，起在於此也。」

——《洛陽伽藍記》

第二十五章 父子君臣

鼎足才堪角兩雄，當年應悔滅重瞳。

分羹父子恩猶薄，推食君臣誼豈終。

獨有千金酬漂母，曾無一語感滕公。

名成自古身當退，沒齒休論戰伐功。

——沈紹姬《淮陰侯》

第二十六章 草滿囹圄

在職七年，風教大洽，獄中無繫囚，爭訟絕息，囹圄盡皆生草，庭可張羅。

——《隋書·劉曠傳》

第二十七章 **不謝不怨**

草不謝榮於春風，木不怨落於秋天。誰揮鞭策驅四運？萬物興歇皆自然。

——李白《日出入行》

第二十八章 **恩斯勤斯**

鴟鴞鴟鴞，既取我子，無毀我室。恩斯勤斯，鬻子之閔斯！

——《詩經·豳風·鴟鴞》（豳音賓，地名）

解釋：貓頭鷹啊，既然抓走了我的孩子，就不要再毀壞我巢穴了。請賜予恩惠，這是幼子的祈求！

第二十九章 **歧路之哭**

楊朱泣歧路，墨子悲絲染。

——阮籍《詠懷八十二首·其二十》

解釋：楊朱因怕選錯路而哭，墨子傷感於絲線可染成各種顏色。喻人會受環境影響，誤入歧途。

第三十章 **日邊清夢**

水邊沙外。城郭春寒退。花影亂，鶯聲碎。飄零疏酒盞，離別寬衣帶。人不見，碧雲暮合空相對。
憶昔西池會。鵷鷺同飛蓋。攜手處，今誰在。日邊清夢斷，鏡裡朱顏改。
春去也，飛紅萬點愁如海。

——秦觀《千秋歲·水邊沙外》

第三十一章 莫問當年

一上高城萬里愁，蒹葭楊柳似汀洲。
溪雲初起日沉閣，山雨欲來風滿樓。
鳥下綠蕪秦苑夕，蟬鳴黃葉漢宮秋。
行人莫問當年事，故國東來渭水流。

——許渾《咸陽城西樓晚眺》

第三十二章 大都耦國

內寵並后，外寵二政，嬖（音避，寵愛）子配適（音敵，嫡子），大都耦（音偶，抗衡）國，亂之本也。」

——《左傳·閔公二年》

第三十三章　我朱孔陽

七月鳴鵙（音竹，伯勞鳥），八月載績。載玄載黃，我朱孔陽，為公子裳。

——《詩經．豳風．七月》

解釋：七月伯勞開始叫，八月織麻，再染成黑黃顏色，而我用最亮的大紅，幫公子做衣裳。

第三十四章　錦瑟華年

凌波不過橫塘路，但目送、芳塵去。錦瑟華年誰與度。月橋花院，瑣窗朱戶，只有春知處。

飛雲冉冉蘅皐（音橫高，生有香草的水邊高地）暮，彩筆新題斷腸句。若問閒情都幾許。一川煙草，滿城風絮，梅子黃時雨！

——賀鑄《青玉案．凌波不過橫塘路》

第三十五章　十年樹木

一年之計，莫如樹穀；十年之計，莫如樹木；終身之計，莫如樹人。

——《管子．權修》

第三十六章　百歲有涯

人間寺應諸天號，真行僧禪此寺中。百歲有涯頭上雪，萬般無染耳邊風。掛帆波浪驚心白，上馬塵埃翳眼紅。畢竟浮生謾勞役，算來何事不成空。

——杜荀鶴《贈題兜率寺閒上人院》

第三十七章　露驚羅紈

木葉下，江波連，秋月照浦雲歇山。秋思不可裁，復帶秋風來。秋風來已寒，白露驚羅紈。節士慷慨髮衝冠，彎弓掛若木。長劍竦雲端。

——陸厥《臨江王節士歌》

第三十八章　薄暮心動

若乃趙王既虜，遷於房陵。薄暮心動，昧旦神興。別豔姬與美女，喪金輿及玉乘。置酒欲飲，悲來填膺。千秋萬歲，為怨難勝。

——江淹《恨賦》

解釋：薄暮心動，昧旦神興，意指一到傍晚心思就被觸動，到隔日清晨仍然無法停止。

第三十九章 一樹江頭

梨花有思緣和葉，一樹江頭惱殺君。
最似孀閨少年婦，白妝素袖碧紗裙。
——白居易《江岸梨花》

第四十章 風雨雞鳴

風雨淒淒，雞鳴喈喈（音接，鳥鳴）。既見君子，云胡不夷（平靜）？
風雨瀟瀟，雞鳴膠膠。既見君子，云胡不瘳（音抽，病癒）？
風雨如晦，雞鳴不已。既見君子，云胡不喜？
——《詩經・鄭風・風雨》

第四十一章 丹青之信

山禽矜逸態，梅粉弄輕柔。已有丹青約，千秋指白頭。
——宋徽宗趙佶《臘梅山禽圖》上題詩

第四十二章　萬壽無疆

九月肅霜，十月滌場。朋酒斯饗，曰殺羔羊，躋（音機，登上）彼公堂（廟堂），稱彼兕觥（音四公，酒器），萬壽無疆。

——《詩經．豳風．七月》

解釋：九月開始下霜，十月打掃庭院，用美酒與羔羊宴客，再登上主人的廟堂，舉杯敬他萬壽無疆。

第四十三章　雪滿梁園

曉入梁王之苑，雪滿群山；夜登庾亮之樓，月明千里。

——謝觀《白賦》

第四十四章　玉燕投懷

張說母夢有一玉燕自東南飛來，投入懷中，而有孕生說，果為宰相，其至貴之祥也。

——王仁裕《開元天寶遺事．夢玉燕投懷》

第四十五章　急景凋年

去帝鄉之岑寂，歸人寰之喧卑。歲崢嶸而愁暮，心惆悵而哀離。於是窮陰殺節，急景凋年，涼沙振野，箕風動天。

——鮑照《舞鶴賦》

第四十六章 三邊曙色

燕臺一望客心驚，簫鼓喧喧漢將營。
萬里寒光生積雪，三邊曙色動危旌。
沙場烽火連胡月，海畔雲山擁薊城。
少小雖非投筆吏，論功還欲請長纓。

——祖詠《望薊門》

第四十七章 襄公之仁

宋公及楚人戰於泓。宋人既成列，楚人未既濟。司馬曰：「彼眾我寡，及其未既濟也，請擊之。」公曰：「不可。」既濟而未成列，又以告。公曰：「未可。」既陳而後擊之，宋師敗績。公傷股，門官殲焉。國人皆咎公。公曰：「君子不重傷，不禽二毛。古之為軍也，不以阻隘也。寡人雖亡國之餘，不鼓不成列。」

——《左傳‧僖公二十二年》

解釋：「君子不重傷，不禽二毛」，意思是「君子在戰爭中不再傷害已受傷的敵人，不俘虜上年紀的人」。老人頭髮黑白交雜，故稱二毛。

第四十八章 終朝采綠

終朝采綠，不盈一匊。予髮曲局，薄言歸沐。終朝采藍，不盈一襜（音詹，類圍裙）。五日為期，六日不詹。之子于狩，言韔（音唱，收整弓）其弓，之子于釣，言綸之繩。其釣維何？維魴及鱮（音續，鰱魚）。維魴及鱮，薄言觀者。

——《詩經．小雅．采綠》

解釋：採了整天藎草，卻採不滿一手。頭髮蓬亂，回家洗頭。採了整天蓼藍，卻放不滿圍裙。說好五月之日要回來，到六月之日也沒見到。他說要去打獵，我就幫他收好弓；他說要去釣魚，我就幫他整理繩子。釣了多少？釣到了鯿魚跟鰱魚，釣到很多條呢。

第四十九章 樹猶如此

昔年種柳，依依漢南。今看搖落，悽愴江潭。樹猶如此，人何以堪？

——庾信《枯樹賦》

第五十章 謝堂燕子

朱雀橋邊野草花，烏衣巷口夕陽斜。
舊時王謝堂前燕，飛入尋常百姓家。
——劉禹錫《烏衣巷》

第五十一章 夜雨對床

能來同宿否，聽雨對床眠。
——白居易《雨中招張司業宿》

第五十二章 蓼蓼者莪

蓼蓼者莪，匪莪伊蒿。哀哀父母，生我劬勞。
——《詩經．小雅．蓼莪》

第五十三章 亢龍有悔

亢龍，有悔。
——《易．乾卦．上九》

解釋：《象》曰：「亢龍有悔，盈不可久也。」比喻事物發展到頂點，走向衰敗。

第五十四章 荊王無夢

背闕歸藩路欲分，水邊風日半西曛。
荊王枕上原無夢，莫枉陽臺一片雲。

——李商隱《代元城吳令暗為答》

第五十五章 竹報平安

月白風清長夏，醉裡相逢林下，欲辯已忘言。無客問生死，有竹報平安。

——韓元吉《水調歌頭・席上次韻王德和》

第五十六章 豈曰無衣

豈曰無衣？與子同袍。王于興師，修我戈矛。與子同仇。
豈曰無衣？與子同澤。王于興師，修我矛戟。與子偕作。
豈曰無衣？與子同裳。王于興師，修我甲兵。與子偕行。

——《詩經・秦風・無衣》

第五十七章 言照相思

初上鳳皇墀，此鏡照蛾眉。言照長相守，不照長相思。

——高爽《詠鏡》

第五十八章　青冥風霜

青冥風霜非人世，鬢亂釵橫特地寒。

——王安石《扇子詞》

第五十九章　西窗夜話

【宜春令】：「瞥見你風神俊雅。無他，待和你剪燭臨風，西窗閒話。」

——《牡丹亭・幽媾》

第六十章　茶墨俱香

司馬溫公曰：「茶與墨正相反，茶欲白，墨欲黑；茶欲重，墨欲輕；茶欲新，墨欲陳。」蘇軾曰：「二物之質誠然矣，然亦有同者。」公曰：「何謂？」軾曰：「奇茶妙墨皆香，是其德同也；皆堅，是其操同也。譬如賢人君子，妍醜黔皙之不同，其德操蘊藏，實無以異。」公笑以為是。

——蘇軾《東坡志林》

第六十一章　紗籠中人

上堂已了各西東，慚愧闍黎飯後鐘。三十年來塵撲面，如今始得碧紗籠。

——王播《題木蘭院》（一作惠照寺）詩之二

第六十二章 盛筵難再

勝地不常，盛筵難再；蘭亭已矣，梓澤丘墟。

——王勃《滕王閣序》

第六十三章 銅山西崩

殷荊州曾問遠公：「《易》以何為體？」答曰：「《易》以感為體。」殷曰：「銅山西崩，靈鐘東應，便是《易》耶？」

——劉義慶《世說新語·文學》

第六十四章 室邇人遠

其人如玉，維國之琛。室邇人遐，實勞我心。

——《晉書·宋纖傳》

第六十五章 林無靜樹

郭景純詩云：「林無靜樹，川無停流。」阮孚云：「泓崢蕭瑟，實不可言。每讀此文，輒覺神超形越。」

——劉義慶《世說新語·文學》

第六十六章 婢學夫人

羊欣書如大家婢為夫人。雖處其位，而舉止羞澀，終不似真。

——袁昂《古今書評》

第六十七章 卑勢卑身

吳王咈然曰：「寡人臥疾三月，相國並無一好言相慰，是相國之不忠也；不進一好物相送，是相國之不仁也。為人臣不仁不忠，要他何用！越王棄其國家，千里來歸寡人，獻其貨財，身為奴婢，是其忠也；寡人有疾，親為嘗糞，略無怨恨之心，是其仁也。寡人若徇相國私意，誅此善士，皇天必不佑寡人矣。」子胥曰：「王何言之相反也。夫虎卑其勢，將有擊也；狸縮其身，將有取也。越王入臣於吳，怨恨在心，大王何得知之？其下嘗大王之糞，實上食大王之心，王若不察，中其奸謀，吳必為擒矣。」吳王曰：「相國置之勿言，寡人意已決！」子胥知不可諫，遂鬱鬱而退。

——馮夢龍《東周列國志》

第六十八章 覺有八征

覺有八征，夢有六候。奚謂八征？一曰故，二曰為，三曰得，四曰喪，五曰哀，六曰樂，七曰生，八曰死。此者八征，形所接也。奚謂六候？一曰正夢，二曰噩夢，三曰思夢，四曰寤夢，五曰喜夢，六曰懼夢。此六者，神所交也。

——《列子・周穆王》

大意為：人做夢有六種原因，因自然致夢為正夢，因驚愕致夢為噩夢，因思慮致夢為思夢，因醒悟致夢為寤夢，因歡喜致夢為喜夢，因畏懼致夢為懼夢。這六種夢，都是因夢主精神所致。夢醒時有八種徵兆。重複舊事為故，創造新事為為，有所獲為得，有所失為喪，有所悲為哀，有所喜為樂，即將新生為生，即將死亡為死。這八種徵兆，都是因夢主形體（環境）所致。

第六十九章 拂簾墜茵

子良問曰：「君不信因果，世間何得有富貴，何得有賤貧？」縝答曰：「人之生譬如一樹花，同發一枝，俱開一蒂，隨風而墮，自有拂簾幌，墜於茵席之上；自有關籬牆，落於糞溷之側。墮茵席者，殿下是也；落糞溷者，下官是也。貴賤雖復殊途，因果竟在何處？」

——《梁書・儒林傳・范縝傳》

第七十章 金谷送客

龍馬銀鞍，朱軒繡軸。帳飲東都，送客金谷。

——江淹《別賦》

第七十一章 青眼白雲

與君青眼客，共有白雲心。
不向東山去，日令春草深。

——王維《贈韋穆十八》

第七十二章 夢斷藍橋

雨暗初疑夜，風回便報晴。淡雲斜照著山明，細草軟沙溪路馬蹄輕。
卯酒醒還困，仙村夢不成。藍橋何處覓雲英？只有多情流水伴人行。

——蘇軾《南歌子》

第七十三章 臨江折軸

臨江閔王榮，以孝景前四年為皇太子，四歲廢，用故太子為臨江王。四年，坐侵廟壖垣為宮，上征榮。榮行，祖於江陵北門。既已上車，軸折車廢。江陵父老流涕竊言曰：「吾王不反矣！」榮至，詣中尉府簿。中尉郅都責訊王，王恐，自殺。葬藍田。燕數萬銜土置塚上，百姓憐之。

——《史記・五宗世家》

第七十四章　轊車相望

今邊竟數驚，士卒傷死，中國轊（音慧，棺材）車相望，此仁人之所隱也。

——《漢書・韓安國傳》

第七十五章　護摩智火

「護摩是如來慧火，能燒棄因緣所生災橫。」又：「煩惱為薪，智慧為火，以是因緣，成涅槃飯，令諸弟子悉皆甘嗜。」

——《大日經疏・卷八》

護摩，梵語 homa 音譯，意譯為焚燒。內護摩以身為壇，以智慧火，燒無明薪。

解釋：成者王侯敗者賊，它原本只說一種現象，不知何時竟被奉為真理，而當它成為真理，後果就是，其信奉者只崇拜強權，不崇拜正義，只關注結果，不在乎手段，才給了精英淘汰一個滋榮的輿論環境。還有一句話，一將功成萬骨枯，我們總喜歡把自己代入為將，但大多數的時候，我們大多數人，都只是被踏在腳下的骨。

我讚美所有一切對眾生含一念之仁者，所有一切為眾生而敢鬥爭者，而敢放棄者。無論他是古今、中外，是領袖、是知識分子、是軍人、是平凡人，無論他最終成功還是失敗。人類歷史的軌跡雖不完全由他們推動，但人類歷史的軌跡要靠他們扳正。

第七十六章　孰若別時

足下傾氣力，孰若別時？

——庚翼《已向季春帖》

第七十七章　澧浦遺佩

捐余玦兮江中，遺餘佩兮澧浦。采芳洲兮杜若，將以遺兮下女。時不可兮再得，聊逍遙兮容與。

——屈原《九歌．湘君》

第七十八章　鶴唳華亭

陸平原河橋敗，為盧志所讒，被誅。臨刑嘆曰：「欲聞華亭鶴唳，可復得乎！」

——《世說新語箋疏》

鶴唳華亭（下）

作　　者／雪滿梁園
發 行 人／黃鎮隆
副總經理／陳君平
總　編　輯／洪琇菁
執行編輯／陳昭燕
美術監製／沙雲佩
美術編輯／王羚靈
國際版權／黃令歡、李子琪
企劃宣傳／邱小祐、劉宜蓉
文字校對／施亞蒨
內文排版／謝青秀

國家圖書館出版品預行編目資料

鶴唳華亭（下）/ 雪滿梁園作．-- 初版．--
臺北市：尖端，2020.01
冊；　公分

ISBN 978-957-10-5787-3（下冊：平裝）

857.7　　108019496

出版／城邦文化事業股份有限公司　尖端出版
台北市 104 中山區民生東路二段 141 號 10 樓
電話：（02）2500-7600　傳真：（02）2500-2683
讀者服務信箱：7novels@mail2.spp.com.tw
發行／英屬蓋曼群島商家庭傳媒股份有限公司城邦分公司　尖端出版
台北市 104 中山區民生東路二段 141 號 10 樓
電話：（02）2500-7600　傳真：（02）2500-1979
劃撥專線：（03）312-4212
戶名：英屬蓋曼群島商家庭傳媒（股）公司城邦分公司
劃撥帳號：50003021
※ 劃撥金額未滿 500 元，請加付掛號郵資 50 元
法律顧問／王子文律師　元禾法律事務所　台北市羅斯福路三段三十七號十五樓

台灣地區總經銷／中彰投以北（含宜花東）　楨彥有限公司
電話：（02）8919-3369　傳真：（02）8914-5524
雲嘉以南　威信圖書有限公司
（嘉義公司）電話：0800-028-028　傳真：（05）233-3863
（高雄公司）電話：0800-028-028　傳真：（07）373-0087
馬新地區總經銷／城邦（馬新）出版集團 Cite（M）Sdn Bhd
電話：603-9057-8822　傳真：603-9057-6622
E-mail：cite@cite.com.my
香港地區總經銷／城邦（香港）出版集團 Cite（H.K.）Publishing Group Limited
電話：852-2508-6231　傳真：852-2578-9337
E-mail：hkcite@biznetvigator.com

版　次／2020 年 1 月 1 版 1 刷　Printed in Taiwan